거짓말 컨시어지

REA⊒bie

차례

세 번째 고약한 짓

창백한 얼굴에 빨간색 역반무테 안경을 쓰고 투박한 갑옷으로 무장한 내 기사 아바타 'Kakiage-soba*'의 체력이 2점까지 떨어져 있었다. 아직 아침인데 벌써 이렇다. 휴대폰 앱의 프로필 화면 속에서 픽셀 아트로 그려진 'Kakiage-soba'가 태연한 표정을 짓고 있다. 만약 현실 세계였다면 땅바닥에 쓰러져 피를 토하며 숨을 할딱이고 있었을 것이다. 내가 좀처럼 끊지 못하는 나쁜 습관이라는 괴물에게 흠씬 두들겨 맞아서.

습관 관리 앱 게임의 플레이어 캐릭터 'Kakiage-soba'에게 못 할 짓을 하고 있다는 생각은 한다. 그렇지만 문득문득 마나미가 생각날 때마다 그녀에게 하지도 못할 말들을 줄줄이 짜냈다가 순

● 튀김소바, 해물과 채소를 튀겨 함께 올려 먹는 메밀국수

서를 바꾸기도 하고, 전에는 대등했는데 언제부터 이렇게 되었을까 고민하는 나쁜 습관을 버리지 못하는 나에게 분노를 표출하는 방법이 지금은 '저질렀다' 버튼으로 'Kakiage-soba'를 못살게 구는 것 말고는 없었다. '저질렀다' 버튼을 누르면 'Kakiage-soba'는 6점 안팎의 대미지를 입는다. 이 아바타의 체력은 50점이므로 내가 오늘만 해도 벌써 여덟 번의 '저질렀다' 버튼을 눌렀다는 뜻이다. 그것도 아침 8시대에. 출근 전철 안에서만. 실제로는 그렇게 많이 저지르지 않았지만 또 같은 고민을 해 버린 나에게 화가 나서 버튼을 여덟 번이나 연타했다. 'Kakiage-soba' 입장에서는 괜히 화풀이를 당한 셈이다. 물론 이 아바타는 나 대신 벌을 받아 다치는 존재이기는 하지만, 버튼을 누르는 쪽의 일방적이고 한심한 처사로 필요 이상 두들겨 맞았으니 얼마나 억울할까.

나쁜 습관이 튀어나왔을 때 '저질렀다' 버튼을 누르는 것 외에도 '죽어 없어지기'와 '집에서 혼술하기'라는 방법도 있지만, 죽어 없어지는 것은 정말 말 그대로가 아니면 시체가 남아서 많은 사람에게 민폐를 끼치는 데다 고통이 없어야 한다는 것이 필수 조건이라 실현하기 매우 어렵다. 그럼 집에서 혼술하다 취한 채 해외 드라마를 틀어 놓고 이불 위에 대자로 퍼져 있으면 되는가 하면, 요즘 들어 술이 약해졌는지 마시면 괴롭기만 하는 날이 많기 때문에 이 방법도 좋지 않다. 자기혐오가 심해져 갈수록 죽어 없어지고만 싶은데 그러지 못해 고통스러웠다.

그리하여 나는 나쁜 습관을 고치기 위해 습관 관리 앱에 의지하기로 결심하고 아바타 'Kakiage-soba'를 만들었지만 내 의지가 어찌나 박약한지 'Kakiage-soba'로는 감당이 되지 않는 듯했다. 이름의 유래는 결심한 날 메밀국숫집에서 서서 먹은 저녁 메뉴다.

회사까지 한 정거장 남았을 때, 계속 찌푸린 얼굴로 휴대폰 화면을 바라보고 있다가 정신을 차리고 회복 아이템을 모조리 꺼내 'Kakiage-soba'의 체력을 회복시켰다. 내 한심한 감정의 폭주로 'Kakiage-soba'를 엉망으로 팼다고 생각하니 미안해서 재고를 다 털어 회복시킨 것이다. 나도 참 이게 뭐 하는 짓인지. 그리고 나면 또 한심한 감정에 휩쓸려 '저질렀다' 버튼을 누를 뻔하지만, 방금 기껏 회복시켜 놓은 의미가 없어지기 때문에 자기혐오의 폭주를 멈추었다.

업무는 좋아하지도 싫어하지도 않지만 회사에는 일찍 도착하고 싶었다. 출근하고 나면 타인의 나쁜 습관과 한심한 행동으로 인해 화가 잔뜩 나는 일도 가끔 있지만, 적어도 원인은 내가 아니기 때문에 'Kakiage-soba'를 대미지로부터 지킬 수 있다.

밖에 있는 적이 내 정신을 해치는 것은 맞지만 그 치유를 잘하지 못하는 것은 나 자신 때문이다. 일단 잊어버리면 될 텐데 잊지 못하고 분노의 땅굴을 계속 파 나가는 것은 다름 아닌 나 자신인 것이다. 그리고 그 화풀이를 'Kakiage-soba'가 받고 있다.

미안하게 생각한다. 생각을 딴 데로 돌릴 곳을 빨리 찾아야 한다는 것은 알고 있었다. 스스로에게 실망하면서 맞은편 좌석 위 창밖을 바라보자 대형 볼링 핀이 보였다. 지금은 못 가지. 출근 해야 하니까, 라고 생각했다.

*

MC와 콩트, 연기 등 다방면에서 활동하는 연예인 C가 나는 오래전부터 어쩐지 꺼림칙했다. C는 대중에게 지적이고 예의 바르며 위트 넘치는 호인으로 알려졌지만, 나는 C가 등급이 떨어진다고 판단한 상대에게는 정중한 언행 속에 서열의 과시와 위협을 감추고 자기 말에 복종시킨다거나, 무시해도 된다고 판단한 상대는 은근히 업신여기기도 하고, 심지어 동급으로 보이는 상대라도 타인 앞에서 약점을 들추며 깎아내리는 걸 즐기는 인간이라고 생각되었다. 그걸 다 어떻게 아는지는 스스로도 잘 모르지만 단순히 내가 C 같은 사람에게 쉽게 당하는 사람이기 때문일지도 모른다.

처자식이 있는 유부남 C가 네 명의 여자와 불륜 중이라는 사실이 발각된 것은 지난주였다. 사람들은 진심으로 경악했다기보다는 그러기로 선택하는 것처럼 보였고 나는 딱히 놀라지 않았다. 그동안 내가 어렴풋이 느꼈던 C의 꺼림칙함이 증명되어 상대 여자들에게는 안된 일이지만 조금 안도하기까지 했다. 옳지,

이번에도 나쁜 놈을 잘 가려냈다.

그럼 요즘 내 최대 고민인 마나미와 그 남편의 일은 왜 가려내지 못했는가 하면, 마나미는 고등학교 때부터 친구이기도 하고 친구가 선택한 결혼 상대에게 이래라저래라 할 수 있는 입장도 아니기 때문이다.

연예인 C와는 아무 상관 없는 점심시간의 구내식당에서도 "C는 쓰레기였네." 하는 말소리가 간간이 들려왔다. 사람들은 그냥 이야기하고 있을 뿐, 아무도 진심으로 화내지도 않고 실망하지도 않았다. 나는 그 모습을 보고 왠지 C라는 사람 자체가 아닌 그의 사회적 역할에 대한 비애를 느꼈다. 이번 일로 C가 지금의 자리에서 쫓겨난다 해도 또 다른 C 같은 사람이 나타나 그를 대신할 것이다. 영국 록 밴드 '더 후'의 노래 〈다시는 속지 않기를 Won't Get Fooled Again〉의 가사처럼 누가 대신해도 결국 바뀌는 것은 없으리라.

"생산관리팀 나카야마 씨가 이 일을 훤히 꿰고 있더라. 왜 그런지는 모르겠지만 딱히 C를 좋아하지도 싫어하지도 않는데, 매일 기사가 엄청나게 쏟아지니까 기분 전환 삼아 읽는 거래."

"네? 시간 낭비 아니에요? 뭐 하러 그런 걸 읽는담."

"내 말이. 그래서 물어봤더니 오히려 시간을 헛되이 쓸 수 있어서 좋다던데?"

같은 부서의 닛타 선배와 후배 직원 후쿠마쓰 씨가 이야기하는 것을 들으면서 나는 '생산관리팀 나카야마 씨'가 닛타 선배의 여자 동기라는 사실을 떠올렸다. 닛타 선배는 나카야마 씨와 비교적 친하게 지내는지 이야기 도중 가끔 그녀의 이름을 언급할 때가 있었다. 하지만 생산관리 부문과 내가 소속된 데이터오퍼레이션* 부문은 건물 부지의 끝과 끝에 있는 데다, 교대제로 일하는 생산관리 부문의 휴식 시간은 우리와 다르기 때문에 그쪽 사람과 마주치는 일은 거의 없었다.

"시간을 낭비할 수 있어서 좋다고요?"

"그런가 봐."

그 말을 들은 후쿠마쓰 씨는 믿기지 않는다며 고개를 기울였다. 그런 식으로 시간과 에너지를 소모할 바에는 좋아하는 K-POP 그룹의 곡을 들으면서 요가라도 하는 편이 낫다고 말했다.

나는 왠지 잘 모르는 사이인 나카야마 씨의 마음을 이해할 수 있을 것 같았다. 뭔가가 못 견디게 싫어질 때, 그런데도 그것이 어떤 상태인지 확인하지 않고서는 못 배길 때, 그 생각에서 도저히 벗어날 수 없을 때, 음악을 듣거나 혼자서 몸을 움직이는 것으로 주의를 딴 데로 돌리는 데 성공한 적은 한 번도 없었다. 그런 유익한 방법으로 모든 사람이 좋은 방향으로 갈 수 있다면 아무도 마약에 빠지지 않고 술과 담배도 하지 않을지도 모른다. 실제로 의지박약한 내가 출근하는 잠깐 동안 'Kakiage-soba'를 반죽음

으로 몰고 간 것을 생각하면, 안타깝지만 후쿠마쓰 씨의 이성적인 생각은 세상 모든 사람의 마음에는 별로 가닿지 못한 듯하다.

참고로 나는 회사에서는 전혀 의지박약한 유형이 아니다. 참을성이 많고 잘 포기하지 않으며 애먼 사람에게 화풀이하는 일도 없다. 아무에게도 속마음을 털어놓지는 않지만, 겉으로는 어느 정도 능숙해 보인다고 생각한다. 내면은 고양이가 발톱을 갈고 난 뒤의 상자처럼 너덜너덜하지만.

나는 닛타 선배와 후쿠마쓰 씨의 이야기를 흘려들으면서 휴대폰에 검색창을 띄워 연예인 C의 이름을 입력했다. 뉴스 탭을 눌러 보니 C의 악행과 그것을 증언하는 사람의 발언, 별 상관도 없으면서 C의 이름을 언급해 주목을 받으려는 사람, 그와 연관된 일을 빨리 끝내려는 사람의 기사가 끝도 없이 나왔다. 아마 SNS는 더 심할 것이다.

나는 C가 살기를 바라지도, 죽기를 바라지도 않는다. 다만 그의 악행에는 관심이 있다. 솔직히 말하면 나는 악에 관심이 매우 많다. 내가 나쁜 사람이라서가 아니라 스스로를 위로하고 안심시키기 위해서라고 생각한다. 어수룩해서 남에게 잘 속고 신체 능력도 부족한 데다 무슨 일이 생겼을 때 도와줄 사람이 있을 만큼 인망도 없기 때문에 최대한 악에 관한 정보를 모아서 악을 피하려는 것이다.

C는 지금 남녀 관계에서 가장 유명한 악인이다. 동기는 전혀 다

를지 몰라도 생산관리팀 나카야마 씨가 좋아하지도 싫어하지도 않는 C의 정보를 뒤지는 마음을 이해할 수 있을 것 같았다.

*

얼마 후 나는 주임으로부터 생산관리팀에 갔다 오라는 지시를 받았다. 샌드위치 가게에서 의뢰받은 전단지 쿠폰이 나왔는데 양상추 색깔이 약간 진하다며, 이와사키 씨(바로 나)가 데이터를 수정한 다음 생산관리팀에 가서 최종 인쇄물을 확인하고 오라는 것이었다. 주임의 말에 따르면 샌드위치 가게 사장이 크게 불만을 제기한 것은 아니지만, 사장이 부유한 집안 출신에 남편도 통이 큰 사람이라 다음 전단지 제작도 꼭 우리 회사에 맡겨 주었으면 해서 이참에 성의를 다해야 한다는 것이었다.

전단지는 제법 튼튼한 종이를 사용했고 샌드위치는 전부 맛있어 보였다. 비싸지만. 그리고 듣고 보니 확실히 양상추를 비롯해 전체적으로 초록색이랄지, 푸른색이 많이 들어간 느낌이었다.

하루 종일 컴퓨터 앞에 앉아 자료를 작성하는 것도 고역이라 나는 흔쾌히 승낙하고, 오전 중에 데이터를 수정해 생산관리팀에 보낸 다음 견본이 나왔을 즈음 자리에서 일어났다.

회사 부지가 워낙 넓은 데다 계단을 오르내리고 돌아가야 하는 길도 있어서 끝에서 끝까지 이동하는 데 십 분쯤 걸렸다. 생산관리팀 사무실에 들어서자 닛타 선배 또래의 여자가 작업복 차림으로 책상에 앉아 견본을 확인하고 있었다. 탁, 탁, 하는 규칙적인 소리가 들리기에 무슨 소리인가 싶어 사무실 안을 둘러본 뒤 다시 여자에게 시선을 되돌리자, 그녀가 손목에 찬 노란 고무줄을 잡아당겼다가 놓고 있었다.

"샌드위치 가게 데이터 수정한 이와사키 씨 맞죠?"라고 묻는 그녀의 말에 나는 "네." 하고 고개를 끄덕였다. "그녀는 이 정도면 괜찮을까요?" 하며 견본 전단지를 내밀었다. 따뜻한 색이 가미되어 아까보다 먹음직스러워 보이는 샌드위치 사진을 들여다보며 대답했다.

"최종적인 판단은 영업부에서 하겠지만 제가 보기에는 괜찮은 것 같아요. 맛있어 보이는데 비싸네요."

"포장 메뉴인 파스트라미치즈샌드위치가 1,080엔이군요."

그녀는 대화 도중에도 변함없이 고무줄을 탁, 탁, 튕겼다.

비싼 가격에도 샌드위치 가게는 장사가 잘되는 모양이다. 모든 재료가 신선하고 품질이 굉장히 좋다고 한다. 모든 사람이 아무리 가난해진다 해도, 마음을 달래기 위해 그런 고급스러운 음식에 기꺼이 돈을 쓰는 사람은 그럭저럭 있게 마련이다.

나는 이 사람이 닛타 선배 또래인 것으로 보아 며칠 전 점심시간에 이름이 나온 나카야마 씨가 아닐까 싶어 물어봤다. 그러자 맞다는 대답이 돌아왔다.

"실례일 수도 있겠지만, 연예인 C 이야기 도중에 나카야마 씨 성함이 나왔거든요. 그 일을 훤히 꿰고 계시다고."

"그렇긴 하죠. 다음 달이면 잊어버리겠지만."

나카야마 씨는 이번에도 고무줄을 튕기면서 대답했다. 아프지 않나 싶었지만 그렇다고 이유를 묻는 것은 촌스러운 행동처럼 느껴졌다. C의 가십을 훤히 꿰고 있다면서요? 라고 묻는 것보다 더.

"저는 등장인물이 너무 많아서 다 파악하기도 힘들 것 같더라고요."

그런 나의 말에 나카야마 씨는 고무줄을 탁, 탁, 튕기면서 C의 불륜 상대의 직업과 나이, 교제 이력을 간략히 정리해서 읊어 주었다.

"열여덟 살부터 스물일곱 살까지 참 폭넓기도 하네요."

"본인은 마흔이니까 띠동갑 넘게 어린 여자 전문이라고 할 수 있겠군요."

나는 은근히 혐오를 담아 지적했지만 나카야마 씨는 아무런 감정도 없어 보였다.

"이렇게 연예인 험담이나 하는 거, 영양가 없는 취미인데 말이에요."

그러면서도 나카야마 씨는 자기 자신과 나를 비난하는 말을 했다.

"그래도 매일 정보가 쏟아지니까 읽고 있어요. 이 자식 완전히 쓰레기네, 하고 생각하다 보면 내가 쓰레기 같다고 생각할 시간이 줄어드니까.”

나카야마 씨가 말을 끊음과 동시에 손목의 고무줄이 탁, 하는 소리를 냈다. 나는 지금은 별 느낌이 없지만 예전에 그런 감정을 느껴 본 적이 있어 “하긴 그렇죠.” 하며 고개를 끄덕였다.

“수정해 주셔서 고맙습니다.”

나는 나카야마 씨에게 머리를 숙여 인사했다. 그녀는 “아뇨, 별말씀을.” 하고 인사한 뒤 생산관리팀 사무실에서 나를 배웅했다.

*

‘나 이제 그 이야기는 못 들어 주겠어. 더는 나 자신을 속일 수가 없어. 내가 해도 되는 말인지 아닌지는 모르겠지만, 그 일에 관해서는 그 후배의 입장이 더 이해가 가.’

약 삼 주간 나는 그렇게 답장을 하려다 말다를 반복하고 있다. 이대로 써서 보내면 인간관계가 깨지기 때문이다. 참고로 내가 받은 문자 내용은 ‘이와사키, 오늘 만나서 즐거웠어! 다음에 또 내 이야기 들어 줘!’ 하는 것이었다. 친구인 마나미의 문자다.

마나미와는 고등학교 2학년 때 같은 반이었다. 그녀의 남편은 회사에서 지금은 쓰이지 않는 비품과 소모품을 훔쳐서 중고 거래 사이트에 파는 횡령을 저질렀다. 아무리 적은 금액이라 해도 횡령은 횡령이다. 사내 결혼을 한 마나미와 남편은 부서는 다르지만 지금도 한 회사에 근무한다.

마나미는 남편을 말리기는커녕 어쩔 수 없다며 대수롭지 않게 여기고 있다. 그럼 남에게 굳이 말할 필요가 없지 않을까 생각했지만, 알고 보니 마나미의 후배 직원이 그 횡령을 알아차리고 주의를 주었고 그런 후배를 마나미가 쌀쌀맞게 무시하고 있는 상황을 털어놓고 싶어서 입이 근질근질한 것이었다.

마나미는 회사 동료와 그녀의 자매, 친구들 모두 그 후배에 대해 '주제넘게 참견하니까 회사에서 소외되는 것은 당연하다'라고 말한다며 내게도 동조할 것을 은근히 강요했다. 하지만 내 생각은 달랐다.

마나미의 남편은 아들의 교육비와 집 대출금을 갚는 데 보태기 위해 횡령을 했다고 한다. 금액이 얼마인지는 듣지 못했다. 마나미는 "얼마 안 되는 금액이야."라고 말했다. 아들과 집 대출금에 관해서는 나도 "정말 힘들겠다. 공부는 빨리 시작할수록 좋다니까."라든가, "내 집이 있으면 안심이 되지."라면서 긍정할 수 있지만 횡령은 다른 문제다. 그 일만큼은 말하지 않고 숨겼으면 했지만, 마나미는 그 일에 대해서도 내가 긍정해 주기를 바랐다. 그것이 내게는 부담이었다.

이십 대 때 회사 업무에 적응하지 못해 괴로워한 시기에 나는 마나미에게 큰 위로를 받았다. 그래서 최대한 이야기를 들어 주고 싶었지만, 마나미는 횡령과 그 일로 쓴소리를 해 주는 후배를 회사에서 무시하고 있다는 쉽게 긍정할 수 없는 이야기만 털어 놓았다. 더 이상은 무리라고 생각했다. 인정하고 싶지 않지만 나를 무슨 하소연이든 다 들어 주는 '감정 쓰레기통'으로 여기는 것 같다. "그래도 나는 남편이랑 아들이 편이 돼 주는데 이와사키는 혼자라서 힘들겠다." 마나미는 언제나 그렇게 말을 끝맺었다. 그러면 나는 "그렇지, 뭐."라고 대답했다. 회사 업무가 힘들 때도 있고 먹고사는 문제로 머리가 아플 때도 있다. 하지만 지금 가장 큰 문제는, 실은 마나미의 하소연을 듣는 것이다.

더는 못 하겠어, 이제 그 이야기는 못 들어 주겠어, 더는 나 자신을 속일 수가 없어, 이렇게 생각하다 마나미에게 전화를 할 뻔한다. 아니, 실제로 발신 버튼을 눌러 버린다. 마나미는 받지 않지만 부재중 전화가 뜬 것을 보고 내게 전화를 한다. 나는 손이 미끄러졌다는 둥 적당히 둘러대고, 마나미는 자기 이야기를 하기 시작한다. 전화를 끊으면 평일의 십몇 분이 도려낸 듯이 사라져 있어 나는 습관 관리 앱을 열고 '저질렀다' 버튼으로 'Kakiage-soba'에게 대미지를 준다.

*

이제 회복 아이템도 바닥이 났다. 나는 필통으로 사용 중인 파우치에 휴대폰을 집어넣은 뒤, 그걸 노트와 책을 담는 더 큰 파우치 속에 넣어 가방 깊숙이 눕혀 놓았다. 더 이상 'Kakiage-soba'에게 화풀이를 하지 않기 위해서다. 휴대폰을 멀리 떨어뜨려 놓으면 마나미에게 '더 이상은 무리야'라고 연락할 수 없는 데다 'Kakiage-soba'도 무사하기 때문이다. 일거양득의 행동이다.

나는 태연한 척을 하고 오늘도 전철을 타고 출근길에 올랐다. 다리를 가지런히 모으고 좌석에 앉으면서 조용하니 좋다고 생각하려 애썼다. 'Kakiage-soba'도 내가 대미지를 주지 않을 테니 안심할 것이다. 나는 신경이 곤두서 있는 것을 느끼면서 속으로 좋잖아, 하고 되뇌었다. 그러다 옛날 사람들이 '좋지 아니한가' 부르짖으며 단체로 춤춘 것이 떠올라 나도 머릿속으로 춤을 추려고 했지만 잘되지 않았다. 차츰 내가 왜 이렇게까지 해야 하나 싶은 불만이 고개를 쳐드는 것을 느꼈다.

이제는 정말 주의를 딴 데로 돌릴 만한 것이 필요했다. C의 악행을 검색해서 기분을 달래려 했지만 휴대폰은 이미 파우치 속의 파우치에 들어가 가방에 꽁꽁 숨겨진 상태다. 나는 바로 앞에 서 있는, 나보다 열 살은 어려 보이는 직장인 여성을 관찰했다. 가방에 달린 밀짚모자 액세서리가 어쩐지 소녀 취향이네, 바지는 새먼핑크, 페디큐어가 너무 빨갛다, 그래도 굵은 감색 줄무늬 니트와는 잘 어울리네.

거기까지 생각하고 내가 지루해서 죽을 지경인 천박한 사람이 되었다는 것을 깨달았다. 바로 눈앞의 여자에게 속으로 사과했다. 심심하고 기분이 언짢아서 옷차림을 평가하려고 했습니다. 아니, 해 버렸습니다. 정말 미안합니다. 완전 예쁘고 근사합니다.

나는 나카야마 씨가 좋아하지도 싫어하지도 않는, 다음 달이면 잊어버릴 C의 악행을 조사할 수밖에 없는 심정을 뼈저리게 이해할 수 있었다. C의 상대 여자들에게는 미안하지만, C가 얼마나 인간쓰레기인지 알아보는 행위는 '나보다 더한 놈이 있구나' 하고 안심하기 위한 나약한 마음의 비상구였다.

일단 나카야마 씨에게 내 상황을 모조리 털어놓는 편이 낫지 않을까 하는 생각마저 들었다. 업무 관계로 딱 한 번 만났을 뿐인 사람인데도 불구하고.

전철에서 더는 주변 사람을 관찰하고 싶지 않아 그날은 계속 고개를 숙이고 있느라 볼링장 핀을 보지 못하고 지나갔다. 회사에 도착하자 나는 평소보다 말이 많아지고 그 어느 때보다 헌신적인 팀원이 되고자 애썼다. 나는 스스로 문제 있는 사람이라는 것을 알기 때문에 좋은 사람인 양 행동함으로써 그것을 감추려 한다. 그런데 하필 그날은 내가 주의를 돌릴 만한 중대한 일을 아무도 맡고 있지 않았다. 닛타 선배는 웃으면서 "이와사키 씨는 늘 열심히 하니까 오늘은 컴퓨터 파일 정리라도 해."라고 말했다.

점심시간까지는 그 상태로 그럭저럭 버틸 수 있었지만 오후가 되자 안절부절못하기 시작하더니, 3시에는 한계가 다가오고 있음을 깨닫고 잠깐 편의점에 음료수를 사 온다는 핑계로 사무실을 나섰다.

음료수는 금방 샀다. 나는 십 대 남학생이 즐겨 마시는 에너지 드링크를 대용량 캔으로 구입했다. 그런데 그 직후에 안정 효과가 있는 음료수를 사는 게 나을 뻔했나 하는 후회가 들어 힘없이 터덜거리며 회사로 향했다.

회사 뒷문으로 들어가면서 하아, 자리에 앉으면 또 이 생각 저 생각에 헤맬 테니까 이대로 회사 부지의 모든 건물마다 돌아다니며 기분 전환이나 할까, 그런 생각이 들었다. 한 귀로는 운반용 트럭이 나가는 소리를 듣고 있는데 그에 섞여 직원용 자전거 주차장 쪽에서 드높고 날카로운, 뭔가가 깨지는 소리가 귀에 날아들었다.

평소 같으면 보러 가지 않았을 것이다. 그런데 그때는 도저히 사무실로 돌아가고 싶지가 않아 보러 가기로 했다. 나는 자전거로 출퇴근하지도 않고 직원용 자전거 주차장은 가끔 지나가 본 것이 전부였지만.

공장 담벼락 앞에 낯익은 작업복 차림의 여자가 있었다. 나카야마 씨였다. 그녀는 쓰레기봉투 입구를 단단히 쥔 채 마치 사슬낫인 양 휘두르고 있었다. 뭘 하는 건가 싶어 숨을 죽이고 지켜봤더니 나카야마 씨가 쓰레기봉투 밑부분으로 담벼락을 힘껏 쳤다. 또 뭔가가 깨지는 쨍그랑쨍그랑 소리가 났다.

뭘 하고 있는 걸까. 이상한 행동인 것은 분명하다. 그 순간 나는 지쳐 쓰러져 있던 감각이 반짝 살아나는 것을 느꼈다.

나카야마 씨가 지금 하는 거, 왠지 좋아 보여.

그녀가 고개를 들고 내 쪽을 잠시 바라보더니, "내가 뭘 하는 건지 궁금해요?"라고 물었다.

"네."

"닛타 씨에게는 말하면 안 돼요. 동기가 알면 창피하니까요."

그 말에 나는 "네." 하고 고개를 끄덕였다.

"그릇을 깨고 있었어요."

나카야마 씨가 반투명 쓰레기봉투를 들어 올려 보였다. 쓰레기봉투를 이중, 삼중으로 포갠 듯하고 속에는 신문지 뭉치 같은 것이 들어 있었다.

"어머니의 그릇이에요. 해 볼래요?"

그녀가 건넨 쓰레기봉투 입구를 쥐고 나도 휙휙 휘두르며 추진력을 얻은 뒤 담벼락을 쳐 봤다. 확실히 속이 후련해지는 것을 느꼈다.

"본가에 그릇장이 두 개나 있는 데다 싱크대 상부 장이며 하부 장에도 그릇이 꽉꽉 들어차 있어요."

"참고로 어머니는 혼자 사세요." 나카야마 씨가 덧붙였다. 그 두 가지 정보만으로도 나카야마 씨가 어머니 때문에 스트레스를 받고 있다는 것을 알 수 있었다. 내 어머니는 그렇지 않지만 그런 사람이 많다는 것은 나도 안다. 버릴지 말지 결정을 회피하는 사람으로, 누군가 결정해 달라고 하면 대뜸 화부터 낸다. 잘 못하니까.

어린아이에게 잘 못하는 일을 부탁하면 대체로 "잘 못하니까 싫어요."라고 솔직히 대답하지만, 어른은 잘 못한다는 것을 인정하지 않고 화를 내며 넘어간다.

"하루는 어머니가 집에 오셔서 고민 있으면 뭐든지 다 말하라고 끈질기게 구시길래, 업무 상대가 까다로운 요구를 해 힘들다고 했더니 내가 빈틈을 보이니까 그런 거 아니냐고 하시더군요."

나는 말없이 나카야마 씨에게 그릇이 담긴 쓰레기봉투를 건넸다.

"다시 그릇 이야기로 돌아가자면, 어머니는 그릇을 그렇게 부지런히 모으시고도 접시가 두세 장쯤 없어져도 모르시거든요. 그럼 도대체 왜 모으는 걸까 하는 생각이 드는 거죠."

나카야마 씨가 쓰레기봉투를 천천히 휘두르기 시작했다. 막연한 감촉에 불과하지만, 한 번만 더 부딪치고 나면 깨지는 느낌은 거의 없어질 것 같았다. 나카야마 씨가 쓰레기봉투로 담벼락을 쳐도 역시 처음 들었을 때만큼 시원한 소리는 나지 않았다.

"이제 말싸움할 기운도 없고, 그래서 대신 접시를 훔쳐 와 깨는 거예요."

문득 생각이 나서 작업복 소매를 팔뚝까지 걷은 나카야마 씨의 오른쪽 손목을 보니 예상대로 노란 고무줄을 차고 있었다. 샌드위치 가게의 전단지 견본을 보러 갔을 때 탁, 탁, 튕기던 고무 줄을.

"C의 정보를 검색하는데도 울분을 주체할 수 없을 때 그렇게 하시는 건가요?"라고 눈 딱 감고 묻자, 나카야마 씨가 고개를 가로저었다.

"아뇨, 오늘 치 정보를 다 수집했다고 느낄 때 이렇게 해요. 지금은 십오 분간 휴식 시간인데, 삼 분 만에 오늘 치가 다 없어져서 어쩔 수 없이 이걸로 해소하는 거예요."

나카야마 씨가 쓰레기봉투를 들어 보이며 말했다.

"실은 C의 정보 검색이 금방 끝날 때를 대비해 옛날에 싫어했던 사람의 SNS를 보는 일도 생각해 두었는데, 실제로 해 보니까 정말 싫어하는 사람 SNS는 얼씬도 안 하는 게 낫겠더군요. 보는 족족 독을 삼키는 기분이었어요."

나는 조용히 다음 말을 기다렸다.

"사실은 전혀 아닌 척 허세 글을 올리는 거라면서 그 사람이 불행하다는 증거를 찾으려고 애썼죠. 그러다 어느 순간 딱 이런 생각이 드는 거예요. 내가 왜 스트레스를 받으면서까지 이런 짓을 할까."

나도 그런 적이 있어 고개를 끄덕였다. 나카야마 씨가 자신과는 전혀 상관없는 연예인 C의 이야기를 읽는 편이 마음 편하다는 것도 이해할 수 있었다.

"말하자면 접시 깨는 거랑 C에 대해 조사하는 건 위에서 세 번째쯤 되는 행동이에요. 맨 위에 있는 건 싫어하는 업무 상대를 머릿속에 떠올리는 것이고, 두 번째는 옛날에 싫어했던 사람의 SNS를 구경하는 거죠. 실은 어머니한테 한바탕 퍼붓고 싶어질 때 그 충동을 억누르기 위해 이런 고약한 짓을 하는 거예요."

"한 번 끊었던 담배를 다시 피우기는 싫잖아요." 나카야마 씨가 덧붙였다. 나로 말할 것 같으면 음주가 그에 해당한다. 그리고 'Kakiage-soba'에게 대미지를 주는 것도.

"노란 고무줄은요?"

"아무런 도움도 안 돼요, 지금은. 담배는 이걸로 끊을 수 있었지만."

나카야마 씨는 문득 이야기에서 도망치고 싶어졌다는 듯 먼 곳을 바라본 뒤, 트럭이 오가는 소리가 나는 방향을 봤다. 아무런 도움도 되지 않는다고 말했으면서 이번에도 고무줄을 탁 튕겼다.

나는 시간을 신경 써 가며, 'Kakiage-soba'에게 대미지를 주는 것과 친구가 덮어 주기 어려운 남편의 횡령에 대해 내가 편들어 주기를 바란다는 내용을 간략히 설명했다. 나카야마 씨는 고개를 주억거리며 아무런 의문도 제기하지 않고 들어 주었다. 마나미의 일은 그렇다 쳐도 'Kakiage-soba'에 관한 일은 누가 봐도 한심한 이야기인데도 불구하고.

"또 그릇 훔쳐 올게요. 도저히 못 참겠으면 깨러 와요."

헤어질 때 나카야마 씨가 말했다. 그러고는 매우 진지하게 덧붙였다.

"일단 이 시간대에 자전거 주차장으로 와요, 바로 준비해 놓을 테니. 만약 여기 왔는데 내가 없으면 생산관리팀 사무실로 오세요. 준비는 금방 되니까."

*

그날 이후 나는 나카야마 씨 어머니의 그릇을 깨러 두 번이나 더 갔다. 직장 동료 부모의 그릇을 신문지로 감싸 쓰레기봉투에 넣은 뒤 담벼락을 치며 깨부수다니 참으로 괴상하고 지독한 일이지만 의외로 속이 후련했다. 그릇을 열심히 모은 그녀의 어머니보다는 그릇을 만든 사람에게 미안한 마음이 들어 그렇게 이야기했더니, 나카야마 씨는 기본적으로 수십 년 전에 만들어진 낡은 그릇도 있으니 시효가 끝났다고 생각하면 된다고 설명했다.

세 번째로 그릇을 깨러 갔을 때, 나카야마 씨는 "이번에는 한 장뿐이에요."라며 사과했다. 그릇을 훔치는 걸 들킨 것은 아니지만, 어머니에게 "요즘 자주 오는구나."라든가 "그릇장을 자주 여는구나, 집에 그릇이 없니?" 같은 말을 들었다고 한다.

"아휴, 그러지 마세요. 그릇을 깨부수게 해 주시는 것만으로 얼마나 고마운데요.”

“짜릿한 맛이 다르잖아요. 세 장이 딱 좋은데.”

나카야마 씨가 생각에 잠긴 얼굴로 심각하게 말했다.

“그렇다고 새로 구입한 그릇을 깨는 건 의미가 없고. 괜히 죄책감만 더 느끼겠죠.”

나카야마 씨는 그때 자기 마음을 미리 읽은 듯이 심란한 표정으로 덧붙였다.

“저도 본가에 가면 엄마가 모아 둔 그릇을 훔쳐 오려고요.”

나는 그렇게 말하면서도 본가에 거의 가지 않아 현실적인 제안이 아니구나 싶어 미안하게 생각했다.

문제는 또 있었다. 나카야마 씨의 휴식 시간은 오후 3시로 고정되어 있지만 나는 그날그날 바쁜 정도에 따라 휴식 시간이 변동된다. 오늘은 도저히 못 참겠다, 그릇을 꼭 깨야겠다 싶은 날에도 자전거 주차장에는 오전에만 갈 수 있다거나 퇴근 이후에만 시간이 나는 일도 있었다. 그 경우 오전에는 나카야마 씨가 자리를 비울 수가 없고, 퇴근 시간 이후에는 직원들이 퇴근하러 줄줄이 오기 때문에 그 사람들 앞에서 쓰레기봉투를 휘두를 수도 없는 노릇이었다. 어쩌면 좋게 봐 주는 사람이 있을지도 모르지만, 우리는 이 일이 상당히 괴상하다는 것을 알고 있는 데다 상사가 눈치라도 채면 무슨 소리를 들을지 모르기 때문에(담벼락이 손상된다든가 하는) 퇴근 시간 이후는 피하고 싶었다.

"볼링을 치러 가 보면 어떨까요?"라고 나카야마 씨에게 제안한 것은 세 번째로 그릇을 깨러 간 날, 나카야마 씨가 접시 한 장뿐인 쓰레기봉투의 첫 타를 내게 양보해 준 후였다. 나카야마 씨가 본가에서 훔쳐 온 그릇을 내가 먼저 깨려니 미안해서 몸 둘 바를 모를 지경이었다. 그래서 내가 직접 대안을 생각해야 한다고 판단한 것이다.

그렇게 생각해 낸 것이 아침마다 전철 창문 밖으로 보이는 볼링장에 나카야마 씨를 데려가는 일이었다. 나는 볼링을 치는 취미가 없기 때문에 회사에 다닌 지 십 년이 넘은 지금도 그곳에 한 번도 가지 않았다. 그 볼링장 건물은 볼링을 하지 않는 나조차 저 건물은 언제까지 있을까, 언젠가는 없어지는 걸까, 쉽게 잠들지 못하거나 골똘히 생각에 잠기게 되는 존재감 있는 곳으로, 이따금 닛타 선배가 그 안에 있는 오락 시설을 언급할 때가 있어 조금 관심을 갖고 있었다. 참고로 닛타 선배가 좋아하는 것은 볼링이 아닌 자동차 경주 게임이다. 실제로 있는 코스를 모델로 한 점이 좋다고 한다. 가끔 남편과 열두 살, 열 살짜리 아들들이 있는 집에 들어가기 싫을 때가 있는데, 그럴 때면 집에는 야근한다는 핑계를 대고 볼링장에서 한 시간쯤 게임을 하고 집에 간다고 했다.

나카야마 씨는 볼링을 처음 해 본다고 했고 나는 살면서 두 번째였다. 우리는 볼링화를 빌리는 것부터 순탄치 않았다. 그리고 둘 다 무거운 공을 고집하는 것치고는 애초에 핀이 서 있는 곳까지 공이 굴러갈까 말까 한 위태롭고도 힘없는 투구를 하고는, 절반쯤 갔을 때 볼링공이 홈에 굴러떨어지는 '거터'라는 플레이를 반복했다. 가장 가벼운 공으로 노선 변경을 하자 이번에는 이상하리만큼 잽싸게 던져서 가장자리 핀만 겨우 쓰러뜨리는 모양새라 형편없기는 마찬가지였지만, 신기하게도 나름 분위기가 달아올랐다. 둘 다 똑같이 못해서였을지도 모른다. 그런 다음 역시 똑같이 못하는 탁구를 쳤는데 의외로 재미있었다. 대체로 탁구공이 세 번 왔다 갔다 할 때마다 둘 중 하나의 공이 네트에 걸렸고, 분명히 대각선이 아닌 정면에서 쳤는데도 밖으로 나간 공을 어쩌다 쳐 넘기면 "굉장해!"라고 말하며 서로의 플레이를 칭찬했다.

그뿐만 아니라 우리는 '스트리트 파이터'까지 했다. 나카야마 씨와 나는 둘 다 스모 선수 캐릭터인 에드먼드 혼다를 선택했다. 3D로 구현되었는지 캐릭터가 매끈매끈한 최신 버전도 있었지만 그곳에 있는 기계 중 가장 오래된 게임기로 놀았다. 나카야마 씨가 기술을 더 빨리 익혀서 내가 계속 졌는데, 마지막 판에는 그녀가 중펀치, 중킥, 약펀치, 약킥만 쓰는 걸로 봐줘서 마침내 나도 이길 수 있었다.

"목욕탕을 배경으로 얼굴에 빨간 물감을 칠한 스모 선수가 등장하다니 세계관이 굉장하네."

나카야마 씨의 진솔한 소감에 나는 "그러게요."라며 동의했다.

그러고 나서 피규어 인형 뽑기를 했다. 나는 의외로 잘해서 나카야마 씨가 세 번 도전해서 실패한 것과 달리 한 번에 성공했다. 애니메이션에 나오는 멋있는 남자 캐릭터 피규어로 이름은 잘 몰랐다. 내가 나카야마 씨에게 선물로 드리겠다고 하자, 그녀는 이런 걸 갖고 있으면 다음 이사 때 짐 싸기 어려우니까 괜찮다며 거절했다.

"꽃미남인데요?"

"됐어요."

"그럼 누구 피규어가 갖고 싶으세요?"

"노엘 갤러거*라면 갖고 싶군요."

나카야마 씨는 바로 답했다.

마지막으로 나카야마 씨와 나는 포클레인으로 과자를 퍼 담는 옛날 게임을 했다. 어렸을 때 이 게임을 하지 못해 한이 맺힌 나는 혼자 여러 판을 해서 라무네 캔디를 두 손 가득 쥐어야 할 만큼 따냈다. 절반은 나카야마 씨에게 주고, 아무도 없는 평일 밤의 카페테리아에서 자판기 음료수를 뽑아 마셨다. 나카야마 씨는 멜론소다를, 나는 오렌지가 오렌지주스를 마시고 있는 캐릭터 도안으로 유명한 오렌지주스를 마셨다.

● 1991년 영국에서 결성된 록 밴드 '오아시스'의 멤버

나카야마 씨는 C의 새로운 교제 상대가 발각된 것 같다고 말한 뒤 더는 C에 대해 조사하지 않을지도 모른다고 털어놓았다.

"왜요?"

"허무해서요."

하기야 당연하다는 생각이 들어 대답할 말이 없었다. 앞으로는 그릇을 깨는 일도 어려워질 것 같은 데다 C의 정보 검색까지 그만두면 나카야마 씨는 세 번째 행동이 없어지는 셈이다. 나는 내 고민이야 어찌 되었든 그것이 걱정이었다.

"앞으로 어떻게 하실 거예요?"

나는 그렇게 물으면서 회사를 그만두거나 이혼한 사람에게 할 법한 말을 했다는 생각을 했다.

"어떻게 할까. 볼링 연습이라도 할까."

나카야마 씨는 두 손으로 얼굴을 싸쥐며 한숨을 쉬었다.

"그나저나 이 라무네, 굉장히 맛있군요. 고마워요, 라무네가 얼마나 맛있는지 일깨워 줘서."

나카야마 씨가 손을 내리면서 내 얼굴을 정면으로 보고 고개를 끄덕여 인사했다.

"요즘에는 새콤달콤한 걸 통 안 먹어서 신선했어요. 어렸을 때는 많이 먹었던 것 같은데 말이죠."

"요구르트나 과일도요?"

내가 묻자 나카야마 씨는 고개를 끄덕였다. 확인하면 실례가 될 것 같아 그냥 놔두었지만 나카야마 씨의 눈에 눈물이 고인 듯했다. 라무네 캔디가 맛있다는 이유로.

잠시 후 우리는 뒤늦게 밥을 먹으러 가기도, 그렇다고 집에서 해 먹기도 귀찮다는 이야기를 나누며 카페테리아에 있는 자판기에서 햄버거와 컵라면을 뽑아 먹기로 했다. 나카야마 씨는 튀김 소바와 닭튀김을 먹었다. 애초에 눈이 떠질 만큼 맛있는 음식일 리가 없었고 어떻게 보면 맛이 없다고도 할 수 있겠지만, 느끼하면서도 그리운 맛이 났다. 나카야마 씨는 소바가 평범하게 맛있다고 했다.

한참을 논 것 같은데 집에 의외로 이른 시간에 도착해서 나는 라무네에 관해 조사해 나카야마 씨에게 보냈다. 나카야마 씨도 라무네를 검색했는지 어떤 향토 기업에서 만든 희귀한 라무네에 관한 기사를 보내왔다.

그러고 나서 좌식 테이블 위에 멋있는 애니메이션 남자 캐릭터 피규어를 박스째 놔둔 채 노엘 갤러거에 관해 검색했다. 오아시스의 음악은 십 대 시절에 즐겨 들었지만 지금은 그렇지도 않기에, 노엘 갤러거에 대해 진득하게 생각하는 것은 약 오 년 만이었다. 몇 년 전 일본 공연 당시 기사에서 노엘 갤러거가 엄청나게 거대하고 비싼 집을 장만했다며 공연 굿즈를 사 달라고 호소한 것을 읽고 웃음이 났다.

습관 관리 앱을 켜고 오늘은 마나미 생각을 한 번도 하지 않았기에 '저지르지 않았다' 버튼을 눌러 'Kakiage-soba'에게 경험치와 골드를 부여했다. 'Kakiage-soba'가 안심한 표정을 짓는 듯한 기분이 들었다.

*

그날 이후 오아시스의 곡을 스트리밍이 아닌 오프라인으로 듣고 싶어서 점심시간에 1집 앨범 〈데피너틀리 메이비Definitely Maybe〉의 음원을 구매해 다운로드했다. 그날 퇴근하고 집에 도착하자 마나미에게 문자가 왔다. 일요일인 모레, 아들을 학원에 데려다주고 나서 두 시간 동안만 차를 마시자는 내용이었다.

거절하고 싶다는 생각을 하면서 답장을 뭐라고 보내야 할지 떠올릴 수 없을 만큼 허기가 진 나는 우선 냄비에 물을 붓고 불에 올려놓은 뒤 양파를 다지기 시작했다. 미트소스스파게티를 만들기 위해서다. 소스는 한 번 만들 때 사흘 치를 만들어 둔다. 양파의 섬유질 방향을 따라 수직으로 썰어야 하는데 오늘따라 잘 안되고 머릿속이 꽉 막힌 기분이었다. 눈도 금방 시큰해졌다.

간신히 양파 한 개를 다져 놓고, 프라이팬에 다진 고기를 볶다가 색이 변했을 때 양파를 넣어 줬다. 고소한 냄새가 났다. 다음으로 싱크대 밑에서 잘게 썬 토마토 통조림을 꺼냈다. 손잡이를 들어 올려 절반까지는 한 번에 땄지만 그다음이 잘 안되었다. 나는 요리를 내팽개치고 싶은 충동과 싸우면서 통조림을 따느라 끙끙대야 했다. 통조림에 든 것을 몽땅 프라이팬에 붓고 케첩과 우스터소스와 과립 콩소메를 적당히 넣었다.

내 기준에서는 좋은 냄새가 났다. 나는 몸에 좋다고 알려진 것 중에서는 토마토를 좋아하는 편이다. 레시피에 2분의 1만 쓰라고 되어 있어도 대체로 통조림 하나를 다 부어 준다.

마나미를 만난 자리에서 그 이야기를 했을 때, 마나미가 바로 휴대폰을 들어 검색하더니 "토마토를 너무 많이 먹으면 결석이 생긴대."라고 말한 일이 떠올랐다. 순간 현기증이 나서 황급히 프라이팬을 놓고 이동해 싱크대를 붙잡았다.

왜 고작 토마토를 좋아하는 것마저 긍정해 주지 않는 사람에게 동의를 구걸했을까.

가스레인지를 약한 불로 해 놓고 휴대폰을 가지러 가서 화면에 마나미의 연락처를 띄웠다. 아무런 생각도 하지 않고 '차 마시러 안 갈래. 일정이 있는 건 아니고 좀 피곤해서'라고 입력했다. 이어서 이렇게 입력한 뒤 이번에도 아무 생각 없이 '보내기' 버튼을 눌렀다.

'네가 하고 싶은 이야기 중에 내가 공감할 수 있는 문제가 지금은 아무것도 없는 것 같아. 그러니까 미안하지만, 다른 사람한테 이야기하는 편이 나을 것 같아.'

머릿속이 꽉 막힌 듯한 느낌은 여전했지만 어쨌든 크게 숨을 내쉬었다.

미트소스스파게티는 무척 맛있었다. 마나미가 뭐라고 답장을 보내올지 걱정되는 한편, 이제 무조건 "지금은 피곤해. 미안해." 하고 답장하기로 했다. 실제로 피곤하기도 하고.

저녁을 다 먹은 뒤 습관 관리 앱을 열어 '의례용 베레모'를 사서 'Kakiage-soba'에게 착용시켜 주었다. 깃털이 달려 있어 근사했다. 그러자 지성이 8점이나 올랐다. 무료로 변경 가능한 안경테도 노란색으로 바꾸었더니 그 전보다 약간 멋스러워졌다. 'Kakiage-soba'도 나처럼 기뻐하면 좋겠다고 생각했다.

나카야마 씨가 오랜만에 본가에서 어머니의 접시 세 장을 훔쳐 왔다고 연락을 준 날, 그녀는 접시를 자전거 주차장 담벼락이 아닌 자신의 책상 바닥에 던져 깨부쉈다.

그동안 전혀 몰랐고, 알게 된 지금도 개의치 않기로 다짐했지만, 나카야마 씨는 일 년 선배인 영업부의 다케우치 씨와 석 달간 사귄 적이 있다고 한다. 벌써 오 년 전의 일로, 나카야마 씨가 먼저 사귀자고 했다가 막상 사귀어 보니 도저히 맞지 않아 헤어졌다고.

이후 다케우치 씨는 곧바로 다른 사람과 결혼을 했으면서도 아직도 나카야마 씨를 함부로 대하는 일이 있다고 한다. 이제는 사적으로 어울리는 일이 전혀 없는 대신 업무 중에 그 무례함이 튀어나오고 있다. 가령 이 일을 해낼 수 있는 사람은 너밖에 없다고 부담스럽게 의지하는가 하면, 말도 안 되는 트집을 잡아 승인을 해 주지 않는 식이다. 그래서 담당자를 바꾸겠다고 하면 그건 곤란하다고 하는 모양이다.

나카야마 씨는 책임감이 강한 사람이라 그동안 어떻게든 다케우치 씨의 일을 소화했지만 이제 한계에 도달한 것이다.

단골 거래처에서 한 시간마다 찔끔찔끔 수정이 오는데 한꺼번에 요청해 달라, 작고 사소한 요청이 들어올 때마다 기계를 돌리면 끝이 없다고 말하자, 이 정도 대응은 그쪽 부서의 의무다, 월급을 받는 만큼 일해야 할 것 아니냐는 말이 돌아왔다고 한다. 이에 분노한 나카야마 씨는 책상 맨 아래 큰 서랍에 숨겨 둔, 신문지 뭉치가 든 쓰레기봉투를 꺼내 바닥에 냅다 내리쳤다.

방금 그 소리 뭐야?

맞혀 보시겠어요?

"내가 왜 화내는지 알겠어?", "내가 지금 무슨 생각을 하는 것 같아?", "너의 어떤 점이 나쁜지 알겠어?" 나카야마 씨는 그동안 다케우치 씨에게 숱하게 들은 말투를 그 상황에 맞게 바꿔 되돌려주었다.

모르겠는데.

그렇군요.

나카야마 씨는 그렇게 말한 뒤 어쨌든 그 일에는 대응할 수 없다고 거절했다. 그런 식의 대답은 다케우치 씨가 말꼬리를 잡고 시비를 걸어왔을 때보다 더 고통스러운 일로, 나카야마 씨의 직무상 자존심을 상하게 했다고 한다. 나카야마 씨는 자신을 괴롭히기 위해 업무적으로 무리한 요구를 하는 다케우치 씨가 나쁘다는 것은 알지만, 애초에 그런 사람과 엮여 버린 스스로에게 분노를 느꼈다.

3시에 접시를 깨러 자전거 주차장에 갔을 때 나는 이 일을 나카야마 씨에게 들었다.

"도저히 화가 안 풀려서 조금 전에도 담벼락을 마구 쳤더니 접시가 거의 산산조각 났어요. 미안해요."

나카야마 씨는 사과하며 손목의 고무줄을 탁, 하고 튕겼다.

"아니에요, 사과하지 마세요."

나는 고개와 손을 세차게 흔들었다. 가만히 있을 수가 없어서 음료수를 사 온다는 핑계로 회사 밖으로 나가 편의점에 가서 전에 샀던 에너지 드링크를 집어 들었다. 그때는 안정이 필요했을 때라 음료수를 잘못 고른 것 같아 후회했지만, 탕비실 냉장고에 넣어 뒀다가 업무 중에 마셔 봤더니 큰 도움이 되었기 때문이다.

반대로 마음이 차분해지는 음료수도 있으면 좋겠다 싶어 추가로 카페라테를 사서 자전거 주차장으로 돌아갔다. 나카야마 씨에게 둘 중 뭐가 좋으냐고 묻자, 그녀는 에너지 드링크를 골랐다.

"이와사키 씨에게는 산산조각이 난 접시밖에 줄 게 없고, 사무실로 돌아가면 과장님에게 업무 거부 경위에 대해 해명해야 해서 담배 생각이 간절하던 참인데 정말 고마워요.”

나카야마 씨는 그렇게 말한 뒤 에너지 드링크를 꿀꺽꿀꺽 마시고는, “열심히 변명하고 올게요.” 하고 그 자리를 떠났다.

나카야마 씨도 나름대로 초조했는지 접시가 든 쓰레기봉투를 놔두고 갔기에 내가 챙겨서 우리 사무실로 가지고 돌아갔다.

어쩐지 호기심이 들어 안 된다고 생각하면서도 쓰레기봉투를 열어 깨진 접시를 확인해 보니, 내가 초등학생 때 어떤 제빵 회사에서 스티커를 모으면 경품으로 주었던 바로 그때 그 접시가 나왔다. 그걸 어떻게 기억하는가 하면 프랑스 국기가 가운데 조그맣게 새겨진 그 접시를 인기 있는 반 여자아이가 좋다고 해서 한때 모으는 것이 유행했기 때문이다. 나는 뭐가 좋다는 건지도 잘 모르면서 유행에 뒤떨어지면 아이들이 껴 주지 않을까 봐 부모님에게 그 회사의 빵을 사 달라고 졸라서 열심히 스티커를 모았다. 그렇게 간신히 받은 경품 접시는 일 년 만에 깨졌다.

이십오 년도 더 전의 일이다. 나는 깨진 접시 조각 중 큰 것을 꺼내서 한쪽 눈을 감고 자세히 봤다. 오래되어서인지 흰색이 회색빛을 띠고 있을 뿐 이가 나간 부분도 없고 새것처럼 보였다. 나는 알지도 못하는 나카야마 씨의 어머니에게 이건 좀 아닌 것 같다고 말하고 싶어졌다. 접시를 사용하지 않은 채 갖고만 있다가 딸과의 말다툼 끝에 처분하기를 거절하는 어머니와, “내가 왜 화내는지 알겠어?” 하고 꼬투리를 잡는 다케우치 씨는 서로 멀리 있어 아무런 관련이 없는 것처럼 보이지만 같은 땅을 밟고 서 있는 사람들처럼 느껴졌다. 내게는.

*

나카야마 씨가 사무실에서 그릇을 깨고 난 삼 일 후, 닛타 선배가 나카야마 씨에게 소고기장조림 세트를 선물했다는 이야기를 하고 있었다.

"물론 저렴한 걸로. 너무 거창하면 나카야마 씨도 마음 쓰일 테니까."

닛타 선배가 곧바로 덧붙였다.

나카야마 씨는 과장과 면담을 했고, 그 일은 순식간에 동기 여직원들 사이에 퍼졌다고 한다.

"성실한 나카야마 씨가 그렇게까지 하다니 얼마나 무리한 요구를 했으면 그랬을까."

닛타 선배가 진지한 얼굴로 고개를 끄덕이며 말했다. 나와는 상관없는 일인데도 나카야마 씨에게 닛타 선배 같은 동기가 있어 다행이라는 생각을 했다.

나카야마 씨는 십수 년을 근속한 직장에서 감정을 드러낸 일이 처음이라 질책을 받기보다는 염려를 들었다고 한다. 직속 상사인 과장은 영업부인 다케우치 씨가 매번 나카야마 씨를 지목

해 업무를 처리하려는 것에 잠깐 고민한 적도 있지만, "오랫동안 한 팀처럼 일하길래 사이가 좋은 줄 알았지."라며 깊이 생각하지는 않았던 모양이다.

다케우치 씨와의 내선 통화 중에 낸 '공격적인 소리'에 대해, 나카야마 씨는 펜꽂이를 바닥에 떨어뜨렸다고 주장했고 그대로 받아들여졌다고 한다. 다케우치 씨는 나카야마 씨의 상사에게 어떤 상황이었는지 설명하던 중에 그 '공격적인 소리'의 뚜렷한 횟수를 언급했다고 한다. 협박하는 줄 알았다면서.

여기까지는 사건 당일 내가 자전거 주차장에서 가져온 접시든 쓰레기봉투를 나카야마 씨에게 돌려주러 갔을 때, 역시 자전거 주차장에서 그녀에게 들었다. 나카야마 씨가 사무실 바닥에 접시를 깨부순 날로부터 열흘 뒤의 일이었다. 나카야마 씨는 그날 이후 다케우치 씨의 거래처 일이 넘어오지 않고 있으며 앞으로도 그럴 것 같다고 했다.

"그런데 우리 과장님도 일이 바빠지면 그 부분에 신경 못 쓰실지도 모르죠."

나카야마 씨가 에너지 드링크를 마시며 미간을 찌푸렸다.

나는 마나미가 만나자고 한 제안을 거절했더니 그날 이후 아무런 연락도 없다는 이야기를 털어놓았다. 나카야마 씨는 고개를 끄덕인 뒤 말했다.

"외로울 수도 있고 뭔가를 돌이키고 싶을 수도 있겠지만, 잘된 일로 받아들이도록 해요.”

“그러고 보니 그날 이후 술도 안 마셨고 아바타도 무사해요.”

“그럼 정말 잘된 일이군요.”

“가끔 볼링장에 가고 싶긴 하지만요.”

“그럼 다음 주 금요일쯤 같이 가요.”

그로부터 다시 며칠이 지난 어느 날, 나는 집 좌식 테이블 위에 장식해 둔 멋있는 애니메이션 남자 캐릭터 피규어를 후배인 후쿠마쓰 씨에게 선물했다. “이거 갖고 싶었던 거예요! 뭔가 답례를 해 드리고 싶은데요.”라는 그녀의 말에 나는 일전에 나카야마 씨가 알려 준 희귀한 라무네가 갖고 싶다고 말했다.

나카야마 씨가 사무실에서 접시를 깨부순 뒤 삼 주가 지난 금요일, 나는 나카야마 씨와 닛타 선배와 셋이서 볼링장에 갔다. 닛타 선배가 자동차 경주 게임에 열중하는 사이 나카야마 씨와 나는 또 형편없는 실력으로 볼링을 쳤다.

나카야마 씨는 그동안 회사에서 무슨 일이 있었는지, 그 일 때문에 그릇을 훔쳐서 깼다는 사실을 어머니에게 털어놓았다고 한다. 어머니는 예상한 것보다는 덜 화냈지만, 나카야마 씨가 무슨 소리를 하는지 전혀 모르겠다는 표정으로 듣고 있었다고 한다.

“하긴, 이제 두 가지 일을 연결 지어 생각하시는 건 무리겠죠. 내일모레 일흔이 되시니까.”

나카야마 씨는 체념한 듯이 말했다.

"그래도 그릇은 계속 훔칠 거예요."

"어머니께서 그릇을 옮기시면요?"

"내가 슬금슬금 빼돌린 것처럼 많이는 못 옮기실걸요. 그래도 만약 옮기시면 집 안을 샅샅이 뒤져야죠."

최근에는 관심을 끄게 된 연예인 C가 사죄의 기자회견을 열었는데 나카야마 씨는 보지 않았다고 한다. 나도 안 봤다. 닛타 선배는 봤다면서 이렇게 주장했다.

"그래, 사죄하더라. 그런데 기자들이랑 TV 보는 사람들 말고 아내와 자식, 불륜 상대에게 더 깊이 사죄해야 한다고 생각해. 물론 뒤에서 용서를 빌었을 수도 있지만 더 간절하게."

나카야마 씨에게 그 이야기를 하자 그녀가 말했다.

"그렇다고 할복하는 모습을 봐 봤자 우리만 기분 나빠지겠지만요."

볼링 도중에 닛타 선배가 자동차 경주 게임을 마치고 돌아와 나는 그녀에게 볼링을 대신 쳐 달라고 했다. 그동안 몰랐지만 닛타 선배는 볼링도 잘했다. 그런 다음 이번에도 자판기에서 따뜻한 간식을 뽑아서 맛없지만 옛날 생각이 나는 맛이라고 재잘거리며 저녁을 때우고 해산했다.

집에 가는 전철에서 습관 관리 앱을 열어 '저지르지 않았다' 버튼을 누르고 'Kakiage-soba'에게 경험치와 골드를 부여하려 하는데, 친구 신청 알림이 떠 있었다. 열어 보니 신청자의 이름은 '라무네 갤러거'이고, 아바타는 갈색의 둥근 투구를 쓴 눈썹이 굵은 기사였다. 메시지에는 '노란 고무줄이 끊어져서 이걸로 대신하려고요. 잘 부탁해요'라고 쓰여 있었다. 나는 'OK' 버튼을 누른 뒤 휴대폰을 가방에 집어넣었다.

　집에 도착하면 한잔해도 될 것 같은데, 하는 생각이 들었다. 지금이라면 그리 해롭지 않은 술이 될 것 같았기 때문이다. 자판기에서 뽑아 먹은 간식이 다 자극적인 맛인 데다 그저께 만들어둔 미트소스도 아직 남아 있었다.

생일날

오후 4시쯤 카페에 방문한 에쓰 씨를 평소처럼 주방에서 가장 가까운 2인석으로 안내했다. 사에코는 좌석이 비어 있는 한 에쓰 씨를 꼭 그 자리로 안내한다. 바로 직전에 다른 손님이 앉았다 가서 테이블 위가 정리되어 있지 않고 다른 좌석이 비어 있다 해도 에쓰 씨가 오면 반드시 그 자리로 안내한다. 사에코는 자신이 출근하지 않는 토요일과 월요일에 에쓰 씨가 오면 다른 동료들은 어떻게 할까 이따금 생각하지만, 그렇다고 일부러 물어본 적은 없다.

그곳은 창가 좌석인데도 바로 위로 건물 외벽이 돌출되어 볕이 잘 들지 않는 자리였다. 오히려 석양볕이 거의 들지 않아 이른 저녁 앉기에는 쾌적한 자리로, 항상 4시 전후에 오는 에쓰 씨는 창문을 마주 보고 앉아 바깥 경치를 느긋하게 구경하곤 했

다. 사에코는 백화점에 입점한 카페에서 일하는데, 그 맞은편에
는 대기업 건설 회사의 건물이 있고 늘 사람들이 왔다 갔다 해서
볼거리가 궁하지는 않으리라 생각했다. 사에코도 카페에 손님이
별로 없어 테이블 정리나 주방 일 돕기, 계산대 등 아무것도 할
일이 없을 때면 맞은편 건물에서 근무 중인 사람들을 구경한다.
바쁘게 돌아다니는 사람, 전화를 하거나 잡담하는 사람, 혼자 머
리를 싸쥐는 사람 등 모두가 부지런히 일을 하고 있다는 느낌이
다. 사에코도 삼십 대 중반까지는 똑같은 모습으로 일했지만 지
금 생각하면 먼 옛날 일처럼 느껴진다.

　에쓰 씨는 오늘도 말차젤리와 호지차를 주문하고 늘 그랬듯이
한 시간을 들여 그것을 먹고 마셨다. 카페를 나갈 때 계산대 앞
에서 지갑을 열어 동전을 느릿느릿 골라 가며 딱 맞게 650엔을
트레이에 올려놓은 뒤 사에코에게 물었다.

　"잘 지내는감?"

　"저야 늘 똑같죠. 손님은 어떠세요?"

　"늘 똑같지, 뭐."

　에쓰 씨가 트레이에 스탬프 카드를 올려놓자 사에코가 도장을
찍었다. 이제 다섯 개만 더 찍으면 스탬프 카드가 완성되어 말차
라테에 아이스크림을 띄운 말차플로트를 무료로 먹을 수 있다.
에쓰 씨가 스탬프 카드에 도장을 모으는 것은 두 번째였다. 사에
코는 예전에 에쓰 씨가 완성된 스탬프 카드를 옆 테이블에 앉은

모녀 손님 중 초등학교 저학년으로 보이는 딸에게 주는 것을 본 적이 있다. 어머니가 화장실에 가느라 자리를 비웠을 때, 에쓰 씨는 늘 살짝 떠는 손으로 여자아이에게 스탬프 카드를 건네며 이런 말을 남기고 갔다.

"나는 안 쓰니까 너 가지렴."

사에코는 도장을 찍으면서 이분에게는 말차플로트가 아니라 늘 주문하는 말차젤리와 호지차를 무료로 제공하도록 점장에게 말하는 편이 낫겠다고 생각했다. 말차플로트는 700엔이지만 말차젤리와 호지차 세트는 650엔이므로 카페로서도 50엔 이익이기도 하고.

"감사합니다, 또 오세요."

사에코는 에쓰 씨의 등이 굽은 작은 뒷모습을 향해 머리를 숙였다. 곧바로 다른 손님에게 시원한 물을 가져다 드리라는 말에 그쪽으로 향했다. 출입구에는 쉰두 살인 자신과 동년배로 보이는 여자 손님이 와서 메뉴판을 들여다보고 있었다. 금요일에는 오후 5시부터 일하는 마사미가 그 손님 옆을 지나쳐 카페에 들어왔다. 마사미는 무슨 언짢은 일이라도 있었는지 고개를 숙이고 미간을 찌푸리고 있었다. 마사미가 언짢은 일을 겪는 것은 일상다반사다.

사에코는 "안녕하세요." 하고 마사미와 인사를 나눈 뒤, 자신과 동년배로 보이는 카페 여자 손님의 접객을 맡겼다. 그런 다음 테이블의 위생 상태를 점검하고 카페 안을 돌아다니며 손님들의 물컵에 물을 채웠다. 또 손님이 한 명 와서 카페 안으로 들였다. 손님이 카운터 석에 앉으려 하자 사에코는 더 넓게 쓸 수 있는 2인 석으로 안내했다. 삼십 대 중반으로 보이는 여자 손님은 과할 정도로 미안해하며 한 번 내렸던 배낭을 두 팔로 안고 이동했다.

마사미는 손님의 주문을 주방에 전달하자마자 곧장 빈 테이블을 닦고 있는 사에코 곁으로 와서 물었다.

"혹시 오늘 끝나고 시간 있으세요? 같이 저녁 먹으러 가실래요?"

사에코는 평소 같았으면 그러자고 얼른 대답했겠지만 오늘은 미안하다며 입을 뗐다.

"간밤에 잠을 못 잤더니 피곤해서 빨리 집에 가고 싶네."

뜻밖의 거절에 마사미는 아아, 하고 입가를 비틀어 불만을 드러냈지만 이내 마음을 풀었다.

"그럼 다음에 또 아르바이트 겹치는 날 가요."

사에코는 그러자고 대답했다.

마사미는 그날도 친구나 교제 중인 사람에 대한 푸념을 늘어놓으려 했을 것이다. 사에코가 집에 가서 할 일이라고 해 봐야 OTT 서비스로 드라마나 영화를 보는 정도인 데다, 마사미의 끝나지 않는 푸념도 곧잘 들어 주었지만 오늘은 무슨 일이 있어도 곧장 집으로 가고 싶었다. 휴식 시간인 2시에 지하 식품관에 가서 저녁거리와 케이크를 미리 사 놓았기 때문이다. 저녁으로는 로스트비프 150그램, 케이크는 쇼트케이크를 샀다. 특별한 날 메뉴를 그대로 따르는 것 같아 약간 민망했지만, 생일이니만큼 첫인상을 소중히 하기로 했다.

마사미가 유니폼 앞치마 주머니에서 근무 일정표를 꺼내 펼쳐서 확인하더니 진지한 표정으로 말했다.

"저는 다음 주 화요일에 오니까 그때 밥 먹으러 가요."

대학교 2학년인 마사미는 처음에 사에코를 말이 통할 리 없는 중년 여자라고 생각했는지 벽을 쳐서 좀처럼 다가가기가 어려웠다. 그러다 두 사람의 카페가 입점한 백화점에서 속옷 업체의 특별 행사가 열렸을 때, 단발성 아르바이트를 나왔다가 우연히 마주쳐 점심 도시락을 먹으면서 친해졌다. 마사미의 주변 사람들 중 사에코가 유일하게 싫증 내지 않고 이야기를 들어 주는 사람인 까닭에 사에코를 마음에 들어 한 듯했다. 이렇게 말하면 마치 마사미가 사에코를 감정 쓰레기통으로 여기는 것처럼 들리기도 하지만 그것은 인간관계의 일면일 뿐, 마사미는 사에코가 바쁠 때면 자신의 휴식 시간을 미루면서까지 사에코의 일을 도왔다. 집에서 쿠키를 구워 와 선물하기도 하고 사에코가 태블릿PC로 봤다는 영화에 관심을 표했을 뿐 아니라 실제로 그 영화를 보고 와서 감상을 말해 주는 등 여러모로 마음을 쓰고 있다.

사에코가 젊었을 무렵에는 자신의 괴로움으로 머릿속이 가득 차, 푸념을 들어 주는 것이 부담된다는 생각은 해 본 적도 없을 뿐더러 당연히 그 보답을 할 생각도 못 했다. 그에 비하면 마사미는 어른이라고 생각했다. 하지만 오늘은 생일이므로 집으로 곧장 가고 싶었다. 다음 주 화요일에는 적극적으로 맞장구를 쳐줄 생각이다.

저녁 7시 10분에 온 마지막 손님도 4시에 왔던 에쓰 씨와 마찬가지로 단골손님이었다. 에쓰 씨는 스탬프 카드를 만들어서 이름을 알고 있지만, 그 초로의 남자는 거듭 권해도 카드를 만들지 않아 이름을 알지 못한다. 그래도 남자가 카페를 자주 찾아오다 보니 주문을 받을 때나 물을 따르러 갈 때 한두 마디씩 대화를 하게 되었다. 어느 날 남자는 이 년 전 아내와 헤어졌고 아들 부부가 최근 아기를 낳아 보러 갔지만 별다른 감흥이 없었다고 사에코에게 이야기했다.

"정말 별다른 감흥이 없더라니까."

남자는 테이블에서 한 손으로 옥로차가 든 찻종을 쥐고 다른 쪽 팔은 의자 등받이에 걸친 채 카페 천장과 벽의 이음매를 바라보며 말했다.

"아, 당연히 귀엽기는 한데 애정을 느낄 새가 있었어야 말이지. 전처한테 무슨 소리를 들었는지 나한테 거리를 두려고 하더라니까. 아들놈은 나한테 무관심하고 며느리도 더했으면 더했지 덜하지는 않고. 손주 녀석이야 뭐, 거의 남이나 다름없더군."

"그럴 수도 있죠."

사에코는 맞장구를 쳤다.

"그나저나 댁은 자식이 있나?"

그 질문에 사에코는 반사적으로 몸이 굳었지만, 굳이 설명할 필요가 없다는 걸 깨닫고 "없습니다."라고 평이하게 대답했다. 예전에 결혼한 적이 있는데 몇 년이 지나도 아이가 생기지 않아 직장도 그만두고 치료를 받으러 다녔지만 결국 생기지 않았다고는 말하지 않았다. 전남편은 자신에게 원인이 있을 리 없다고 단언했고 그의 가족도 마찬가지였다. 그래서 사에코는 집을 나왔다.

"그렇군." 하고 남자는 고개를 끄덕였다. 그러고는 "이렇게 상냥한 사람인데."라고 덧붙였다. 사에코는 "감사합니다." 대답하며 머리를 숙였다.

이름도 모르는 남자 손님과 개인적인 이야기를 한 것은 그때가 처음이자 마지막으로, 그 외에는 영화나 운동 이야기를 했다. 오늘은 야구와 복싱 이야기를 했다. 심야방송에 복싱 세계 챔피언인 하세가와 호즈미가 출연해 상대의 펀치를 어떻게 읽고 피하는지 논리 정연하게 해설해 무척 재미있었다고 한다.

남자가 돌아간 뒤 곧바로 영업을 종료했다. 계산대를 닫고 주방 마감을 도운 뒤 사에코는 귀가하기로 했다. 탈의실에서 마사미가 "냉장고 속에 뭐 있던데요?"라고 말하기에 로스트비프와 쇼트케이크를 깜빡했다는 사실을 떠올리고 황급히 카페로 돌아가 꺼내 왔다. 사에코는 올해부터 생일을 챙기기로 결심해 익숙지 않은 일이라 깜빡했다고 생각했다. 쉰두 살인 사에코는 더는 생일이 기쁘지 않았다. 하지만 전남편과 헤어지고 집을 나온 것이 십 년 전 바로 그날이었기 때문에 해마다 생일이 돌아오면 한 살 더 먹었다는 생각보다, 올해로 이혼한 지 몇 년째구나 하는 생각부터 드는 탓에 앞으로는 자신의 생일을 더 우선시해 챙기기로 한 것이었다.

백화점 건물에서 집 근처 전철역까지는 급행으로 삼십 분이 걸린다. 전철역에 내려 십오 분쯤 더 걸었다. 집은 방 하나에 거실 겸 부엌이 딸린 분리형 원룸으로, 월세는 관리비를 포함해 5만 9천 엔이다. 그리고 카페 아르바이트 시급은 1,050엔으로, 사에코는 하루 여덟 시간, 한 달에 이십이 일 근무한다. 휴일에도 백화점에서 일당이 후한 특별 행사가 있을 때면 아르바이트를 하러 가기도 한다. 딱히 취미도 없고 하고 싶은 일도 없는 사에코에게는 오히려 그 편이 나았다. 하지만 바쁠 때 계속 서 있다 보니 슬슬 다리가 피로해져 압박 스타킹을 샀다. 효과가 있는 것 같았다. 사에코는 자신이 언제까지 서서 일할 수 있을지에 대해 이따금 생각하곤 했다. 병이 생기면 어떻게 될까 불안하기도 했다. 예전에 카페에서 아르바이트를 하며 사회복지사 공부를 하던 여자가 말하기를, 중대한 질병일 경우 일시적인 생활보호 대상자로 분류되어 입원비나 수술비를 부담하지 않아도 된다고 했지만 그게 정말 가능한 일일까. 그녀는 시험에 붙자 곧바로 카페를 그만두었기 때문에 더 자세히는 묻지 못했다. 다행히 연락처를 알고 있어서 물어보면 흔쾌히 가르쳐 줄 것 같은 사람이었다.

밤 9시 30분에 집에 도착했다. 배가 많이 고팠다. 피곤하고 허기져서 밥 지을 기력조차 없을 때는 전철역 앞 소고기덮밥집에서 먹고 들어올 때도 있지만, 오늘은 로스트비프와 쇼트케이크가 있어 꾹 참고 아무것도 먹지 않고 집에 갔다.

어제 지은 밥을 덮밥 그릇에 담아 데운 뒤 그 위에 로스트비프를 올리고 냉동실에 있던 파를 꺼내 뿌렸다. 그리고 로스트비프를 살 때 받은 소스를 끼얹은 뒤 그릇 테두리에 유자 향이 나는 고추페이스트를 묻혔다. 사에코는 150그램도 볼륨이 상당하다고 생각했다. 그러고는 좌식 테이블 한가운데에 태블릿PC를 세워 놓고 OTT 서비스 앱을 실행했다. 사에코의 집에는 TV가 없다. 이혼할 때 집에서 들고나오지 않은 이후 쭉 없는 채로 살고 있다. 그래도 태블릿PC가 있어 동영상을 보는 데 불편함도 없고 뉴스도 확인할 수 있다.

생일날인데 뭘 볼까 하고 고민하다 영화 〈나우 유 씨 미〉를 보기로 했다. 사에코는 마크 러펄로를 좋아한다. 달리 그가 출연한 좋은 영화도 많이 있지만 생일인 만큼 재미있고 유쾌한 영화가 보고 싶었다.

"잘 먹겠습니다." 하고 로스트비프덮밥을 먹기 시작했다. 먹음직스럽게 생긴 만큼 맛도 좋아서 사에코는 만족했다. 영화의 3분의 1을 본 시점에 밥그릇을 비우고 이번에는 홍차를 끓여 쇼트케이크 상자를 열었다. 사에코는 전혀 내색하지 않았지만 이 상황을 한껏 즐기고 있다. 내년에도 생일 축하를 하기로 결심했다.

사에코는 작년까지는 집에서 영화를 보면서도 전남편 집에서 나온 지 몇 년째구나, 하는 그런 생각만 했다. 자신에게는 불임의 원인이 없다고 딱 잘라 말한 전남편과, 마침 결혼하고 싶은 시기에 곁에 있다는 이유만으로 결혼한 자신의 판단을 후회했다. 직장을 그만둘 것까지는 없었다. 이대로 아무것도 하지 않는 인생을 살게 될까 봐 두려웠다. 그런데 지난달 문득 이런 마음이 들었다. 아, 올해도 생일이 돌아오는구나. 우울한 날이 오는구나. 나는 왜 이렇게밖에 생각하지 못했을까. 의문을 품기 시작한 것이다.

그래서 올해는 생일을 챙겨 보기로 했다. 결과는 나쁘지 않다고 생각한다. 쇼트케이크는 영화의 3분의 2를 본 시점에 일단 포크를 내려놓고, 영화가 후반에 접어들었을 때 홍차를 추가해 다시 먹기 시작했다. 엔딩크레디트가 다 올라감과 동시에 마지막 한 입을 먹은 뒤 사에코는 담요를 깐 바닥에 누워서 유리창 너머로 밤하늘을 올려다보았다. 전등 빛에 반사되어 별은 보이지 않고 그저 어둡다는 것만 알 수 있었다.

내일은 쉬는 날인데 단발성 아르바이트 일정도 잡지 않았다. 사에코는 뭘 할까 생각했다. 동네에 산이 있으니까 산책하러 가도 되고 하루 종일 잠을 자는 것도 좋다. 그동안 신경 쓰였던 생명보험 상담을 하러 가도 좋다. 이혼했을 때 무리해서 들었던 보험이 곧 만기된다는 연락이 와서 갱신할지 아니면 다른 보험을 새로 가입할지 고민 중이다.

휴대폰 알림음이 들려와 가방 속을 보러 가니 마사미에게 메시지가 와 있었다. 화요일에 일 끝나고 갈 카페를 찾아봤다며 여기 어떠냐는 내용이었다. 사에코는 카페의 소개 페이지를 열어 보고 좀 비싸다고 생각했다.

'비싸니까 도토루나 산마르크*에 가도 돼.'

그렇게 써서 보내자 곧바로 답장이 왔다.

'실은 저도 비싸다고 생각했어요. 아르바이트비 입금 전이라 쪼들리고 있거든요.'

마사미는 참 솔직하구나. 사에코는 생각했다. 이야기를 들어주는 사람의 의견이니 양보하는 것도 당연한가 싶은 생각도 들었지만 얼른 부정했다.

사에코는 설거지를 하기가 귀찮아서 쉬는 날인 내일로 설거지를 미루고 눈을 감았다.

사람들에게 차를 내가고 이야기를 듣기 위해 태어났다면 그것으로 족하다.

● 두 군데 모두 일본의 중저가 커피 프랜차이즈

졸려도 이는 닦고 자야지. 사에코는 그렇게 생각했다. 몸을 일
으켜 유리창 너머로 밤하늘을 올려다보았다. 창문을 열자 시원
한 밤공기가 들어와 사에코는 눈을 질끈 감았다. 홍차를 한 잔
더 마시고 나서 자기로 하고 사에코는 천천히 하품을 했다.

레스피로

나는 접수대와 직각으로 배치된 컴퓨터 책상 앞에 앉아 단어 카드에 'esconder'라는 단어를 테두리 글자로 큼직하게 써 주었다. 오늘은 바빠서 이것이 겨우 세 장째였다. 제법 크게 썼는데도 허전한 느낌이 들어 집에서 가져온 색연필 중 잠시 고민하다 오렌지색을 골라 알파벳 선을 따라 마치 눈썹을 그리듯 쓱쓱 덧그렸다. 이번에는 강조용으로 파란색을 골라 오렌지색 테두리 속에 얼룩무늬를 그려 넣었다. 'esconder'가 점점 요란해졌다. 이 정도면 충분하겠다 싶어서 단어 카드를 뒤집어 '숨기다'라고 썼다. 나는 스페인어를 공부하고 있지는 않지만, 그동안 아케미 씨가 발음해 준 950개의 단어를 들어 본 바로는 이것은 '에스꼰데르'라고 읽으리라 예상할 수 있었다. 뜻은 '숨기다'인데 어감은 상당히 활기차다.

단어 하나하나를 가급적 인상에 남는 글씨체로 그렸으면 좋겠다는 것이 아케미 씨의 요청 사항이었다. 내가 단어 카드를 만들고 있는 동안 아케미 씨는 접수대에서 나이 지긋한 남자 환자와 이야기를 하고 있었다. 그는 이곳 정형외과에 일주일에 세 번 와서 재활 기구를 이용하는데, 진짜 목적은 다른 환자나 아케미 씨와의 잡담인 듯했다. 아케미 씨는 싹싹하고 붙임성이 있어 나 같으면 곧바로 퉁명스러워질 만한 잡담에도 적당히 상대해 준다. 예를 들어 다른 환자인 누구누구가 오늘따라 무뚝뚝하다든가, 모 정치가는 무슨 소리를 하는지 못 알아듣겠어도 말투가 시원시원해서 좋다든가, 대기실 주간지에서 읽었는데 결국 몸 로비를 한 거나 마찬가지인데 뒤늦게 상대 남자를 비판하는 외국 여배우가 괘씸하다는 등의 잡담 말이다.

이 근방이 고령화되기도 해서 정형외과를 찾아오는 사람은 대부분 노인이다. 그들 사이에서 이곳은 재활 기구가 갖추어져 있어 놀이기구를 타듯 한 바퀴 돌 수 있는 의원으로 통하는 모양이다. 심지어 감기에 걸렸다며 찾아오기도 한다. 원장은 그런 환자들을 내심 못마땅해하지만 소중한 고객이기도 해서 절대로 티 내지 않는다. 그 대신 환자들이 진료와 상관없이 귀찮게 하면 간호사나 재활 보조원, 접수원에게 화풀이를 한다. 참고로 나는 원장이고 환자들이고 모두 싫어한다.

"자네는 남자가 흑심을 품고 접근한 적이 없어 보이는구먼. 살을 좀 빼야지.”

나이 지긋한 남자 환자의 말에 아케미 씨는 온화하게 대답했다.

“이때까지 귀찮은 일 한 번 없는 게 얼마나 다행이에요.”

나는 아케미 씨에게 이혼 경력이 있는 것도 알고 있다. 충분히 귀찮은 일이 있었다.

그 남자 환자가 또 무슨 말을 꺼내려 했다. 아무리 아케미 씨가 계속 상대해 줄 여유가 있다 해도 내가 도저히 못 참겠다 싶어서 끼어들었다.

“야마모토 씨, 이 진료 기록부 좀 확인해 주시겠어요?”

나는 눈에 보이는 서류를 대충 집어 들고 아케미 씨에게 아무 말이나 지어냈다. 사실 나는 야간 접수 아르바이트를 할 뿐이라 진료 기록부에 대해서는 아무것도 모른다.

“보시다시피 할 일이 생겼네요. 죄송하지만 다음에 또 뵙도록 해요.”

아케미 씨가 가볍게 인사하고 다음을 기약하자, 남자 환자는 또 온다는 말을 남기고 자동문 너머로 사라졌다.

“아휴, 살았다. 미쓰이케 씨는 말을 시작했다 하면 좀처럼 갈 생각을 안 하신다니까.”

“옆에서 듣고 있자니 속이 부글부글 끓어서 저도 모르게 그랬어요.”

“하긴 그렇지. 외로워서 그러는 거라고 생각하기로 했어.”

아케미 씨가 어깨를 으쓱해 보였다.

"그런 건 자기가 알아서 해야죠. 아케미 씨가 받아 주셔야 할 일이 아니에요."

"사쓰키는 똑 부러진다니까."

아케미 씨는 웃었다. 그녀와 나는 정형외과 접수 일을 함께한 지 이 년이 되었다. 그 시점에 아케미 씨는 이미 일 년간 근무한 선배라 나중에 들어온 나는 그녀에게 업무를 배웠다. 나는 스물다섯 살, 아케미 씨는 마흔다섯 살로 스무 살이나 차이가 나지만 서로를 성씨 빼고 이름으로 불렀다. 아케미 씨가 먼저 나를 '사쓰키'라고 부르기 시작했기 때문일지도 모른다. 친구도, 주간 직장 동료도 이름으로 부르는 사람은 한 명도 없었다. 왜 나를 그렇게 부르냐고 물어봤을 때, 아케미 씨는 "예쁜 이름이라 부르고 싶어서."라고 웃으며 대답했다.

"자, 다 만들었어요." 하고 'esconder'의 단어 카드를 건네자, 아케미 씨는 "에스꼰데르." 혀를 굴려 '르' 발음을 하고는 '숨기다'라는 뜻을 말했다. 그러고 나서 발밑에 놓여 있는 가방에서 포켓 사전을 꺼내 펼쳤다.

"다행이다. 규칙 활용이야."

"잘됐네요."

아케미 씨가 메모지를 끌어당겨 뭔가를 재빨리 적기 시작했다. 아마 동사 활용을 적고 있을 것이다. 그러고는 발음했다. 에스꼰

도, 에스꼰데스, 에스꼰데, 에스꼰데모스, 에스꼰데이스, 에스꼰
덴. 스페인어 단어를 950개나 학습해서 그런지 제법 모양이 나고
아케미 씨가 왠지 스페인과 인연이 있는 사람처럼 보였다.

단어를 500개 외웠을 때 그 이야기를 했더니 아케미 씨가 웃
으면서 말했다.

"어머, 아니야. 스페인이 아니라 우리 아버지가 페루인이셔."

듣고 보니 아케미 씨의 새까만 눈동자와 짙은 눈썹, 얌전하면
서도 자세히 보면 뚜렷한 이목구비가 남미 사람다운 면모를 풍
겼다.

"아버지는 내가 여섯 살 때 페루로 가셨는데 얼마 안 있어서
돌아가셨어. 나는 말도 조금밖에 몰랐고 그 이후로는 접할 기회
가 없는 채로 삼십오 년이 넘게 흘렀지."

"뿌리를 찾기 위해 공부해야겠다고 생각하신 거예요?"

"아니, 그냥 한가해서. 시간은 많은데 돈은 없고. 약간 어려운
걸 공부하다 보면 시간이 금방 가잖아."

아케미 씨는 아침부터 저녁까지는 입원 병동이 있는 다른 병원
에서 정규직으로 조리 일을 하고, 일주일에 사흘은 이곳에서 야
간 접수 아르바이트를 한다. 나도 낮에는 회사에서 정규직으로
영업 사무를 담당하고 있다. 나는 퇴근 후 아르바이트를 하고 집
에 가면 저녁을 먹고 씻은 다음 눕는 것 말고는 아무것도 못 하는
데 아케미 씨는 다른 모양이다. 그 이야기를 하면 그녀는 "나는

두 직장이 다 가깝잖아. 걸어서 십 분 거리인데 뭐." 하고 웃는다. 내가 낮에 다니는 회사도 전철로 이십 분이면 갈 수 있지만.

미쓰이케 씨 다음으로 비교적 접수원을 오래 붙들지 않는 환자 세 명을 배웅하고, 진료 시간이 끝나 화장실과 대기실을 청소하기 시작했다. 부직포 밀대로 바닥을 청소하고 극세사 걸레로 장의자를 닦은 뒤 방치된 주간지를 잡지꽂이에 도로 꽂았다. 미쓰이케 씨가 말한 해외 여배우가 프로듀서를 성희롱으로 고발한 기사가 실린 잡지였다.

다른 장의자에는 청년 만화 주간지가 뒤집힌 채 놓여 있었다. 나는 잡지를 뒤집어 표지를 확인했다. 가슴을 비정상적으로 강조해 가슴 수납용 주머니처럼 생긴 블라우스를 걸치고, 허벅지 중간까지 오는 타이트스커트를 입은 여자 캐릭터가 눈을 치뜨고 볼을 붉힌 채, 다리를 옆으로 모아 앉아 있는 모습이 부감으로 그려져 있었다. 여자의 목에는 리드 줄과 연결된 개 목걸이가 걸려 있고, 대각선 위로는 리드 줄을 잡고 있는 남자의 손이 보였다. 사도마조히즘*을 소재로 한 로맨틱 코미디 만화인 모양이다. 그림은 완성도가 높고 눈길을 끄는 매력이 있었다. 여자는 지배적인 남자 친족에 의한 트라우마 때문에 이성과 피학적인 형태로밖에 사귀지 못하고, 남자 주인공은 그 표적이 되어 난처해한다는 내

● 지배하거나 복종할 때 또는 학대하거나 학대받을 때 희열을 느끼는 심리

용이다. 작품 안에서는 성적인 분위기를 풍기는 내용이 많지만 직접적인 묘사는 없다. 그 밖에도 비슷한 처지의 여자 캐릭터들이 등장해서 남자 주인공을 차지하려 한다. 그리고 내가 내용을 파악하고 있는 것은 궁금해서 조사해 본 적이 있기 때문이다.

이 만화의 작가는 나와 동갑이다. 내가 스무 살 때 응모해 떨어진 만화 콘테스트에서 그는 입선해 데뷔했고 이후 잡지에 연재했으며, 그것이 단행본으로 큰 인기를 얻어 애니메이션으로까지 심야에 방송되었다. 그뿐만 아니라 드라마로도 나왔다.

그 만화와 작가를 생각했더니 한없이 우울해져 나는 일부러 잡지를 뒤집어서 잡지꽂이에 꽂았다. 원래는 표지가 보이도록 꽂아야 하지만, 대기실 잡지가 앞으로 꽂혀 있든 뒤로 꽂혀 있든 아무도 신경 쓰지 않는다는 것을 안다.

끔찍한 내용이라고 생각한다. 아무리 많은 사람이 원한다 해도 나는 그렇게 생각한다. 많은 독자에게 사랑받고 있는 내용을 나만 받아들이지 못하나 싶어 고독감을 느꼈다. 그뿐만 아니라 나는 작가에게 확실히 패배했다.

정형외과에서 야간 접수 아르바이트를 시작한 것은 원래는 액정 태블릿을 사서 만화를 그리기 위해서였다. 액정 태블릿은 샀지만 작품을 만드는 대신 돈벌이를 우선하느라 아르바이트를 그만두지 않았더니 기력이 달려 벌써 석 달 넘게 손도 대지 않고 있다. 그래도 돈을 조금은 벌고 있으니까 어쩔 수 없다고 스스로에게 변명을 해 왔다.

정말이지 나는 아무것도 해 놓은 것이 없었다. 집에 가서 밥을 먹고 씻은 다음 정말 아무것도 할 수 없는지 생각해 보면 꼭 그렇지도 않은 것 같았다. 아르바이트가 없는 날에도 아무것도 하지 않았기 때문이다. 드라마를 보면서 게임을 하면 그나마 나은 편으로, 심할 때는 전혀 관심 없는 연예인 기사를 뜨는 대로 다 읽거나 편향된 건강 기사를 아무 생각 없이 읽고는 깡그리 잊어버렸다.

접수대에서 "사쓰키, 청소 수고했어. 불 꺼도 될까?"라는 아케미 씨의 목소리가 들려와, 나는 "네, 꺼 주세요."라고 대답했다. 대기실에 불이 꺼지고 접수대가 어둠 속에 떠올랐다.

*

아케미 씨가 외운 스페인어 단어가 970개에 접어들었다. 생각해 보면 그날 마지막으로 만든 단어 카드가 'adecuado, adecuada'로, '적절하다, 알맞다'의 의미였던 것이 얄궂게 느껴졌다. 아케미 씨가 950개에서 970개의 단어를 외우는 사이 나는 정형외과에서 적절하지 않은 실수를 저질렀기 때문이다.

아케미 씨가 950개의 단어를 외운 날, 그 청년 만화 잡지의 표지를 본 나는 자기혐오라는 부정적인 감정을 연료 삼아 만화에 대한 의지를 다시 불태웠지만 결국 엉뚱한 실수를 한 것이다.

그림을 그릴 마음이 들지는 않더라도 어쨌든 만화를 생각하자는 마음으로, 며칠간 접수 일을 보는 틈틈이 작품 플롯을 구상해서 메모지에 적어 두었다. 집게로 고정한 메모지를 일하는 동안에는 가장 손이 쉽게 닿는 서랍의 서류 밑에 숨겨 놓고 퇴근할 때는 반드시 주머니에 넣어 가지고 나왔다. 그러던 어느 날 마지막 환자가 오늘 너무 오래 기다렸다고 가볍게 불평을 하더니, 이곳에서는 환자를 진찰실이나 재활 치료실로 들여보내는 절차가 어떻게 되느냐며 자세한 설명을 요구했다. 결국 퇴근이 평소보다 늦어지는 불규칙한 흐름 탓에 플롯을 적은 메모 묶음을 서랍 속에 깜빡 잊고 퇴근해 버리고 말았다.

욕실에서 나와 머리를 말리다 퍼뜩 난 생각에, 드라이어에서는 온풍이 나오는데 온몸의 열이 확 식는 것을 느꼈다.

크게 걱정할 일은 아니지만 오전에 정규직으로 접수 일을 하는 다다 씨는 아르바이트생의 사소한 실수를 집요하게 지적하는 사람이었다. 그래서 조금의 틈도 보이고 싶지 않았건만, 만에 하나 메모지가 발각되면 두고두고 잔소리를 들을 것이 뻔해서 벌써 피곤해졌다.

이게 다 대기실에서 그 잡지 표지를 봐 버린 탓이라며 애꿎은 작가를 거의 한 시간이나 원망했다. 그리고 아냐, 지금은 대책을 세워야 할 때야, 하고 마음을 고쳐먹고 염치없지만 정형외과 근처에 사는 아케미 씨에게 부탁을 해야겠다는 생각에 이르렀다. 정규직으로 일하는 회사와 야간 아르바이트를 하는 정형외과에서 유일하게 아케미 씨에게만 만화를 그린다는 이야기를 했다.

'부끄럽지만 창작 메모를 접수대 서랍 속에 깜빡하고 왔거든요. 정말 죄송하지만 내일 아침에 가서서 챙겨 놔 주시면 안 될까요? 사례는 하겠습니다.'

그렇게 아케미 씨에게 메시지를 보내자 'OK' 이모티콘이 돌아왔다.

'어제 놓고 간 물건을 가지러 왔다고 진료 시작 전에 들를게.'

한시름 놓은 나는 이불 속에 들어가 회사 근처 양과자점에서 구움과자 세트라도 사서 아케미 씨에게 선물해야겠다고 생각하며 잠에 들었다.

다음 날 정형외과에서 아케미 씨와 마주하자마자 그녀는 "여기 있어." 하면서 헌책방 비닐 봉투에 든 메모 묶음을 건넸다. 나는 공손히 손을 모아 "죄송해요, 고맙습니다." 말하고 봉투를 받아 들었다. 이어서 양과자점 종이봉투를 내밀자, 아케미 씨는 "아유, 됐어." 하고 두 손을 흔들어 사양했다. 그때가 근무 시작 오 분 전이라 나와 아케미 씨는 서둘러 옷을 갈아입고 접수대로 향했다.

환자의 발걸음이 끊겼을 무렵 나는 아케미 씨에게 말했다.

"저기, 과자 받아 주세요. 저 때문에 일부러 여기까지 오셨잖아요.”

아케미 씨는 한껏 눈썹을 내리고 고개를 가로저었다.

“괜찮아. 나도 허락도 없이 막 읽어 버렸는걸.”

“앗, 정말요? 많이 부끄럽네요…….”

궁극적으로는 되도록 많은 사람이 읽어 주길 바라서 도를 넘은 욕망을 충족하는 전개나 성적인 내용은 거의 넣지 않았지만 그래도 내가 어떤 이야기를 재미있다고 생각하는지, 또 그걸 품 들여 만들고 있다는 사실을 남들이 속속들이 알게 되는 것은 기본적으로 부끄러운 일이다. 물론 상대가 아케미 씨여도 그것은 마찬가지지만 싫은 느낌은 들지 않았다. 다다 씨에게 들키는 것보다는 무조건 훨씬 낫다고 생각했다.

“정말 재미있었어. 그래서 멈추지 못하고 계속 읽어 버렸지 뭐야, 미안해.”

아케미 씨는 마치 자신이 창작 메모를 들키기라도 한 듯이 민망해하고는 덧붙여 말했다.

“말린체의 시녀 이야기더라. 말린체는 나도 관심이 있었거든.”

순간 눈을 휘둥그렇게 뜨고 아케미 씨를 쳐다보고 말았다. 아스테카왕국 멸망의 계기를 만든, 코르테스의 정부이자 통역사 역할을 한 원주민 여인 말린체. 내가 만든 메모는 그 말린체의 시녀로 일하게 된 소녀를 주인공으로 한 것으로, 콩키스타도르의 침략과 말린체의 조력으로 멸망한 마을 출신의 소녀가 말린체의 암살을 계획했지만 그것을 이루기도 전에 말린체가 요절해서 망연자실한다는 이야기였다.

"주인공은 마지막에 어떻게 돼? 아, 물론 만화로 읽어 주길 바라겠지만, 완성되려면 아직 멀었을 것 같아서."

아케미 씨의 말에 나는 아직 정하지 못했다고 대답했다.

"말린체와 비슷한 일을 해서 성공하는 결말도 가능하겠지만, 그건 너무 꽉 막힌 것 같아서 싫거든요. 완전히 다른 나라 미래 인간의 오만일지도 모르겠지만요."

"여행을 떠난다거나."

아케미 씨가 고개를 살짝 기울이고 다음 말을 생각하려 한 그때, 자동문 너머로 새 환자가 나타나 그쪽으로 시선을 돌리고 활기차게 인사했다.

"안녕하세요!"

나는 메모 묶음이 든 비닐 봉투를 보면서 "정말 그렇게 될 수도 있겠네." 하고 중얼거렸다.

＊

스페인어 단어를 980개까지 외웠을 때 아케미 씨는 그동안 외우기 어려웠거나 외워도 금방 잊어버린 단어만 따로 추려서 복습을 하기 시작했다. 앞으로 20개만 남은 시점에 단어 학습이 잠시 정체된 것이다. 이유는 잘 알고 있었다. 아케미 씨는 나를 배려하려는 것이다.

"980개까지 돕게 했으면서 뭘 새삼스럽게, 하고 생각할지 몰라도 메모지를 실제로 보니까 좀 미안해서 말이야."

"아이, 괜찮은데. 저도 머릿속에 이야기가 바로 생각나는 것도 아니고, 단어 카드 만들면서 기분 전환도 되었거든요."

그렇게 말했지만, 아케미 씨는 이참에 자신도 복습을 제대로 해야겠다고 말했다.

아케미 씨가 메모를 읽은 것이 부끄러워서 나는 이후 며칠간은 이야기를 어떻게 끌고 나갈지 생각하는 것도 피했지만, 다행히 재미있다는 아케미 씨의 말에 용기를 얻어 집에서 메모 읽는 횟수를 늘렸다. 그러면서 아스테카 원주민 여성의 모습을 이미지 검색 하는 사이 나름대로 주인공의 외모를 구상하고 싶어져 석 달 넘게 방치해 둔 액정 태블릿의 전원을 켰다.

아르바이트를 마치고 집에 오면 다른 일은 제쳐 놓고 거의 한 시간 동안 그림만 그렸다. 씻지도 않고, 토스트 한 장과 홍차로 허기를 달래며 밤 10시 30분까지. 그 타이밍에 손을 멈춘 것은 아케미 씨가 그때쯤 전에 외운 단어를 무작위로 15개 뽑아서 메시지로 보내 달라고 부탁했기 때문이다. 나는 랜덤 숫자 생성기 앱으로 고른 15개의 스페인어 단어의 일본어 뜻을 아케미 씨에게 보냈다.

그러고 나서 냉동식품으로 저녁을 간단히 때우고 목욕을 했다. 욕조에 몸을 담그면서 뭔가를 하기 전에 배가 부른 상태이거나 목욕을 하면 아무것도 하기 싫어지니까 그림을 그리기 전 미리 식사량을 제한하거나 할 일을 다 하고 목욕을 하는 편이 좋겠다는 생각을 했다.

욕실에서 나오자 아케미 씨에게 메시지가 와 있었다.

'보내 준 단어 말인데 정답률이 약 60퍼센트밖에 안 되었어……. 역시 어려운 단어를 추려 내 계속 반복해 외우는 수밖에 없겠어. 더 열심히 할게.'

나는 '네, 힘내세요'라고 답장을 보내면서 나와 똑같은 아르바이트를 하는 사람이 동 시간대 뭔가를 열심히 한다는 것은, 내가 하고 있는 작업과 종류는 달라도 힘이 된다는 사실을 깨달았다.

아르바이트가 없는 다음 날도 퇴근해서 집에 오자마자 액정 태블릿을 켰다. 그다음 날은 일하고 와서 피곤한 와중에도 여기서 무너지면 안 된다는 각오로 간단히 요기만 하고 목욕도 미루면서 시간표대로 그림을 그렸다. 그리고 밤 10시 30분에는 아케미 씨에게 스페인어 단어 15개의 일본어 뜻을 보냈다. 아케미 씨는 내가 보낸 단어로 혼자 테스트를 한 뒤 틀린 것은 내가 만들어 준 단어 카드에서 뽑아 집중적으로 복습한다고 했다. 이후 정형외과에서 만날 때마다 그 단어를 외우길 잘했다는 이야기를 했다.

나도 요즘 하고 있는 작업에 대해 너무 구체적이지 않게 조금씩 말하게 되었다. "어제도 등장인물의 그림을 그려 봤어요.", "첫 번째 장에 뭘 그릴지 전체적인 윤곽이 보이기 시작했어요." 등등.

아르바이트가 끝나고 둘이 함께 퇴근하면서 아케미 씨에게 물었다.

"그 단어집은 곧 끝나는데요. 다음은 뭘 하실 거예요?"

"으음, 아직 안 정했어."

아케미 씨는 느긋하게 말했다. 아케미 씨가 외우고 있는 단어집은 정형외과 퇴근길에 있는 길가의 헌책방에서 산 것이다. 그 헌책방이 막 생겼을 무렵 회사에서 언짢은 일을 겪어 혼자 있고 싶지 않아 아케미 씨에게 잠깐 들러 보자고 권했었다. 헌책방에서 나는 요리책과 여행책을 적당히 둘러보고 아무것도 사지 않았지만, 아케미 씨는 스페인어 단어집을 샀다. 왜? 하는 생각이 들었다. 그때까지 나는 아케미 씨의 입에서 스페인어의 '스' 자도 들어 본 적이 없었기 때문이다.

헌책방에서 나와 왜 스페인어 단어집을 샀느냐고 묻자, 아케미 씨는 "응? 딱히 이유는 없는데. 굳이 말하자면 뭔가 시작해 보고 싶었달까."라고 대답했다.

"사쓰키가 그때 헌책방에 데려가 줘서 얼마나 고마운지 몰라."

그날 헤어질 무렵, 아케미 씨가 운을 떼며 설명했다.

"다음은 무슨 책으로 공부해야 할지 잘 모르겠지만, 어쨌든 그 단어집으로 사쓰키에게 도움받으면서 공부하는 거 정말 재미있더라. 나도 아직 새로운 걸 공부할 수 있다는 사실을 깨달았거든."

아케미 씨의 이야기를 더 자세히 듣고 싶었다.

"저 앞에 취식 공간이 있는 편의점에 차 음료를 사러 들를 건데, 같이 가 주실래요?"

"좋아." 하고 아케미 씨는 고개를 끄덕였다. 평일의 밤늦은 시간인데도. 만약 반대 입장이었다면 나는 거절했을지도 모른다.

"사쓰키하고는 아무 상관도 없는 시시한 이야기일 테지만 그때 말이야. 헤어진 전남편이 재혼했다는 걸 SNS로 알게 됐지 뭐야."

그렇게 말하고 아케미 씨는 설탕을 듬뿍 넣은 카페오레를 한 모금 마시고 맛있는지 눈을 가늘게 떴다.

"그 시점에서 이미 헤어진 지 칠 년이나 지났고 아무렇지도 않을 줄 알았는데, 그러면 안 된다는 걸 알면서도 계속 보게 되더라. 뭔가 흠이 될 만한 게 없나 계속 찾게 돼. 그런데 그 사람은 안정되고 빈틈이 없더라. 당연한 것처럼 행복하게 살고 있었어. 분양받은 집을 보러 갔다든가, 둘이 생활용품을 사러 대형 '100엔 숍'을 어슬렁거렸다든가. 그 사람이 바보처럼 좋아하는 모습이 오히려 '바보' 같다면서 코웃음 치고 넘길 수 있을 줄 알았는데 아니었어. 원래부터, 태어났을 때부터 행복할 권리를 가진 사람처럼 살고 있었다니까. 그 행복에 이르기까지 나한테는 상처만 줬으면서 이 사람 정말 뭐야, 싶은 거지.”

흔히 있는 이야기라고 생각한다. 하지만 친한 사람에게 그런 이야기를 들을 때마다 왜일까 하는 의문이 든다. 사람 보는 눈이 부족했나? 아니면 상대방이 좋은 사람인 것도 아니면서 좋은 사람인 척을 잘해서였을까?

“그런 일이 있는 줄은 전혀 몰랐어요.”

“그렇구나. 나름 힘들었는데 티가 안 났다니 다행이야.”

녹차를 마시고 편의점 주차장 앞의 인도를 바라보며 기억을 더듬어 봤다. 아케미 씨는 항상 아무 일 없는 듯한 얼굴로 일하고 있었다.

“그 분노라고 해야 하나, 불만이 정점에 막 도달했을 무렵에 우연히 사쓰키가 헌책방에 가자고 한 거였어. 그래서 눈에 띈 책을 팔랑팔랑 넘기다가 그리 비싸지도 않은데 부록 CD도 들어 있길래 그냥 산 거야. 부적이랄지, 더 이상 감정을 낭비하지 말라는 나에 대한 경고로 삼으려고.”

아케미 씨는 과연 혼자 계속할 수 있을지 불안해서 나를 끌어들이기로 했다고 한다. 너무 친하면 포기하겠다는 말을 쉽게 할 수 있을 것 같아서, 적당히 거리가 있고 성실해 보이며 이야기할 시간도 있고 자주 만나는 사람을 따져 봤더니 그게 나였다고 한다. 주간 직장의 동료들은 함께 일하는 시간이 길어 웬만하면 다 봐주기 때문에 좋지 않다고 판단한 것이다.

"저도 그때 의기소침해 있었는걸요."

딱히 큰일은 아니었다. 기분이 언짢은 남자 직원이 내게 화풀이를 해 버린 흔한 일이었다. 하지만 기분이 뭐길래, 자기 기분 나쁜 것은 나한테 풀면 될지 몰라도 그럼 내 기분은 어디서 어떻게 풀라는 걸까. 그런 의문을 품기 시작하자 멈출 수가 없게 되었다.

"서로 별로 좋지 않은 시기였구나."

편의점을 나와 아케미 씨가 말했다. "이제 슬슬 나머지 20개 단어도 공부하려고." "정말로요?" 그렇게 되물었을 때 내 가슴을 스친 것은 아쉬움이었는지도 모른다.

*

그로부터 한 달 뒤, 아케미 씨는 그동안의 페이스에 비해 비교적 긴 시간을 들여 나머지 스페인어 단어 20개의 공부를 마쳤다. 단어 1000개를 다 외운 것이다. 나는 축하의 뜻으로 같이 밥을 먹자고 권했고 이제껏 갈 일 없었던 전철역 앞까지 함께 갔다.

"나 말이야, 단어집 공부 끝났으니까 아르바이트 그만두기로 했어."

아케미 씨가 전혀 뜸 들이지 않고 고백한 그 말은 예상치 못한 내용은 아니었다. 원장에게 말했느냐고 묻자, "사쓰키만 괜찮으면 모레 말하려고."라고 아케미 씨는 대답했다.

"그만둬도 될까? 이걸 사쓰키한테 묻는 것도 이상하긴 한데 그동안 신세 많이 졌잖아. 내가 그만둬서 힘들어지는 건 나도 원하는 바가 아니고. 그래서 사쓰키한테 민폐가 되지 않는 시기까지는 있을 생각이야."

아케미 씨의 말에 나는 고개를 가로저었다.

"그만두고 싶을 때 그만두셔도 돼요. 이제 다른 사람한테 일을 가르치면서 제 일도 할 수 있거든요."

"다행이네."

"혹시 몰라 묻는 건데요. 정규직 일은 계속하시는 거죠?"

그렇게 묻자, "응, 그게 말이야." 하고 아케미 씨는 고개를 끄덕였다.

"주간 직장의 유급휴가가 이십 일이나 쌓였고 아르바이트도 병행했으니까 돈도 조금 모았고. 그래서 페루에 가기로 했어."

아케미 씨는 정규직으로 일하는 병원은 유급휴가를 쓰면 되지만 아르바이트는 그럴 수도 없는 노릇이라 과감하게 그만두기로 했다면서 밤 11시까지 영업하는 카페의 문을 열었다.

"돌아오셔야 해요."

"당연히 돌아와야지. 사쓰키의 만화가 완성되면 읽고 싶은걸."

"메일로 보내 드릴 수 있는데요."

"그럼 생각 좀 해 봐야겠다."

아케미 씨가 농담을 하며 카레와 아이스티를 주문했다. 나도 똑같은 것을 주문했다.

"꼭 돌아오셔야 해요. 친구 이외의 지인 중에 제가 만화 그리는 걸 아는 사람은 아케미 씨밖에 없으니까요."

"와, 내가 귀중한 입장이었네."

"페루에 가고 싶으셔서 스페인어 단어를 공부하기 시작하신 거예요?"

"아니, 그 반대야. 페루에 가 볼까 생각한 것도 사쓰키가 메모 묶음을 서랍 속에 잊어버렸기 때문이야. 나도 뭔가 하고 싶다는 생각이 들었거든."

"그러셨군요. 저도 다시 만화를 제대로 그려야겠다고 생각한 건 아케미 씨가 스페인어 단어를 외우셨기 때문이에요."

"잘됐다."

아케미 씨가 턱을 한쪽으로 괴고 웃었다. 그러고는 이어서 말했다.

"마지막 단어 말이야. 'respirar'라는 단어인데 무슨 뜻인지 알아?"

"지난주에 단어 카드를 만들었는데 벌써 잊어버렸어요."

"하긴, 스스로 외우려고 만든 게 아니니까 그럴 수도 있겠다."

종업원이 대각선 앞에서 카레 접시를 내밀자, 아케미 씨가 두 손으로 받아 들고 가볍게 인사했다. 내 앞에도 카레가 놓였다.

군침이 돌도록 맛있는 냄새가 났다. 순간 나도 아르바이트를 그만둘까 생각했지만 외식할 때 돈을 편히 쓸 수 있는 것도 좋지, 하고 생각을 고쳐먹었다. 아르바이트를 병행하며 그림 그리는 습관을 어렵게 기르기 시작했으니 당분간은 계속하기로 했다.

아케미 씨는 단어의 뜻을 가르쳐 주지 않은 채 두 손을 모아 "잘 먹겠습니다." 하고 카레를 한 숟가락 떴다.

"그래서, 마지막 단어 뜻이 뭔데요?"

"숨을 쉬다."

아케미 씨가 숟가락에 담긴 카레를 후후 불고는 덧붙여 말했다.

"그때 그 말이 눈에 확 들어와서 아아, 이제 숨 좀 쉬고 싶다는 생각이 들었거든."

"그러셨군요. 지금은 숨을 잘 쉬고 계세요?"

카레를 입에 넣은 아케미 씨가 눈을 가늘게 뜨며 "응응." 하고 고개를 끄덕끄덕했다.

"규칙 동사이기도 하고. 반갑게도."

"확실히 호흡한다는 느낌의 어감이네요."

아케미 씨는 카레를 두 숟가락 먹은 뒤, 이어서 나온 아이스티를 마시고 한숨을 내쉰 다음 잔을 들며 말했다.

"레스피로."

나도 아케미 씨를 따라 "레스피로."라고 말하며 잔을 들었다. 오늘은 쉬지만 내일부터는 집에 가자마자 그림을 그려야겠다고

마음먹었다. 그리고 아케미 씨가 페루에서 돌아올 때까지 그 부
분까지 작업해 놓자고 생각했다.

거짓말 컨시어지

거짓말을 간파하지는 못해도 거짓말을 들킨 적도 없다. 애초에 나는 별로 거짓말을 하지 않아서 자꾸 들킬 일이 없는 것이지만, 정말 중요한 상황에서 몇 가지 거짓말은 들키지 않았다.

거짓말을 들키지 않는 첫 번째 비결은, 자신이 한 거짓말을 기억하는 것이다. 두 번째는 충분히 있을 법한 내용의 거짓말을 할 것. 그리고 거짓말을 했다는 증거를 그 거짓말이 끝날 때까지는 모든 공적인 매체에 남기지 않을 것. 가능하면 거짓말의 목적이 완료된 후에도 남들 눈에 띄는 곳에서는 입 밖에 내지 않을 것. 대체로 그렇게만 하면 내가 할 만한 거짓말은 성립된다. 아이자와 씨는 그날 남자 연예인의 야외 촬영 정보를 SNS로 알게 되었는데 하필 선약이 있어 갈 수가 없다, 왜 중요하지도 않은 약속을 잡았는지 속상해 미치겠다며 엉엉 우는 이모티콘을 곁들여

하소연해서 동료들에게 요란하게 위로를 받고 있었다. 그 선약의 상대가 바로 나다.

아이자와 씨와는 소규모 '직물 전시회'에서 알게 되었다. 좁은 가게에서 열린 전시회인데도 성황을 이루어 입장객 수가 수십 명 단위로 제한되는 바람에 나는 가게로 이어지는 계단에 줄을 서서 입장을 기다리고 있었다. 아이자와 씨는 내 뒤에 서 있었는데, 어쩌다 보니 가게 점원이 대기자들에게 나눠 준 아이스티가 맛있다는 이야기를 시작으로 내내 계속 붙어 있게 되었다. 수다를 떠는 사이, 그녀는 내가 입은 원피스와 가방이 그 가게의 천으로 만들어졌다는 것을 알아봤고 내가 수예를 한다는 사실에 크게 감탄했다.

그 후 자연스레 같이 가게 안으로 들어가 전시된 천을 구경하고 돌아가는 길에 근처 카페에서 차를 마셨다. 거기서 연락처를 교환한 나와 아이자와 씨는 지인 관계가 되었다. 나보다 조금 어린 아이자와 씨는 몸치장에 돈을 많이 들이는 사람으로 보였기에, 직접 공들여 만든 옷이며 가방을 칭찬해 줘서 지금 생각하면 기분이 좋았던 것 같다. 나와 아이자와 씨는 그 전시회에서 받은 전단지에 소개된 다른 행사에도 같이 가자는 약속을 하고 헤어졌다.

두 번째로 만났을 때 나는 아이자와 씨에게 직접 만든 코르사

주를 선물했다. 그녀를 처음 만난 전시회에서 구입한 천으로 나와 친구, 조카가 쓸 코르사주를 하는 김에 거의 뚝딱 만드다시피 한 것이었는데도 아이자와 씨는 몹시 기뻐했다. 친구와 조카는 가족이나 마찬가지라 내가 뭘 하든 대체로 좋게 반응해 주긴 하지만, 아이자와 씨처럼 완전한 남에게 좋은 평가를 받는 것은 신선한 경험이라 매우 기뻤다. 그리고 아이자와 씨는 내 가방을 끊임없이 부러워하더니, "나도 그런 거 하나 갖고 싶다.", "내가 워낙 손재주도 시간도 없고."라며 꽤 오랫동안 스스로를 비하하는 말을 늘어놓았다. 도무지 끝나지를 않아 점점 할 말이 없어진 내가 "하루 만에 만들 수 있으니까 다음에 만나면 드릴게요."라고 제안하자, "정말요? 아이, 신나!" 하고 호들갑스럽게 기뻐했다. 평소에는 "번번이 미안하네."라는 말과 함께 내가 만든 것을 친구와 조카에게 거의 떠안기다시피 하고 있었기에, 지금 눈앞에 내가 만든 걸 자발적으로 원하는 사람이 있다는 생각만으로 약간 들떠 있었을지도 모른다.

아이자와 씨와 나는 사적인 이야기는 거의 하지 않고 대체로 어느 가게가 좋은 잡화를 갖추고 있는지, 어느 가게의 도넛이 맛있는지 등 휴일을 보내는 방법의 언저리에 있을 법한 이야기를 하는 것에 머물러 있었다. 그런데 유일하게 아이자와 씨가 자신의 속내를 보인 것은 좋아하는 어느 보이 그룹의 멤버에 관해서였다. 우리 테이블 근처를 지나간 어떤 손님이 그 남자 연예인이 즐겨 착용하는 팔찌와 똑같은 것을 차고 있는 것을 보고 아이자와 씨가 오두방정을 떠는 바람에 그 사실을 알게 되었다. 그 연예인이 주연을 맡은 드라마가 얼마 전 방영을 시작했다면서 아이자와 씨는 이번 달만 해도 벌써 여러 번 유급휴가를 받아 촬영지를 쫓아다니고 있다고 했다. 그 연예인은 팬 서비스가 유난히 좋은 편이라 항상 촬영을 마친 뒤에는 시간을 내서 팬들에게 사인과 악수, 촬영을 해 준다고 한다. 그래서 그를 '만나는' 것은 빠뜨릴 수 없는 일정이라고 했다.

나는 아이자와 씨가 하는 말이 잘 이해되지 않아 조카인 사키에게 그렇게 인기가 많으냐고 물어본 적이 있다.

"그럭저럭 인기 있기는 한데 내 또래보다는 미노리 이모 세대에서, 노력하는 모습이 예쁘다며 떠받들어 주는 타입이랄까."

미노리 이모는 나다. 두루뭉술한 대답으로 보아 사키는 그 연예인을 좋아하지 않는 듯했다. 조카는 연예인에는 관심이 없는 대신 시코쿠 지방의 한 축구팀 선수를 좋아해 인터넷으로 사진이나 정보를 모으고 있었다. 비교적 집에서 가까운 곳에 홈구장이 있는 실업팀에서 먼 시코쿠로 이적해 실물을 보기가 힘들다며 속상해한 적이 있다. 참고로 사키가 보여 준 사진 속의 선수는 멋있게 생긴 사람이었다.

어느 한가로운 날의 일이었다. 누구에게나 있을 법한 그런 날. 집안일에 이왕이면 방 청소까지 해치우면 좋고, 밖에 나가 산책을 하거나 취미 생활을 즐기기도 괜찮고, 녹화해 둔 TV 프로그램을 보는 일도 나쁘지 않은 그런 날이었는데 놀랍도록 그 어느것도 할 마음이 생기지 않고 무기력하기만 했다. 나는 심신의 배터리가 바닥난 듯이 누워서 뒹굴기만 하고 아무것도 하지 않았다. 이미 충분히 잠을 잤기 때문에 다시 잠들 수도 없었는데 머리맡에 휴대폰이 놓여 있었다. 그럴 때면 저절로 검색을 하게 된다. 평소에는 바빠서 일단 머리 한구석에 치워 놓고 무시하던 하찮은 일이, 지금이 기회라는 듯이 슬금슬금 다가오는 것이다. 너, 이거 궁금했지? 지금이 이걸 알 수 있는 기회라니까. 너는 실은 이걸 알고 싶었던 거야.

그래서 검색해 본 것이다. 몰라도 전혀 상관없는, 두 번밖에 만난 적 없는 아이자와 씨가 좋아한다는 연예인에 대해. 아이자와 씨의 계정은 단번에 나왔다. 거주지가 본인이 말했던 지역이었고, 그 연예인과 함께 찍은 사진 속 그녀의 옷에 내가 만든 코르사주가 달려 있어 금방 알아볼 수 있었다. 내 주변에는 SNS를 하는 사람이 없기 때문에 아무리 얼굴을 흐리게 처리했어도 자기 사진을 인터넷에 올리는 이 사람이 연예인 같다는 생각을 했다. 실제로 아이자와 씨는 그 연예인을 쫓아다니는 사람들 사이에서 유명한지, 팔로워가 많았다.

그때는 거기까지만 봤다. 나는 약속대로 가방을 만들어 그다음 행사에서 아이자와 씨를 만났을 때 선물했다. 그녀는 "고마워요오!"라고 감격에 겨워 말했다. 나는 그때 아이자와 씨와 처음 만난 전시회에서 구입한 천으로 만든 원피스를 입고 있었는데, 이어서 그녀는 내 원피스를 보고 칭찬을 넘어 찬양하더니 자신에게도 한 벌 만들어 줄 수 있겠냐며 반응을 살폈다. "재료비는 낼게요!" 그녀는 활기차게 말했다. 나는 승낙했다. SNS를 봤다는 말은 하지 못했다. 딱히 신상을 캐내려던 것도 아니고 찔릴 것도 없었기에 해도 상관없었겠지만.

손을 움직이는 걸 좋아해서 매일 퇴근 후 담담히 원피스를 만들었다. 그러다 잡화 행사 소식을 듣고 아이자와 씨에게 같이 갈 수 있냐고 물었다. '좋습니다!'라고 메시지상으로도 그녀는 활기차게 대답했다. 얼마 후 배터리가 바닥난 한가로운 날이 다시 돌아와 별생각 없이 그녀의 SNS를 구경했다. '연예인의 야외 촬영지에 가야 하는데, 그날 하필이면 선약이 있어 못 간다, 왜 약속 같은 걸 잡았을까, 나는 바보야.' 그렇게 하소연하는 글이 올라와 있었다. 바로 나와의 약속이었다. 착잡한 기분이 들었다.

그날은 휴일이었기 때문에 부탁받은 원피스를 어쨌든 완성은 했다. 나는 녹화해 둔 해외 드라마를 보면서 직접 만든 옷에 다림질을 하고 반듯하게 개어 지난달 갔던 옷가게 쇼핑백에 넣었다. 아이자와 씨는 붙임성이 좋은 사람이구나, 라고 생각했다. 붙임성이 좋다고 해서 꼭 착하다는 법은 없다는 것을 나는 삼십 대 중반이 되어 학습했다.

SNS를 봤다는 말은 하지 않았다. 나 때문에 후회하지 않기를 바라는 마음에서 메시지로 '그날 정말 괜찮겠어요? ×× 씨의 야외 촬영이 있다고 하더라고요. 귀중한 휴일이기도 하고 원피스는 천천히 줘도 되니까 다음에 보는 게 어때요?'라고 제안했다. 하지만 아이자와 씨가 '빨리 입고 싶으니까 그날이 좋아요!'라며 답장을 보내와서 이해할 수 없었다. 그런데 SNS에서는 동료들에게 대신 사진을 많이 찍어 오라며 정말 너무너무 아쉽다고 연일 말하고 다녔다. 그것을 보고 참 복잡한 사람이구나 싶었다. 내가 먼저 약속을 미루자고 했으니까 자신도 실은 그날 일이 있다고 솔직히 말하면 좋으련만.

아이자와 씨가 나와의 선약을 투덜대는 것 이상으로 그 복잡함이 갈수록 부담스럽게 느껴졌다. 만난 적이라고는 손에 꼽을 정도밖에 없어 부담될 것은 아무것도 없지만, 쉬는 날까지 그냥 아는 사람의 행동에 대해 '왜?' 하고 계속 고민하는 것은 시간 낭비라고 생각했다. 그리고 원피스를 선물하고 싶은 마음도 사라졌다. 아니, 선물해도 딱히 상관은 없지만 이후 다시 만날 생각이 없으므로 그녀가 내게 빚을 지는 것이다. 나는 그런 불균형한 인간관계를 싫어한다. 두려움마저 느낀다.

그리하여 거짓말을 하기로 했다. 몸 상태가 안 좋아서 못 만나겠다고 하는 것이 가장 손쉬운 방법일 테지만, 당일 알리면 너무 갑작스러워 그녀가 연예인을 만나러 가지 못할 수도 있고, 전

날이면 다음 날 회복할 가능성을 배제할 수 없어 이 거짓말은 안 되겠다고 생각했다.

이런저런 고민 끝에 약속 사흘 전에 아이자와 씨에게 메시지를 보냈다.

'조카가 몸 상태가 안 좋아 요양하게 되었어요. 자세한 상황은 모르지만 제가 가급적 곁에 있으려고요. 그동안 이모로서 이런저런 일을 돕느라 아이자와 씨가 부탁한 원피스를 만들 시간이 없었어요. 결국 완성하기 어렵다는 판단이 들었습니다. 미안해요. 앞으로는 잡화 행사에도 가기 힘들 것 같아요. 미안합니다.'

'아아, 아쉽네요!'라고 아이자와 씨에게 답장이 돌아왔다. SNS에는 연예인의 야외 촬영지에는 갈 수 있게 된 대신, 친구가 만든 원피스는 못 받게 되었다며 눈물 이모티콘과 글을 올려 또 위로받고 있었다. 나는 거짓말로 손에 넣은 온전한 휴일에 언니네 집에 놀러 가서 사키에게 아이자와 씨에게 주려던 원피스를 선물했다. 잘 어울렸다. 거짓말에 끌어들인 책임이 있어 사키에게 사정을 설명하자 거짓말은 나쁘다는 대답이 돌아왔다. 나는 어쩔 수가 없었다고 대답했다.

이것이 내가 가장 최근에 한 거짓말이다. 아이자와 씨와는 그날 이후 한 번도 연락하지 않았고 SNS도 보지 않고 있다.

그로부터 삼 주쯤 지나서 사키에게 전화가 걸려 왔다.

"미노리 이모, 저번에 거짓말했잖아."

나는 거짓말 이야기를 괜히 했다고 후회하면서 뾰로통하게 말했다.

"했지, 그런데 왜?"

"나도 거짓말을 해야 하는 상황이 되었거든. 내가 생각한 거짓말이 괜찮은지 이모가 듣고 점검해 줬으면 좋겠어."

사키는 약속 장소로 내가 퇴근할 때 지나다니는 곳에 있는 카페를 지정했다. 대학생인 사키의 학교와 집에서도 한 시간은 걸리는, 평소의 행동반경에서 벗어난 장소였다. 나는 사키가 장난으로 이러는 것이 아님을 느끼고 알겠다고 승낙했다.

사키는 대학교 1학년이었던 작년 9월, 피크닉 산행 동아리 '레이지 베이비 스텝'에 가입해 6월인 지금까지 십 개월째 소속되어 있다. 동아리 인원은 열한 명인데 보통 혹은 적은 편이라 할 수 있고 전원 여자로만 구성되어 사이좋게 활동하고 있다. 그렇다고 인기 없는 여자끼리 모인 것은 아니고 거의 대부분 동아리 밖에 사귀는 사람은 있는 모양이다. 사키는 1학년 때 세미나에서 앞뒤로 앉았던 여학생의 권유로 가입했지만 얼마 지나지 않아 그녀가 대학을 그만두어 동아리에는 사키만 남게 되었다. 활동 내용은 동아리 이름대로 소풍이나 가벼운 등산으로, 여기까지만 들으면 무해한 동아리인 것 같았다.

"나도 그런 줄 알았는데 아니었어."

사키는 아이스크림이 담긴 숟가락을 입에 문 채 얼굴을 찌푸리며 고개를 저었다. 아이스크림을 먹다가 멈추다니 동아리의 실상이 얼마나 심각하길래 저럴까 하는 생각이 들었다.

"학생 식당에서 과일 우유를 마시고 있는데, 다음에는 두유를 마시는 게 좋겠다고 잔소리를 하더라니까."

동아리 부장인 3학년 미야하시 씨는 하얀 피부를 지닌 늘씬한 체형의 미인으로, 고소득자인 네 살 연상의 소꿉친구와 교제 중이다. 잡지에도 소개된 적 있는 카페 겸 잡화점에서 아르바이트를 하는데 주임을 맡고 있다고 한다. 성적도 우수하고 인격도 훌륭하지만 아무래도 사키를 좋게 보지 않는지 무슨 일이 있을 때마다 한마디씩 얹는다고 했다.

"다 커서도 우유를 마시는 건 인간이 유일하다나 뭐라나. 여드름이 생긴 건 어제 학생 식당에서 닭튀김을 먹어 그런 거 아니냐, 수면 부족이 아니냐면서 지적이나 하고. 그리고 산행 갈 때 아저씨 복장 같다고 이상하다고 그러질 않나. 다른 사람들이야 돈 들여서 예쁘게 입고 오지만 나는 아르바이트를 안 하니까 어쩔 수 없잖아."

사키는 집에서 학교까지 두 시간이나 걸려서 다니고 있다. 자취하지 않아 따로 생활비가 들지 않는 대신 평일에는 아르바이트를 할 시간이 없기 때문에 방학 때 집중적으로 한다.

미야하시 씨의 잔소리는 딱히 별것도 아니지 않느냐고 말하고 싶지만, 매일 그런 일이 반복되니 스트레스가 쌓이는 모양이다. 미야하시 씨를 떠받드는 멤버들까지 합세해, 사키의 행동에서 허점을 발견할 때마다 핀잔을 주는 것도 괴로운 듯했다. "그런 식으로 공부하면 학점 못 딴다니까."라고 하거나, 사키가 귀찮아서 무조건 "네네, 죄송합니다." 하는 태도로 일관하자, "그렇게 실없이 굴다가는 취업 활동 망칠걸." 같은 말까지 들었다고 한다.

"이모, 방금 동아리를 탈퇴하면 된다고 생각했지?"

"응."

"그런데 탈퇴하게 놔두지를 않아."

사키는 지금까지 동아리를 그만두겠다고 두 번이나 말했지만 그때마다 부장이 일하는 카페의 룸으로 불려가 세 시간 동안 설득을 당했다.

"사키는 우리하고 조금 달라서 지내기가 불편한가 보구나. 그래도 괜찮아. 우리가 사키, 너에게 맞춰 줄 테니까 아무 걱정 마."

그렇게 마음이 약해진 사키가 탈퇴를 취소했더니 다시 원래의 태도로 돌아갔다고 한다.

그 사람들은 왜 동아리에 있어도 그만 없어도 그만인 사키에게 집착하는 걸까. 어쩌면 있어도 그만 없어도 그만인 존재이기 때문에 그녀들에게 일종의 통풍구로써 사키가 필요한 것인지도 몰랐다. 동료들 사이에서 그런 취급을 받으면 도저히 참을 수 없겠지만.

"나 이번에는 무조건 탈퇴할 거야. 카페에서 이야기하자는 것도 안 가겠다고 했고. 그랬더니 마지막으로 이별 여행을 가자고 하는 거야. 1박 2일인데, 여기 가면 잡아먹히겠구나 싶어서."

"그렇겠지."

나는 고개를 끄덕였다. 사키는 거짓말을 해서라도 여행에 가지 않기로 결심했다. 하지만 아무래도 거짓말을 하는 데 익숙하지 않고 괜히 어설폈다가 들키면 더 괴로워지기만 할 것이다. 그래서 최근 거짓말을 한 내게, 거짓말을 첨삭해 달라고 하면 되겠다고 판단한 것이다.

"그래서, 어떤 거짓말을 할 생각인데?"

"이제는 무조건 못 간다는 조건으로 해야 하는데 그런 건 돈 문제밖에 없잖아. 그래서 우선 돈을 못 내겠다고 하고 그 이유는 남자 친구 빌려주기로 했다고 말하려고."

글렀다. 빵점이다. 거짓말을 못해도 이렇게 못할 수가. 좋은 점이기는 하지만.

"돈은 부모님한테 손 벌리라고 하면 끝인 데다 무엇보다 너,

남자 친구 없잖아.”

“으응, 없지. 그런데 다른 멤버들은 그동안 남자 친구 핑계로 모임 직전에 막 취소하고 그랬거든. 그럼 내 사정도 봐줄 것 같지 않아?”

사키의 설명에 나는 고개를 저었다. 거짓말로 못 쓰는 것이야 당연하고 들켰을 때 사키가 받을 타격은 이루 헤아릴 수가 없다.

“아프다고 하면 안 돼?”

“여행 전날 체육 수업이 있어. 아프다고 하려면 그 수업도 빠져야 하는데 세 번 쉬면 자동으로 학점을 못 받거든…….”

사키는 교원자격증을 위해 체육 수업을 수강하고 있는데 이미 두 번을 쉬었다고 한다. 첫 번째는 감기, 두 번째는 식중독으로 진짜 병결이었다.

“그럼 제사는? 깜빡 잊고 있었다고 하고.”

“벌써 두 번이나 썼어.”

그렇겠지. 거짓말의 단골 레퍼토리를 사키가 써먹지 않을 리가 없지.

나는 일단 집에 가서 더 생각해 보겠다고 하고 카페오레를 한 잔 더 주문했다. 사키는 아르바이트도 하지 않으면서 자기가 사겠다고 했다. 거절하려다가 사키의 굳센 의지를 헛되이 하고 싶지 않아 그날은 얻어먹기로 했다.

*

동아리 '레이지 베이비 스텝'의 멤버들은 점심을 다 같이 모여 먹는다고 했다. 학생 식당 밖으로 나오면 나무 덱이 깔린 야외 테라스가 있는데, 그곳은 미야하시 씨의 위엄에서 나온 힘으로 확보한 장소로, 그 동아리에 소속되지 않은 학생 입장에서 보면 특등석 같은 곳이었다. 사키도 부러움을 산 적이 여러 번 있지만 "아무래도 상관없어. 여름에는 덥고 겨울에는 벌레 생기고. 다음 수업 강의실에서 후딱 먹고 낮잠이나 자는 편이 나아."라고 말했다. 그런데도 점심시간에 학교 안에 있는 한, 동아리 멤버들과 같이 밥을 먹어야 한다는 암묵적인 규칙이 있다고 했다. 끔찍하게도 그 동아리에서는 학년 초 멤버들의 강의 시간표를 거두어들여 간부들이 평일의 모든 일거수일투족을 감시하고 있었다. 표면상의 이유는 서로 협력해 수업을 잘 소화하자는 것이었지만 사키는 선배들이 뭘 가르쳐 준 적도, 누군가 대리 출석을 해 준 일도 없다고 했다. 수강 과목이 확정된 후에, "왜 하필 이걸 신청했어? 교수님이 엄격해서 시험 통과하기도 힘든데."라든가 "이 수업은 재미없기로 유명한데." 같은 잔소리는 들은 적이 있다고 했지만.

나는 업무를 하나 끝내고 다음 업무를 시작하기 전까지 한가했기 때문에 회사에 반차를 내고, '나 지금 거짓말하러 가는 거 아니거든요' 하는 얼굴로 사키가 다니는 교외의 작은 대학교로 조용히 들어갔다. 거짓말을 벌일 학생 식당 옆 야외 테라스에 도착하기 전에, 수상한 사람으로 여겨질 때를 대비해 이 학교의 방문 목적에 대해 고민했다. 그리고 교재 영업과 학생과 중도 채용 가운데, 중도 채용은 실제 모집하고 있는지 확인하면 낭패이므로 교재 영업으로 방향을 정했다. 내후년도 영미 문학과 교재로. 입학 안내 자료를 살펴보고 가장 훌륭하고 바쁠 것 같은 느낌의 교수님 이름도 외워 뒀다.

아까 환승역에서 마음을 다잡고 아이라인을 다시 꼼꼼히 그린 다음 앞머리를 비스듬히 내려 보기로 했다. 평소에는 전혀 그렇게 보이지 않지만 오늘은 세 보여야 하기에 거울 앞에서 머리를 일 분쯤 매만져 봤더니 제법 사나운 인상이 되어 안심했다. 집에서 가까워서 들러 봤다는 티를 내기 위해 꼼꼼히 땀을 닦고 화장을 고친 뒤 옷의 구김도 폈다.

사키에게는 오늘을 위해 며칠 전부터 밑밥을 깔아 두라고 일렀다. 이러이러한 사정이 있어서 여행에 절대로 못 가요, 죄송해요, 가 아니라 못 갈지도 모르겠어요, 그렇게 되면 죄송합니다, 라고 말해 두라고 시켰다. '절대로 못 간다'고 단언하면 거짓말인 티가 나기 때문이다. 벼랑 끝에 몰려서 절대로 못 가요! 라고 외치며 몸을 뒤로 젖힌 채 바다에 떨어지는 장면이 절로 상상되어 작위적인 느낌이 든다.

나는 허리를 곧게 세우고 야외 테라스를 향해 성큼성큼 걸어 갔다. 나는 자신만만한 성격이며 만사가 뜻대로 되는 줄 아는 사 람이라고 주문을 걸 듯 말했다. 실은 전혀 그렇지 않지만.

사키가 알려 준 대로 캠퍼스 건물을 눈으로 짚어 가며 따라가 자 학생 식당이 들어선 3층짜리 건물이 보였다. 그 건물을 둘러 싼 키 작은 관목이 끊기는 부분에 나무 덱이 깔린 야외 테라스가 툭 튀어나와 있었다. 관목이 심어진 쪽 모퉁이에 여자들이 모여 앉아 있고 그 속에 사키도 있었다. 사키는 구석에 앉아 시무룩한 얼굴을 하고, 옆자리에 앉은 체격 큰 남학생의 카레 접시를 가만 히 보고 있었다.

"사키!"

목청껏 부르며 손을 흔들었다. 사키의 이름을 이렇게 큰 소리 로 부른 것은 처음이었다.

"우리 집이랑 가까워서 와 봤어! 오늘 클래스가 갑자기 취소되 었지 뭐야."

클래스는 요리 교실로 설정해 두었다. 옛날에 잠깐 다니기도 했고.

거침없는 발걸음으로 나무 덱 계단을 올라가 사키 곁으로 다 가갔다. 그러고는 생글생글 웃으며 둘러봤다.

"사키 친구들이구나?"

사키의 동아리 멤버들은 순간 어리벙벙해하다 벼가 바람에 일

렁이듯이 하나둘씩 가볍게 인사했다.

"조카가 신세 많이 지고 있어요."

나는 멤버들을 향해 활짝 웃으며 말한 뒤 사키를 돌아봤어.

"주말에는 날씨가 맑을 거래. 다행이야, 센조지키(千疊敷)* 기대된다!"

내가 어깨를 붙들고 흔들자, 사키는 대각선 아래를 보며 일그러진 미소를 띠고 고개를 숙였다. 일단 아무 말도 하지 말고 그런 표정을 짓고 있으라고 내가 시켰기 때문이다.

동아리 여행이라는 선약을 뒤엎기 위해 사키에게 '영향력 있는 사람이 갑자기 여행을 가자'고 해서 못 간다는 거짓말을 생각해 냈다. 나는 돈 많고 안하무인 성격의 이모라는 설정이다. 사키의 대학 입학금을 내 주었기 때문에 사키의 가족도 나를 조심스럽게 대한다. 얼마 전까지는 남자 친구가 있어서 외출이나 여행을 그와 함께했지만, 지금은 헤어졌기 때문에 조카인 사키를 데리고 다니기로 했다. 이번 주 센조지키에 가는 계획은 그 시작에 불과하다. 앞으로 사키를 마음껏 쥐고 흔들 작정이다. 사키가 다시는 동아리에 얼씬도 못 하게 될 정도로.

봤죠? 하는 얼굴로 사키가 동아리 멤버들에게 눈짓을 했다. 그녀들은 나와 옆 사람을 번갈아 보면서 불온한 분위기를 견뎠

● 일본 와카야마현에 위치한 넓은 암반 지대

다. 한가운데 앉아 있는 미야하시 씨로 보이는 사람이 작게 입을 열었다.

"사키가 여행에 못 가서 아쉬워요, 마지막인데."

"마지막 외출 기회인데 미안하게 됐네? 내가 워낙 친구가 없다 보니 사키밖에 같이 여행 가 줄 사람이 없어서 억지를 부렸지 뭐야."

나는 눈을 크게 뜨고 멤버들을 죽 훑어봤다. 사키는 눈을 내리깔았다. 거짓말을 해서 켕기는 것일 테지만 마침 의기소침해 보여 나쁘지 않다고 생각했다.

"룸 취소 수수료 같은 건 내가 낼게요."

이 비용은 실은 사키가 낸다. 사흘 전이라 30퍼센트를 부담해야 하지만 사키는 여행에 가지 않을 수만 있다면 이깟 돈쯤은 아무것도 아니라고 했다.

"아유, 미안해서 어떡해? 내가 사과는 꼭 해야겠다 싶더라고. 어머, 사키. 뭐 먹고 있었어? 주먹밥이랑 된장국이랑 냉두부? 기운이 안 날 것 같은데. 나 이제 요리 교실 다니니까 내일부터 점심 먹으러 와!"

스스로를 믿어 의심치 않는 사람을 힘차게 연기하다 보니 차츰 뇌 속에서 정체 모를 뭔가가 분비되는 것이 느껴졌다. 거울을 보고 있지 않아 모르겠지만, 이럴 때 인간의 눈은 희번덕거리는 게 아닐까. 내가 눈을 맞추려고 멤버들의 얼굴을 훑어볼 때마다 흥미롭게도 그녀들은 고개를 숙였다.

"그럼 이만 갈게." 하고 나는 생글생글 웃으며 나무 덱 계단을 내려가 대학교 정문을 향해 성큼성큼 걸어갔다. 짧은 시간이었지만 나 자신을 속이느라 피곤했다.

내가 떠나고 나서 누군가 말하기 시작하면 일 분 뒤, 아무도 말하지 않으면 백까지 센 뒤 사키는 어두운 목소리로 이렇게 설명하기로 미리 이야기가 되어 있었다. "이모가 얼마 전 남자 친구랑 헤어졌거든요." 달리 더 말해야 하는 내용은 이모가 입학금을 내 주었고 이모네 집이 학교 근처라는 것뿐이다. 전자는 사키 어머니의 건강이 당시 좋지 않아 아르바이트를 일 년 쉬었기 때문이라는 이유를 붙였고, 후자는 사키가 더 이상 동아리 사람들과 점심을 먹지 않아도 되게끔 만들기 위해서였다. 사키의 탈퇴를 두 번이나 취소시킨 사람들이 고작 동아리를 그만두었다는 이유로 점심시간에 사키를 가만히 내버려둘 리가 없었다. 당분간은 학교에서 조금 떨어진 곳까지 가서 점심을 먹어야 하지만, 걸어서 십 분 이내에 같은 과 친구의 하숙집도 있고 음식물 반입이 가능한 시립 도서관의 야외 테라스가 있어 그렇게까지 불편하지는 않을 것이다.

나는 대학교 정문을 나와 사철 전철역으로 갔다. 전철에 올라타 연결 통로 문 근처의 구석 자리에 앉아서야 한숨을 돌렸다. 거짓말은 피곤하다. 그래서 나는 웬만해서는 거짓말을 하지 않는다.

✳

다시 사키가 거짓말 관련해서 의논을 해 온 것은 그로부터 한 달 뒤의 일이었다. 그날 이후 전 동아리 멤버들에게서 벗어나, 점심은 안하무인 이모네 집에서 먹는다는 설정을 유지하기 위해 친구네 하숙집이나 시립 도서관의 야외 테라스에서 먹는다고 했다. 그 덕분에 스트레스가 줄고 위통이 사라지고 거칠었던 피부가 좋아졌지만, 문제는 사키가 동아리에서 발을 뺐다는 사실을 알아차린 사람이 있다는 것이었다.

"설마 협박 같은 거 받는 건 아니지?"

"응, 그렇지는 않은데."

전에 만났던 카페에서 자초지종을 들었다. 사키가 아이스크림을 입에 머금고 있을 때 맛을 깊이 음미하는 표정을 짓는 것으로 보아 이제 그 동아리에 대해서는 별로 고민하지 않는 듯하여 나는 안심했다. 그런데 또 거짓말을 생각하라고 할 줄이야.

"도서관 테라스에서 밥 먹는 거, 우리 학교 학생한테 들키면 안 되니까 거기 어떤 사람이 있는지 갈 때마다 체크하고 일부러 잘 안 보이는 구석 자리만 이용했거든."

왠지 학교에서 본 적이 있는 것 같기도, 아닌 것 같기도 한 젊은 남자를 이틀 연속으로 봤다고 한다. 수수하고 무해하게 생긴 그 남자는 사키 쪽을 힐끔힐끔 살피곤 했다. 그런 시선을 받을 만한 이유가 없다고 생각한 사키는 혹시 나한테 관심이 있는 건가? 에이, 설마, 하고 괜히 김칫국을 마셨지만, 만약 그 남자와의 사이에 어떤 기회가 찾아온다 해도 지금은 방심해서는 안 된다고 스스로를 타이르고 도서관에 발길을 끊었다. 그런데 놀랍게도 학교에서 수업이 끝나고 나오는데 그 남자가 복도에서 기다리고 있다가 사키를 불러 세운 것이다.

"저기, 갑자기 말 걸어서 정말 미안한데."라며 꺼낸 말은 지극히 평범했지만, 이어서 나온 말은 사키를 경악하게 했다.

"'혹시 얼마 전에 거짓말했어?'라고 해서 얼마나 놀랐는지 몰라. 뭐야, 이 사람 초능력자인가? 그런 말로 나를 협박하려는 건가? 싶었다니까."

"협박당했어?"

내 질문에 사키는 고개를 가로저었다.

사키는 일단 거짓말을 하지 않았다고 대답했다. 그런데도 그는 "이상하네. 그 동아리에서 빠져나오려면 엄청난 거짓말이라도 하지 않으면 불가능하다고 친구의 친구의 여자 친구가 그랬다던데."라고 물고 늘어졌다.

"그 사람 이름은 다니오카이고 나랑 같은 학년이야. 친구의 친구가 한 살 연상인 여자 친구랑 교제 중인데 그 여자가 산행 동아리 멤버였대. 아니, 정확히는 지금도 소속해 있기는 한데, 내가 동아리에 가입했을 때 휴학을 했나 봐."

건강이 나빠졌다고 하지만 사키의 말투로 보아 그 동아리에 들어간 것이 원인임을 알 수 있었다. 산행 동아리의 내부 사정을 알고 있는 다니오카는 학생 식당 옆 야외 테라스에서 우아하게 점심을 먹는 멤버들을 가끔 관찰하곤 했다. 그러던 어느 날 항상 그곳에 있던 사키가 없어져 놀랐다고 한다. 얼마 후 책을 반납하러 시립 도서관에 갔다가 사키가 테라스에서 흐뭇한 얼굴로 야키소바빵을 베어 먹는 모습을 보고 도대체 어떻게 빠져나왔을까 궁금해지기 시작했다.

"'지금 거짓말을 하면 나쁘다는 이야기를 하려는 게 아니야.'라더라. 그럼 뭔데? 싶어서 이야기를 들어 봤더니 오히려 자기도 거짓말을 해야 한다면서 '거짓말 잘하는 법'을 가르쳐 달라는 거야."

사키가 "너도 동아리 같은 데서 빠져나오려고?" 하고 묻자, 다니오카는 고개를 가로젓고 "할머니에게 거짓말을 해야 하는 상황이 되었어."라고 대답했다고 한다.

*

다니오카가 살고 있는 하숙집 1층 카페에서 만나 이야기를 듣기로 했다. 사키의 전 동아리 멤버들에게 들키면 어쩌나 걱정했지만 학교에서 전철로 세 정거장 떨어진 곳에 있으니 괜찮을 거라고 했다. 나는 혹시 몰라 밖이 잘 보이는 자리에 앉았다. 사키의 전 동아리 멤버로 보이는 인물이 지나가면 잽싸게 테이블 밑으로 숨을 작정이었다. 사키가 보내 준 동아리 단체 사진을 저장해 놓고 길거리에서도 그 안하무인 이모가 실은 일에 지친 따분한 여자라는 것이 들통나지 않도록 조심하고 있다.

다니오카는 잘 알지도 못하는 사람에게 갑자기 거짓말을 하지 않았냐며 어떤 거짓말을 어떻게 지어내야 할지 자기와 같이 고민해 달라는 상당히 엉뚱한 부탁을 했다. 그런데도 사키가 별로 경계하지 않아 의아했는데 실제로 만나 보니 그럴 수도 있겠다 싶을 만큼 어리숙해 보이는 청년이었다.

"할머니는 형 부부가 자꾸 염치없이 손을 벌리는데도 거절을 못하세요. 칠 년 전까지는 정규직으로 일하셨고 그 이후로도 꾸준히 아르바이트를 하시는 데다 연금도 나와서 할아버지 유산까지 합하면 어느 정도는 되겠지만 그래도 넘치도록 돈이 많지는 않을 겁니다."

다니오카는 몹시 걱정스럽다는 듯 팔짱을 끼고 고개를 기울이고 있을 뿐 주문한 아이스코코아에는 손도 대지 않았다.

대략적인 이야기는 이렇다. 다니오카에게는 열 살 많은 결혼한 형이 있고, 그런 형에게는 여섯 살짜리 아들이 있다. 형은 교육에 별 관심이 없어 보이지만 형수는 교육열이 높은 사람이다. 그렇다고 형 부부가 아들의 교육에 돈을 쏟아부을 만큼 수입이 많지도 않고 양가 부모님도 딱히 여유가 있는 편이 아니라서, 부부는 남편을 떠내보낸 뒤 혼자 검소하게 생활하며 그럭저럭 돈을 저축한 할머니에게 주목한 것이다. 그리하여 학원비며 레슨비 같은 교육 비용을 전부 할머니 돈으로 내고 있다고 했다.

"할머니가 돈을 어디에 쓰시든 그건 할머니 자유인데요. 얼마 전에 모네 전시회에 모시고 갔을 때 기념품 매장에서 수련 무늬 우산을 발견한 겁니다. 가격이 3,800엔이었는데 최근에 돈 드는 일이 많다면서 안 사시더군요. 그렇게 수련을 좋아하시는 분이."

다니오카의 할머니네 집 달력은 해마다 다니오카가 아마존에서 주문한 것으로 각 달마다 수련꽃이 인쇄되어 있다고 한다.

"꽤 많은 금액을 부담하고 계시는 것 같아서 할머니가 불쌍해지기까지 했습니다."

형 부부는 아들의 교육비뿐만 아니라 소소한 여행 경비와 옷값 등도 할머니에게서 우려내고 있다고 했다. 다니오카가 부모님에게 알려 주의를 주어도 형 부부는 할머니가 주겠다고 하는 걸 어쩌겠냐면서 아예 상대해 주지 않았다.

"할머니는 할아버지와 함께 살던 작은 단독주택에서 계속 사시는데요. 딱히 집을 감당하지 못하는 것도 아닌데 집을 처분해 돈으로 갖고 있어야 하나, 그런 말씀까지 하시고 정말, 하아."

그리하여 다니오카는 자신이 형 부부보다 더 돈이 필요한 척을 해서 할머니의 돈을 보관했다가 나중에 몰래 갚는 계획을 생각해 낸 것이었다.

"보이스피싱 같은 걸 해 보려고, 한번은 성추행 혐의를 받아서 합의금이 필요하다고 했더니 할머니는 우리 손자가 그런 짓을 할 리 없다고 상대방을 직접 찾아가서 똑 부러지게 부인하고 오겠다고 하시는 겁니다. 생각보다 어렵더군요."

그뿐만 아니라 비싼 옷을 샀다, 비싼 교재가 필요하다고 해도 할머니는 "오호, 무슨 옷을 샀느냐?"라고 궁금해하거나 "네가 원체 똑똑하니까 교재 같은 건 없어도 괜찮다."라고 대답해 뜻대로 되지 않았다고 한다.

어쩐지 알 것 같았다. 입으로는 돈이 필요하다고 말해도 다니오카의 경우 온몸에서 무욕한 느낌이 뿜어져 나오고 있다. 부족함 없이 충족되어 있다는 느낌과는 약간 다르지만, 어떤 상황에서도 분수에 맞게 잘 헤쳐 나갈 듯한 느낌이었다. 그것이 좋은지 나쁜지는 모르겠지만.

"혹시 절실하게 갖고 싶은 거 있어? 돈이 드는 걸로."

그렇게 물어보자, 다니오카는 팔짱을 끼고 생각에 잠겼다.

"으음, 지금은 그런 것보다는 내년 취업 활동이 걱정이에요. 제대로 취직해서 저축하면 갖고 싶은 물건은 언젠가 살 수 있으니까요."

손자로서는 분명 좋은 청년일 것이다. 그러나 거짓말쟁이로서는 영 아니다. 나도 딱히 욕심이 많은 편은 아니지만 거짓말 관련해서 상담 요청을 받을 만한 사람이 되었으니 앞으로 어떻게 될지 모르지만.

다니오카는 단숨에 사정을 털어놓느라 지쳤는지 깊은 한숨을 내쉰 뒤 차가운 코코아를 빨대로 죽 빨아 마셨다. 엄청난 속도였다. 다니오카보다 나이도 훨씬 많으니 여기 찻값은 내가 내야 할까, 하지만 나는 의뢰받은 입장이니 다니오카가 내는 걸까, 아니 그냥 더치페이인가. 그렇게 쓸데없는 생각을 하고 있는데 창밖에서 초등학생쯤 되는 남자아이가 카페 앞 식물 사이에 숨어 카페 내부를 들여다보고 있는 것이 눈에 들어왔다. 안절부절못한 채 좌우로 왔다 갔다 하면서 아마도 창문을 등지고 앉아 있는 다니오카의 얼굴을 확인하려고 얼굴을 붙여 보지만 잘 안 되는 모양이었다.

내가 고개를 들어 그 모습을 빤히 쳐다보자 남자아이는 큰일 났다는 듯 얼굴을 찌푸리고 창 밑으로 잽싸게 몸을 숨겼다. "어쩌면 좋지? 예복이라도 대여해서 입고 이거 백만 엔짜리라고 해야 하나." 중얼중얼 혼잣말을 하는 다니오카에게 밖에 남자아이가 있다고 알리자, 그는 뒤돌아 창밖을 봤다. 남자아이는 들키고 싶지 않은지 들키고 싶은 건지 스스로도 잘 모르겠다는 듯 일단 도망가다가 다시 돌아와서 주뼛주뼛 손을 들었다.

"조카예요. 그, 형 부부의 아들이요."

다니오카는 그렇게 말하며 "잠깐 실례할게요." 하고 카페 밖으로 나갔다. 이내 책가방을 메고 검은색 직사각형 케이스를 들고 있는 남자아이를 데리고 돌아왔다.

"이 누나한테 이름과 학년을 말씀드려."

"루키야입니다. 초등학교 1학년입니다."

남자아이가 주뼛거리며 말하자, 다니오카가 "흐를 류에 바랄 희, 어조사 야를 써서 루키야(流希也)입니다."라고 소개하고 옆자리에 앉혔다.

"뭐 하러 왔어? 오늘 레슨 있지 않아?"

다니오카는 그렇게 말하며 루키야 앞에 메뉴판을 내밀었다. 루키야는 들킨 것이 억울한지 고개를 숙이고 입을 다물고 있다. 딱 봐도 켕기는 것이 있는 눈치다. 레슨을 빼먹은 것이다. 잘은 몰라도 직사각형 케이스와 관련이 있어 보였다.

"엄마한테 데리러 오시라고 할까?"

다니오카의 말에 루키야는 고개를 세차게 흔들었다. 다니오카는 팔짱을 끼고 정말 난처하다는 듯 고개를 기울였다.

"레슨 빼먹게 했다고 잔소리 듣는 건 나인데……."

"전에도 이런 일이 있었구나?"

내가 질문하는 것과 거의 동시에 다니오카는 "어떡하지? 오렌지주스 먹을래?"라고 루키야에게 확인한 뒤, 종업원을 불러 주문하며 지난달에 한 번 온 적이 있다고 대답했다.

"그때는 레슨 받으러 가는 도중에 배가 아파서 저희 집에서 쉬었다고 했는데요. 미와 씨가, 아 형수님이에요. 아무튼 형수님이

왜 바로 연락하지 않았냐고 핀잔을 줬거든요. 그런데 루키야는
엄마한테 데리러 오라고 연락하려고 하면 무조건 싫다고 하고.”
　“레슨을 가는 게 싫은 거니?”
　무슨 레슨인지 모르면서 나는 알고 있다는 표정으로 루키야에
게 물었다. 루키야는 십오 초 정도 가만히 고개를 숙이다 이윽고
“네.” 하고 대답했다.
　“이거 오보에예요.”
　다니오카는 루키야가 테이블 위에 올려놓은 직사각형 케이스
를 가볍게 두드리며 말했다. 그러고는 루키야에게 물었다.
　“그리고 또 뭘 배우고 있더라? 수영하고 영어 회화…….”
　“그림.”
　“음, 뭐라고?”
　“그림.”
　“아, 맞다, 그림.”
　다니오카는 이제 코코아 대신 얼음이 녹은 물밖에 없는 잔을
빨대로 마시고는 하아, 하고 한숨을 내쉬었다.
　“그 레슨비의 4분의 3을 할머니가 내 주신다고 들었습니다.”
　“초등학생인데 대학생인 나보다 더 바쁘네.”라는 다니오카의
말에 루키야는 고개를 끄덕이는 대신 우울한 얼굴로 카페 안을
죽 훑으며 시선을 피했다.

할머니에게 거짓말을 한다는 것은 정말 내키지 않는 일이다. 심적인 문제도 그렇지만 그 말 자체가 몹시 나쁜 말이다. 아무리 다니오카의 형 부부가 그래도 되나 싶은 이유로 할머니에게 돈을 우려내고 있다 해도 그들이 거짓말을 하는 것은 아니다. 그저 자기 자식 교육에 드는 비용을 할머니의 돈으로 충당하고 있을 뿐이다. 한편 다니오카는 더는 형 부부에게 돈이 빠져나가지 않도록 비록 선의이기는 하나 거짓말을 하려고 한다. 거짓말을 하지는 않지만 친척을 지갑 취급하는 것과 그런 짓은 하지 않더라도 거짓말을 해서 일시적으로 돈을 받아 내는 것 중, 어느 쪽이 나쁠까를 고민하느라 나는 잠을 이룰 수가 없었다.

회사 일도 바빴고 다니오카의 사정에 어울려 줄 상황이 아니었지만, 만약 그를 돕지 않았다가 사키가 전 동아리 멤버들에게 거짓말한 것이 누군가의 귀에 들어가기라도 하면 어쩌나 하는 걱정에 그냥 내버려둘 수도 없는 노릇이었다. 다니오카가 거짓말 의뢰를 거절당한 분풀이로 사키의 일을 퍼뜨리고 다닐 사람으로는 보이지 않았지만, 만에 하나라는 말도 있으니까.

다니오카도 고민하면서 내가 생각한 거짓말을 준비하고 있는 듯했다. 그에게는 대학 생활을 하며 난처했던 일을 떠올려 목록으로 작성해 두라는 숙제를 냈다. 그리고 생각이 바뀌면 이 일은

언제든지 중단해도 된다, 나도 싹 잊어버리겠다고 일단 말해 놓
았다. 그런 가운데 마음이 가장 홀가분한 사람은 이 일에 협조하
기로 한 사키일지도 모른다.

"요즘도 잔업해?"

"그렇지."

"얼마나?"

"매일 한 시간 반씩인데, 삼 주간 계속했더니 체력이 깎이는
것 같네."

그 말에 사키는 취직하기 싫다면서 휴대폰을 들고 내가 가장
수척해 보이는 각도를 찾았다. 나는 최대한 공허한 눈빛으로 호
텔 엘리베이터 홀에 있는 소파 팔걸이에 두 팔을 걸쳤다. 소파 바
로 옆에는 작은 테이블에 꽃병이 장식되어 있다. 중국의 청자색
을 기조로 한 벽과 바닥에, 소파는 보기에 따라 처량해 보이기도
했다. 허무한 느낌을 내는 것이 목표였지만 내가 찍힌 사진을 직
접 확인해 봐도 말이 안 되는 것 같아 아무튼 기운이 없어 보이는
방향으로 수정을 하기로 했다.

지금 회사에서 맡은 일의 사양이 납품 전에 변경되면 어쩌지?
하고 애태우는 상상을 하자 몹시 힘들어하는 얼굴이 찍혔다. 나
와 사키는 촬영을 마치고 호텔을 나와 다니오카와 약속한 카페
로 향했다.

"집에 옛날 사진 있었어? 필름 인화한 사진."

"응. 엄마가 꺼내 줬는데, 나 두 살 때 이모가 타이어 그네에 앉은 나를 밀어 주는 사진. 그 이후는 전부 디지털카메라로 찍은 거였더라."

"나이 차이 많이 나는 사이좋은 자매로 보였어?"

"그렇게 보이던데? 열다섯 살이나 차이 나는 걸로는 안 보였지만. 이모는 고등학생이 아니라 꼭 중학생 같더라."

사키는 그렇게 말하면서 자리에서 기다리는 다니오카에게 "나왔어." 손을 흔들었다. 다니오카도 손을 흔들어 답했다. 나는 두 사람을 번갈아 보면서 도저히 교제하는 사이로는 보이지 않는다고 걱정했지만, 남녀 관계이기도 하고 그 부분은 어떻게든 되겠지, 라는 마음으로 생각을 고쳐먹었다.

짐을 내려놓고 카페오레를 사서 자리에 도착하자, 다니오카가 "수고가 많으십니다." 하고 머리를 숙였다. 나는 "아유, 뭘." 하고 고개를 젓고 손을 어정쩡하게 흔들었다. 이제부터 거짓말에 관해 의논하려는데 수고가 많다니 참으로 묘한 말이다.

"어제 루키야가 또 저희 집에 왔어요."

"어제였으면 오보에 레슨 받는 날이었네."

내가 본래 전혀 관여할 일 없는 루키야의 레슨 스케줄을 파악하고 있는 것이 생각할수록 이상했다. 아무튼 루키야는 오보에를 하기 싫어하는 반면 루키야의 어머니이자 다니오카의 형수는 오보에를 시키고 싶어 한다. 유명한 선생님을 찾았다든가 하는 이유로 레슨비는 4만 엔 가까이 된다. 본인에게 뭘 배울 때가 가장 좋으냐고 묻자, 루키야는 "그림."이라고 대답했다. 루키야가 배우러 다니는 네 가지 가운데 비용이 가장 적게 드는 것을 좋아한다는 사실도 참 어이없는 일이다.

"더 빠지면 형수님한테 또 한 소리 들을 게 뻔하니까 어제는 레슨 교실까지 같이 가서 끝날 때까지 기다렸어요. 아참, 바쁘실 텐데 시간 내 주셔서 고맙습니다."

다니오카에게는 회사 일이 바쁘다는 이야기를 한 적이 없는데, 얼굴만 봐도 금방 알 수 있을 만큼 피로에 찌들어 있었던 모양이다. 그래도 다니오카가 할머니에게 할 거짓말 내용은 그럭저럭 정리했다. 설정은 이러하다.

다니오카는 사키와 교제 중이다. 오랫동안 친한 친구로 지내다 대학을 함께 다니면서 이런저런 도움을 받았고, 아주 최근에 사귀고 있다는 느낌이 들기 시작했다. 사키의 부모님은 이미 돌아가셨고 친척도 없다. 한편 사키에게는 열 살 많은 언니가 있고 두 자매는 지금껏 서로를 의지하며 살아왔다. 그런 언니가 난치병에 걸린 사실이 드러났다. 치료법이 있기는 하나 보험 적용이 되지 않는다. 언니가 저축한 돈과 사키의 아르바이트비로 5분의 4까지는 낼 수 있지만 나머지는 도저히 낼 수가 없다. 그 나머지 금액을 빌려줬으면 좋겠다.

다니오카와 사키가 할머니에게 빌려 달라고 할 금액은 할머니가 현재 부담 중인 루키야의 교육비 약 이 년 치로 정했다. 금액이 너무 크면 빌려주지 않을 수도 있고, 너무 작으면 루키야의 교육비를 계속 부담할 수도 있다. 할머니에게 다니오카의 딱한 사정을 봐서 돈을 빌려줄지 아니면 루키야의 교육비를 계속 부담할지를 직접 선택하게 하는 동시에 집을 처분한다는 생각에는 이르지 않을 만한 금액으로 정하느라 머리깨나 아팠다.

내 사진을 준비한 것은 내가 '사키의 언니'라는 설정이기 때문이다. 사이좋은 자매의 옛날 사진과 현재의 괴로워 보이는 언니 사진으로 할머니의 동정심을 살 계획이었다.

내일이 거짓말을 결행하는 날이다. 나는 몸이 쇠약해진 설정이라 그 자리에 가지 못해 걱정이 되었지만, 다니오카가 내가 구상한 각본을 반복해 읊는 모습을 보니 안심까지는 아니어도 대참사가 벌어지지는 않겠구나 싶었다. 문제는 거짓말이 서툰 사키가 지금처럼 "이모 고등학생 때 말이야, 녹색 안경테 쓴 거 진짜 안 어울리더라." 하고 덜렁대며 괜한 소리를 하는 것이었다.

"아무튼 사키는 입 다물고 고개 숙이고 있다가 가끔 죄송합니다, 혹은 꼭 좀 부탁드리겠습니다, 이렇게 말하면 돼."

사키는 알겠다고 대답한 뒤, 딱 한 입만큼 남은 아이스크림을 아쉬운 듯 떠서 입에 넣었다.

*

당일 나는 다니오카의 하숙집 1층 카페에서 애를 태우며 기다렸다. 얼마 후 다니오카가 성공한 것 같다고 연락해 가슴을 쓸어내렸다. 할머니 앞에서 다니오카는 대학 생활을 하면서 맞닥뜨린 위기에 대한 일화로, 1학년 때 독감으로 결석해서 필수 과목인 시사 영어의 시험 범위를 듣지 못했는데 그때 사키가 가르쳐 줬다는 이야기를 꺼냈다. 그런데 갑자기 사키가 "보스턴 차 사건이 시험에 나왔지." 하고 끼어들어 조마조마했지만, 다니오카가 "아, 맞다. 시사 영어가 아니라 영국사 수업이었지."라고 정정해서 가까스로 위기를 넘겼다고 한다. 그 외에도 다니오카는 자신이 아르바이트하는 곳의 사장이 야반도주했을 때 사키가 다음 일자리를 소개해 주었고, 수업에 결석했을 때는 노트 필기를 복사하게 해 주었다면서 덕분에 소소한 위기를 잘 넘길 수 있었다고 말했다.

그렇게 다니오카는 생활 구석구석에 사키가 도움이 되었고 최근 교제하는 사이로 발전했다고 마무리한 다음, "할머니께 기쁜 소식과 동시에 어려운 부탁을 드리게 되어 마음이 괴롭지만."이라는 말로 사키의 언니로 설정된 나의 질병에 대해 할머니에게 털어놓았다.

초고액은 아니어도 생판 남에게 쉽게 빌려줄 수 있는 금액도 아니기에 할머니는 처음에는 내키지 않는 눈치였다. 하지만 사키가 방바닥에 손을 짚고 머리를 숙이려 하자 "그렇지 않아도 언니 일로 힘든데 나한테까지 이러지 않아도 된다."라고 말해 주었다고 한다. 사키는 울고 싶어도 눈물이 나지 않아 그 대신 코를 훌쩍이며 내내 고개 숙이고 있었다. 사키는 다니오카의 할머니는 좋은 사람 같은데 내가 왜 이런 짓을 할까, 왜 할머니를 속여 필요하지도 않는 돈을 빌려 달라는 걸까, 혼란스러웠다고 했다. 그 이야기를 듣고 새삼 거짓말을 할 때 에너지 소모가 얼마나 큰지에 대해 생각하지 않을 수 없었다. 인간은 자신에게 불리한 일은 얼버무리거나 입을 다물어 버리고 충동적으로 그때뿐인 이야기를 하는 등 거짓말의 친척쯤 되는 악행을 거듭하지만, 그중에서도 거짓말은 강한 추진력을 필요로 하는 특수한 일이라고 생각한다.

사키와 나의 옛날 사진과 퇴근길 호텔에서 찍은 사진은 이야기의 마지막에 꺼냈다고 한다. 할머니는 몹시 측은하게 여겼고, 사키와 다니오카는 왠지 죄책감이 들어 정말로 빚을 지는 기분이었다고 한다. 사키는 내가 질병에서 회복해 직장으로 돌아가면 월급을 타서 최대한 빨리 빚을 갚겠다는 차용증을 썼다. 할머니는 다니오카에게 그럼 다음에 돈을 받으러 오라고 했고, 이로써 다니오카와 나와 사키의 거짓말은 일단 성립되었다. 다니오카는 할머니에게 돈을 꼭 갚을 테니 다른 가족에게는 비밀로 해 달라고 신신당부하면서, 내가 지금 무슨 짓을 하는 걸까 생각했다고 한다. 양심의 가책이란 아마도 그것을 느끼는 사람의 어깨에만 무겁게 내려앉는 것이리라.

뒷맛은 좋지 않았다. 다니오카의 할머니가 불합리한 지원을 그만두게 할 다른 방법은 없었을까 생각해 봤다. 우리는 거짓말을 했지만, 다니오카의 형 부부는 그저 순수한 마음으로 돈을 낼 수 있는 사람에게 내도록 했을 뿐 거짓말은 하지 않았다는 사실이 나를 괴롭게 만들었다.

그 후 다니오카는 각 은행의 이율을 알아보고 가장 괜찮은 곳에 계좌를 개설해 할머니가 빌려준 돈을 저금해 두었다. 은행에서 행사 경품으로 쌀과 미니 가습기를 받은 다니오카는 쌀은 할머니에게 드리고 미니 가습기는 사키에게 선물했다. 내게는 거짓말에 협조해 준 답례로 선물을 고를 수 있는 교환권을 주었다. 나는 그 선물 교환권을 자세히 살펴봤지만 아무것도 주문할 마음이 들지 않았다.

*

그로부터 얼마 후 나는 병이 다 나은 척을 하고 다니오카와 사키와 함께 그의 할머니를 만나러 갔다. 마침 루키야가 그날 다니오카의 집에 와 있어 넷이서 함께 할머니 집으로 갔다. 루키야는 딱히 레슨을 빼먹은 것은 아니었다. 아무튼 이상한 4인조라는 생각이 들었다. 내가 아이자와 씨에게 거짓말을 한 사실을 사키에게 털어놓지 않았더라면 우리 네 명은 평생 얼굴을 마주할 일이 없었을 것이다.

다니오카의 형 부부의 상황은 알지 못했지만, 할머니가 급하게 돈 쓸 데가 생겼다며 당분간 교육비를 부담할 수 없다고 하자 단단히 화가 났다고 한다. 이 소식은 다니오카도 부모님을 통해 접했다고 한다.

인원수만큼 보리차를 내 준 할머니는 듣던 것보다 훨씬 젊어 보이고 똑 부러진 사람이라 새삼 겁이 났다. 그런 할머니에게 "건강은 어떻습니까?", "건강해 보여 다행입니다." 같은 따뜻한 말을 듣자 나는 거짓말을 끝까지 밀고 나갈 자신이 차츰 없어지는 걸 느꼈다. 역시 거짓말은 얼버무리거나 미루거나 침묵하는 것보다 더 나쁘다. 새삼 거짓말은 피곤하다는 생각을 했다.

다소 활기를 되찾은 듯 보이는 루키야가 할머니에게 말했다.

"저 오보에 레슨 그만뒀어요. 엄마가 이제 못 보내 준대요. 그동안 진짜 가기 싫었는데 잘됐죠. 수영도 안 가게 됐어요. 둘 다 하기 싫었으니까 저는 상관없어요. 앞으로는 그림을 일주일에 두 번 배우러 가고, 영어가 일주일에 한 번으로 준대요."

루키야의 부모님이 할머니의 지원 없이 여유 있게 돈을 낼 수 있는 과목은 아마도 영어 회화와 미술 학원뿐이었을 것이다.

할머니는 복잡한 표정으로 루키야를 내려다봤다.

"이제부터는 친구랑 놀 수도 있고 증조할머니네 집에도 더 자주 올 수 있어요."

루키야는 싱글벙글 웃으며 말했다. 할머니는 "그러네." 하고 고개를 끄덕이고는 말을 이었다.

"루키야가 하고 싶은 걸 하면서 건강히 잘 지내는 게, 이 할미가 제일로 바라는 거란다."

할머니는 루키야의 어머니인 미와 씨가 모레 찾아온다고 하여 마음이 무겁다고 했다. 미와 씨가 갑자기 끊긴 지원에 대해 할 말이 있다고는 하지 않았지만 아무래도 그 이야기를 나누게 될 것 같다며 걱정했다.

"뭐라고 말해야 하나. 친구랑 여행을 가게 됐다고 하기에는 금액이 너무 크고. 어떻게 해야 하지."

할머니가 팔짱을 끼는 것을 보고 나는 "그게 말이죠……." 하고 입을 열었다가 닫고, 그러나 역시 이 거짓말의 책임은 져야 한다고 생각해서 또 "그게 말이죠……." 하고 다시 말을 꺼냈다.

벌써부터 술술 자백하는 나를 사키와 다니오카는 어안이 벙벙해서 쳐다봤을 것이다. 이 사람은 거짓말은 잘 지어내도 양심의 가책에는 유난히 약하구나, 하고.

나는 당연히 납죽 엎드릴 마음까지 있었지만 할머니의 반응은 대범했다.

할머니는 진지한 얼굴로 내 설명을 듣고 나서, "뭔가 있을 줄은 알았는데……."라며 기가 막힌다는 듯 말했다.

"다른 방법은 없었던 거냐? 하기야 나도 뭐, 루키야가 싫어하는 건 어렴풋이 느끼고 있었고 배워도 도움 안 되는 게 있구나 싶었지. 그럼 내가 부담하는 교육비는 정작 누구를 위한 일인가 고민할 때도 있었지만."

한동안 아무도 입을 열지 않았다. 사키와 나는 아무 말도 할 권리가 없고, 할머니와 다니오카는 알아챈 것을 지적할 만한 엄격함이 없어서일 것이다. 루키야는 혼자 할머니가 내 준 보리차를 다 마신 뒤 자기가 알아서 컵에 더 따르고 있었다.

"돈 돌려 드릴게요."

다니오카가 겨우 입을 열자 할머니는 "아직 현금으로 갖고 있냐?"라며 뜻밖의 질문을 던졌다. 다니오카가 어느 은행에 맡겼는지 자세히 설명하자, 할머니는 잠시 생각하고 나서 말했다.

"그냥 놔둬라. 거기 맡기려고 했었어, 정말이다."

"제가 받은 미니 가습기도 돌려 드릴게요!"

사키가 재빨리 말하기에 나도 "선물 교환권도 그대로 있어요!" 하고 덧붙였다. 할머니가 한숨을 내쉬고 말했다.

"가습기도 필요했던 거니까 빠른 시일 내에 부탁해요. 선물 교환권은 아주 좋지."

루키야는 증조할머니네 집 보리차는 맛있다며 기분 좋게 웃었다.

*

　지난 주말 큰 건의 납품을 끝낸 덕에 우리 부서는 원래대로 정시에 퇴근할 수 있게 되었다. 그래서인지 사무실에는 안도의 기운이 감돌았다. 그런데 옆자리의 고지마 부장이 아침부터 내내 한숨만 내쉬는 것이었다. 일부러 과장된 한숨을 쉬는 것으로 보아 왜 이러는지 물어봐 주길 바라는 듯했지만, 만에 하나 그렇지 않을 경우 서로 민망해질 수도 있어 나는 모른 척을 했다.

　점심시간이 끝나자 마침내 고지마 부장이 “하야시모토 미노리 씨.” 하고 내 이름을 불렀다.

　“무슨 일이세요?”

　“골프 좋아하나?”

　“해 본 적 없어요.”

　“그렇겠지.”

　그 대화는 거기에서 끝났지만, 한 시간 뒤 다시 고지마 부장은 내게 골프와 축구 중 어느 쪽이 더 중요하다고 생각하는지 우문에 가까운 질문을 했다.

　“사람마다 다르지 않을까요?”

　“나는 축구인데 말이야.”

　그 말을 시작으로 고지마 부장은 다음 주말에 거래처와 골프 모임이 있는데 공교롭게도 그날 고등학교 축구부 졸업생이 모여

홍백전을 한다, 직장인으로서 골프 모임에 가야 한다는 것을 알지만 사람으로서는 축구부 모임에 가고 싶다, 좀처럼 없는 기회다, 같은 이야기를 구구절절 늘어놓았다. 나는 다 관심이 없기 때문에 만약 수예 행사가 겹친다면 그리로 가야겠다고 생각했다.

"골프 모임을 쉬는 데, 어떤, 그러니까 어떤 핑계를 대면 좋을지 고민이 돼서 말이네."

그것은 핑계가 아니라 거짓말이다. 나는 속으로 그렇게 정정했다.

"따님 학교에 수업 참관을 간다고 하시는 건 어떠세요?"

"안 되네. 딸은 벌써 대학생이니까."

"그럼 제사는요?"

"작년에 같은 거래처와의 골프 모임에서 써먹은 적이 있지."

"갑자기 고열이 났다고 하시는 건요?"

"전날 그 회사 공장에 시찰하러 가야 하는데 빠질 수는 없고, 그 후 곧바로 몸 상태가 나빠지는 건 부자연스럽지 않은가."

"결혼기념일은요?"

"우리 집은 편부 가정이네."

몰랐다. "죄송합니다."라고 사과하자, 고지마 부장은 "괜찮아. 숨기지도 않지만 대놓고 말하고 다니지도 않으니까."라고 대답했다. 나는 금년도부터 같은 부서에서 일하고 있는 고지마 부장이 혼자 자식을 키운다는 사실을 몰랐다는 것에 왠지 필요 이상의 죄책감을 느꼈다. 어쨌든 지금은 이 대화에 최대한 적극적으로 임해야 할 것 같았다.

잠시 생각한 뒤, 고지마 부장을 향해 몸을 돌려 "따님의 취업 상담회에 간다고 하시는 건 어떠세요? 최근에는 부모님도 동행하는 일이 많다고 하더라고요."라며 제안했다.

"취업이 중요하다는 건 누구나 아는 사실이고, 따님의 일이다 보니 부장님 본인과는 거리가 있어서 거짓말이 드러나는 일은 거의 없을 겁니다."

"그래, 알겠네. 그렇게 해야겠어. 하야시모토, 고맙네, 고마워."

고지마 부장이 메모를 하기 시작했다.

"의외로군. 하야시모토, 자네가 그리 대번에 좋은 핑계를 생각해 낼 줄은 몰랐네."

"핑계가 아니라 이건 거짓말이에요."

"허허, 누가 들으면 오해할까 봐 말하고 싶지는 않네만 자네는 거짓말을 하는 데 재주가 있군?"

"재주가 있는지 어떤지는 잘 모르겠지만, 거짓말을 해야 하는 상황과 사실을 말해야 하는 상황은 항상 잘 구분하고 있어요."

나는 대답했다. 그리고 고지마 부장에게 지극히 개인적인 일을 말하게 한 대가이기는 하나 거짓말을 곧바로 생각해 낸 것이 민망하다고 생각했다.

속 거짓말 컨시어지 - 거짓말의 수요와 공급의 고뇌편

사나코가 갑자기 못 만나게 되었다며 약속을 취소한 것이 벌써 몇 번째일까. 사나코가 먼저 내게 연락해서 약속을 잡은 날은, 원래 조카인 사키와 함께 그림 전시회에 갔다 돌아오는 길에 몬자야키*를 먹기로 한 날이었다. 그런데 사나코가 앞으로 석 달은 스케줄이 꽉 차서 이날이 아니면 안 된다고 하여 그럼 그날 저녁을 함께 먹자고 제안했고, 사키에게는 미안하지만 몬자야키는 다음에 먹고 전시회만 보기로 조정했다. 사나코와 저녁을 먹을 스페인 음식점은 내가 예약했다.

사나코와의 약속이 취소된 것 자체는 어쩔 수 없다고 생각한다. 그러나 약속이 취소된 토요일의 이틀 전에 사과하고 싶으니

● 묽은 밀가루 반죽에 고기, 채소, 해물 등을 버무려 철판에 구워 먹는 요리

까 화상 통화를 하자던 사나코의 말을 곧이곧대로 받아들인 것이 잘못이었다. 사나코는 사과도 하는 둥 마는 둥 왜 못 만나게 되었는지 그 이유를 쏟아 냈다.

얼마 전 어떤 남자 연예인이 여배우와 야구장 자유석에 앉아 야구를 봤다는 목격담이 퍼지고 있는데, SNS상의 지인인 히마리가 두 사람은 교제 중으로 곧 결혼을 앞두고 있다며 말하고 다닌다, 그런데 다른 사람들은 그 일을 어떻게 해석하는지 알아보려고 열심히 검색했더니 피곤하다, 그래서 약속한 날 못 만나게 되었다는 것이었다.

나는 "갑자기 미안해."라는 말 직후에 사나코의 입에서 그 남자 연예인의 이름이 나왔을 때부터 전화 승낙한 것을 후회했다. 시간을 재 보지는 않았지만 말하기 시작한 지 일 분 만에 그 이름이 나왔을 것이다. 최소한 이 분은 있다가 말해야 한다고 생각했다.

두 사람은 당시 야구장에서 경기를 하던 두 팀 중, 어느 한쪽의 열광적인 팬으로 알고 보니 같은 초등학교를 나왔다(여배우가 3학년 위), 그러니 단순한 친구 사이 아니겠냐는 것이 대부분의 의견이라고 했다. 히마리 혼자 교제를 주장하는데, 그녀는 남자 연예인뿐만 아니라 그 여배우도 좋아해서 화장과 패션을 따라 하며 동일시하고 있다. 요컨대 희망 사항을 말하는 것이라고 했다.

나는 노트북 앞에 팔꿈치를 괴고 두 손으로 얼굴을 싸쥐면서 그 이야기를 듣고 있었다. 화장을 지워서 맨얼굴이라는 핑계로 영상은 끄고 음성으로만 설정해 두어 다행이었다.

사나코의 의도는 알 것 같았다. 평일에 SNS를 너무 많이 봤더니 피곤해서 약속일에 외출하기가 성가셔졌지만, 그 원인에 대해 하소연함으로써 스트레스를 풀고 싶은 것이다. 그러니까 약속과는 상관없는 날에 나를 붙잡은 것이다.

누군가를 만나기로 한 날 며칠 전에 예상 밖의 일이 일어나, 그 약속을 나가기가 도저히 내키지가 않고 몸도 잘 따라 주지 않는 일은 간혹 있다. 나도 안다. 하지만 그럴 때 나 같으면 거짓말을 한다. 몸 상태가 안 좋다, 그래서 감기에 걸렸다, 컨디션 관리를 못 해서 미안하다고 말한다. 그렇게 깔끔하게 사과하고 다른 보상을 약속한 다음 거기서 이야기를 마무리한다.

"히마리가 자꾸 그런 이상한 착각을 해서 다들 싫어한다니까."

"으음, 전에도 그 사람 이야기는 들었는데, 그 사람 글은 '안 보기' 설정해 놓고 관여하지도 말고 머릿속에서 지우라고 하지 않았나?"

"그랬지. 그런데 내가 무시하는 것처럼 보이면 다들 어색해지잖아. SNS 밖에서 알고 지내는 사람도 있고."

"그렇구나……."

"그렇다니까. 그중에서 가장 적극적으로 발언하는 사람도 히마리이고."

"학생이라 한가한 거지 다들 싫어하는데." 사나코는 그렇게 덧붙였다. 나는 '다들'이 누구냐고 묻고 싶은 것을 참았다. 그 대신 "한가해서 히마리*야?"라고 묻자, 사나코는 "어어, 아닐걸, 근데 웃기다."라며 웃었다. 목소리에서 활기가 느껴졌다.

"내가 어두운 얼굴로 나가면 미노리, 네 마음이 불편할까 봐 그러지."

"아니야, 나는 괜찮아. 내가 어두운 얼굴은 불편하다고 한 적 있었나?"

"무슨, 당연히 없지. 미노리는 워낙 착하니까 내 판단으로 결정한 거야."

내가 아무리 반박해도 사나코는 전혀 타격이 없는 듯했다.

시계를 보고 이 대화에 삼십 분 넘게 시달리면 지는 거라고 생각해 "어쨌든 이유는 알았고 평일이기도 하니까 오늘은 이만." 하고 겨우 말하자, 사나코는 약간 불만스럽게 "아, 으응."이라고 답했다.

"미노리, 자기가 패션스타일을 참고하는 여배우와 좋아하는 남자 연예인이 눈이 맞는 망상을 하는 히마리는 네가 봐도 정상이 아닌 것 같지?"

"글쎄, 모르겠네. 사람마다 다 다른 거니까. 납득이 안 가는 사람의 SNS만 봐도 지치니까 관계를 다시 생각하는 게 낫지 않아?"

● '한가한 상태'를 일본어로 '히마(暇)'라고 한다.

"그건 안 돼."

사나코는 딱 잘라 말했다. 그럼 나도 더 이상은 못 들어 주겠다는 말을 겨우 삼키고, "나는 피곤해서 이만 자야겠다."라고 말하자 "아직 9시인데?"라며 사나코가 물고 늘어졌다.

"목요일이잖아, 힘들어. 다음에 또 연락하자."

나는 그렇게 말하고 도망치듯 화상 통화 창에서 나왔다. 이어서 노트북 전원을 끄고 사나코에게 말한 것처럼 침대에 드러누워 휴대폰으로 사키에게 메시지를 보냈다.

'몬자야키 먹으러 갈 수 있게 됐어. 자꾸 변경해서 미안.'

'오오, 신난다. 그런데 갑자기 어떻게?'

'만나기로 한 고등학교 친구가 못 온대.'

'그렇구나. 아무튼 나는 미노리 이모가 갈 수 있다니까 좋네. 몬자야키 기대된다!'

하마터면 사나코에 대한 험담을 죽 써서 보낼 뻔했지만, 사키의 그 말 한마디로 내 안에 고여 있던 것이 칠 할 정도는 흘러 내려감을 느꼈다. 그리고 '나도 기대돼. 미안해'라며 채팅을 마쳤다.

다행히 사키가 듣고 싶을 리 없는 친구의 험담을 하지 않고 넘어가 안심했지만, 사나코의 오늘 행동을 계기로 앞으로 어떻게 대응할지 고민해 봐야 할 것 같았다. 그렇지 않으면 내 기운을 계속 빼앗길 것 같아 착잡한 마음이 들었다.

사나코가 SNS를 열심히 보느라 피곤해졌다는 이유로 약속을 취소하는 것은 생각해 보니 이번이 두 번째였다. 보통은 웬만큼 사과할 각오가 아니고서는 그런 이유를 솔직하게 밝히지 않지만 사나코는 왠지 이번에도 그랬다.

차라리 거짓말을 해 주는 게 편하다고 생각한다. 사과하기가 귀찮으면 거짓말을 둘러대 주는 게 낫다. 그편이 나도 쉽게 포기가 된다. 거짓말은 싫고 충분히 사과할 마음도 없으면서 자기가 하고 싶은 말만 남에게 실컷 쏟아 내려고 하는 사나코와의 관계를 이제는 정말 고민해 봐야 할 것 같았다. 하지만 다시 '고민해야 하는' 인연에 대해 생각하는 것은 굉장히 피곤한 일이다.

따라서 몸 상태가 안 좋다는 말로 충분하다. 사나코가 왜 그 정도 일을 해 주지 않는가 하면 그것은 정직함을 넘어서 이해받고 싶기 때문이다. 약속은 취소하고 싶고 그 이유에 대해 이해도 받고 싶은데, 그 두 가지를 다 이루려면 몸 상태가 안 좋다는 말로는 조건을 충족할 수가 없다. 몸 상태가 안 좋다는 거짓말로는 약속 취소는 그렇다 쳐도 이해받고 싶다는 욕구와 시너지가 나지 않는다.

다만 그것은 어디까지나 사나코의 사정일 뿐이다. 도저히 약속을 지키지 못하겠으면 이해받고 싶은 욕구를 버리고 거짓말을 하는 위험 부담을 안기 바랐다.

거짓말을 하는 위험 부담, 생략해서 '거짓말 리스크'는 결코 무시할 수 없는 존재다. 한번 거짓말을 하면 그대로 놔둘 수가 없다. 무슨 거짓말을 했는지 기억해 둬야 한다. 거짓말을 했기에 버려야 하는 것도 있다. 이 모든 것을 받아들인 상태에서 거짓말을 해야 하지만 사나코는 거짓말 리스크를 감수하지 않았다. 사실대로 말한 데다 그와 관련된 불평을 내게 먹였다. 소화하는 것은 온전히 내 몫이었다.

오늘 사나코가 한 만큼 내가 사나코를 소홀히 대할 날이 앞으로 없다면, 지금은 못 견디게 슬프지만 그다음은 생각나지 않는다. 이제 잊는 수밖에 없다. 하아, 적어도 감기야, 라고 말할 수는 있잖아, 겨우 세 글자잖아. 이런 생각을 질질 끌다 시계를 봤더니 어느덧 밤 10시가 되어 "안 돼!" 하는 비명이 절로 나왔다.

쓸데없는 일로 감정과 시간을 빼앗겨 속상했다. 이 알은 사키에게 몬자야키를 먹으러 갈 수 있게 되었다고 연락했을 때 머릿속에서 지웠어야 했다. 벌써 10시인 탓에 편의점에 가서 아이스크림을 사는 정도밖에 마음을 달랠 방법이 떠오르지 않았지만, 실내복 차림이라 옷을 갈아입기도 귀찮아서 하는 수 없이 차를 끓여 눅눅해진 비스킷을 집어 먹으며 휴대폰 게임을 하기로 했다. 결국 밤 11시 반까지 게임을 했다.

내일 하루만 출근하면 모레부터 쉴 수 있다는 것만이 위안이었다.

다음 주 월요일의 일이었다. 점심시간이 끝나자마자 옆자리의 고지마 부장이 말을 걸었다.

"그러고 보니 하야시모토, 자네는 그럴듯한 핑계를 생각해 내는 데 달인이었지?"

나는 약간 속상하다는 얼굴로 고지마 부장을 보며 "무슨 일이신데요?" 하고 물었다.

"아니, 맞지 않은가. 지난번에 그런 이야기를 나누었는데 아닌가?"

고지마 부장이 열을 올리며 계속했다.

"왜, 거래처 골프와 고등학교 축구부 졸업생의 홍백전이 겹쳤을 때 좋은 핑계를 대신 생각해 준 적이 있잖아."

"핑계라기보다는 거짓말이었죠."

"그래, 거짓말이긴 하지. 그나저나 달인처럼 재주가 좋았잖아."

거짓말을 하는 데 재주가 있다니 참으로 불명예스러워 듣고 싶지 않은 말이지만, 고지마 부장은 오히려 내가 고개를 갸웃할 정도로 사실일 뿐인데 왜 그런 반응이냐는 듯 말했다.

"재주가 좋은 게 아니라, 거짓말은 누구나 조금만 생각하면 구상할 수 있다고 생각합니다. 자신이 한 거짓말을 기억하고 항상 조심하기만 하면 돼요."

나는 고지마 부장에게 거짓말을 함으로써 치러야 하는 대가를 설명하면서 사나코가 내게 거짓말하지 않았던 일을 떠올리고 기분이 처지는 것을 느꼈다.

거짓말을 하는 수고조차 들이지 않을(둘러대지도 않는다) 만큼 우습게 보이는 것과 거짓말로 적당히 상대할 만한 사람인 것 중에 어느 쪽이 더 나을까? 앞으로 내 의견이 달라질 수도 있겠지만 바로 얼마 전 사실을 털어놓은 말을 듣고 진저리 쳤던 나로서는 후자가 더 나은 취급으로 느껴졌다.

"에둘러서 말하는군."

열이 확 올랐지만 맞는 말이긴 하다.

"핵심은 무슨 거짓말을 했는지 잊지 않고 그 후에도 잘 관리하면 된다는 거죠."

나는 고지마 부장의 말투에 맞추어 거칠게 말했다.

"그런가? 내가 봤을 때 거짓말은 관리 이전의 문제로, 아무것도 없는 상태에서 거짓말을 지어낼 수 있는 것 자체가 이미 굉장하다고 생각하네만."

"그걸 굉장하다고 하셔도……."

"우리 회사에도 나처럼 거짓말을 지어내지 못하는 사람이 있지. 이 부근에 맛있는 메밀국숫집이 있네만."

고지마 부장은 갑자기 거짓말에서 메밀국숫집으로 화제를 바꾸었다. 나는 상대방이 상사이기도 해서 "아, 네, 메밀국숫집이요.” 하고 일단 맞장구를 쳤다.

“비교적 오래된 곳인데 술집이 많은 번화가 골목에 있어서 눈에 띄지 않는 곳이지. 나는 일주일에 한 번은 그 가게에 가서 점심을 먹는데, 기술부에도 그곳 단골이 있더군.”

“네에.”

“이름이 히로노인데.”

“아, 누구인지 알아요.”

나보다 이 년 선배인 직원이었다. 입사 1년 차 때는 다양한 부서에서 잡무를 맡았는데 그때 도움을 많이 받았다. 잘난 척하지 않되 업무 지시도 명확하고 어려운 일이 있어 물어보면 제대로 대답해 주는 좋은 사람이었다.

“히로노는 좋은 사람이라고 생각하네. 이번 주말에 동창회라고 해야 하나, 직장이 가까운 동창끼리 식사 모임을 하는데 그 때문에 우울한 모양이야.”

“감기에 걸렸다고 쉬면 되지 않을까요?”

“그게 말이야. 히로노 외에도 A, B, C, D, E의 참석자가 있다고 치겠네.”

“네.”

“히로노는 E가 유독 불편한데, E가 올지 안 올지는 당일이 되어 봐야 알 수 있다는군. 일이 워낙 바빠서 예측할 수 없다고 하네만, 내가 봤을 때 E는 거드름 피우느라 그런 거야.”

“아, 그런 사람 있죠. 꼭 재수 없는 놈들이 그러더라고요.”

“히로노는 A, B, C, D와는 되도록 만났으면 하네. 그리고 그 네 명과 좋은 관계를 유지하기 위해서라도 자신이 E를 몹시 싫어한다는 사실을 알리고 싶어 하지 않아. 만약 E가 있다고 해도 십오 분쯤은 견딜 수 있는 모양이야. 그런데 그보다 먼저……”

고지마 부장은 거기서 말을 끊더니 눈을 감고 고개를 절레절레 흔들었다. 꽤 오랫동안 그렇게 있기에 나도 덩달아 눈을 감고 고개를 흔들었다.

“그래서 자네에게 의견을 구하고 싶은데, 히로노는 일단 그 식사 모임에 참석하는 걸로 하고 E가 왔을 경우 잘 빠져나갈 수 있는 방법이 없겠는가?”

“아, 누구나 그런 적 있죠. 먼저 떠오르는 건 ‘업무상 급한 호출이 왔다’인데, 어떠세요?”

“그건 어렵네. A가 우리 회사 직원인 데다 히로노의 바로 옆 부서 소속이거든.”

“그렇군요. 그럼 안 되겠네요.”

그 경우, A씨 본인이 확인하려는 의지가 없다 해도 우연히 히로노 씨의 부서 사람과 대화하다 “밥 먹고 있는데 히로노한테 업무 전화가 와서 말이야.”라고 말하기만 해도 들킬 가능성이 있다.

“그렇지. 나 같으면 배가 아프다는 핑계로 빠져나오겠지만, 식사 모임에서 복통으로 먼저 나오게 되면 E는 그 일을 영원히 들먹이며 놀릴 것 같다더군."

"아아, E는, 너 그때 삐— 때문에 먼저 갔으니까 삐—나 삐—한 녀석이라는 뜻으로 평생 삐—라고 부를게, 같은 더럽게 재미없는 말을 개그랍시고 지껄이는 사람인가 보죠?"

"아마 그럴 거야. 히로노가 E와 가급적 엮이기 싫어하는 이유는 E가 히로노를 무시하면서도 곁에 두려고 하기 때문이라고 하더군."

"믿기지 않겠지만 사실이야." 고지마 부장이 덧붙였다. 부장은 그런 짓을 하는 사람이 있다는 사실이 정말 믿기지가 않는 것이다. 나는 고지마 부장의 모습에서 순진한 면이 있지만 좋은 사람이라는 비교적 흔히 있는 조합의 인상을 받았다.

"그런 사람 많아요. 히로노 씨가 왜 타깃이 되었는지 어쩐지 알 것 같아요."

왜냐하면 히로노 씨가 좋은 사람이기 때문이다. 그래서 아마 E가 갖고 있지 않은, 혹은 갖고 있지 않다는 사실조차 모르는 어떠한 '마음의 안녕' 같은 것을 히로노 씨가 갖고 있기 때문일 것이다.

"함께 생각해 주겠나?"

"그러죠. 그런데 나머지 네 명 중에 우리 회사 사람이 있다고 하셨잖아요. 그럼 외부인의 협조를 받아야 하는데 그게 가능할지 모르겠어요."

그렇게 말하면서도 나는 머릿속으로 히로노 씨를 E로부터 벗어나게 하는 방법을 구체화하고 있었다. 그런 생각을 열심히 하는 이유는, 히로노 씨가 좋은 사람인 것을 알기 때문이기도 하고 단순히 내가 E 같은 사람을 싫어하기 때문이기도 했다.

식사 모임이 예정된 곳은 칸막이 석이 절반 이상을 차지하는 아메리칸 레스토랑이었다. 햄버거가 1,980엔, 스테이크가 3,500엔 정도 하는 곳이다.

히로노 씨와는 주중에 퇴근한 뒤 만나서 간단히 회의를 했다.

"아, 하야시모토 씨, 이게 얼마 만이야? 도와줘서 고마워."

그렇게 말하는 히로노 씨는 여전히 좋은 사람처럼 보였고 전보다 통통해진 것 같았다. 히로노 씨가 저녁을 사겠다고 하여 고지마 부장과 함께 메밀국숫집에 모였다. 나는 오리고기메밀국수를 먹으면서 식사 모임 장소와 그 인근 건물에 대한 정보를 수집하고, 히로노 씨가 전에도 레스토랑을 이용한 적이 있는지 확인한 뒤 계획을 세웠다.

"하야시모토는 말이야, 거짓말이라면 아주 빈틈이 없으니까 마음 푹 놓고 있으면 될 거야!"

고지마 부장이 나를 호들갑스럽게 치켜세웠다.

"하야시모토 씨는 정직한 이미지였는데 사람 속은 정말 모르는 거네."

"아뇨, 저는 '거짓말쟁이'가 아니라 '거짓말을 할 줄 아는 사람'
이라고요."

나는 이야기의 궤도를 수정했다.

"앗, 그 두 가지가 다른 거야?"

"완전히 다르죠! 거짓말이 형편없는 거짓말쟁이는 어디서나
볼 수 있잖아요."

"아, 그런가. 그런데 거짓말을 잘하는 정직한 사람은 본 적이
없는데?"

"그건 그 사람이 거짓말을 잘하거나 웬만하면 안 해서 들키지
않는 거라고요."

"오, 그렇군."

고지마 부장과 히로노 씨에게 쓸데없이 감탄을 받으면서, 계
획이라기에는 다소 간단한 내 거짓말 플랜은 디저트로 바닐라아
이스크림을 다 먹었을 무렵에 비로소 완성되었다.

나와 고지마 부장은 식사 모임의 일원인 A씨와 안면이 있어,
우리가 히로노 씨를 데리고 나가면 훗날 성가셔질 수 있기 때문
에 직접 관여할 수 없는 대신 주변 사람들에게 협조를 구하기로
했다.

사키에게 부탁이 있다며 사정을 털어놓자, "미노리 이모, 또
거짓말 청부업 하는구나……."라며 어이없어했다. 거짓말 청부
업이라니, 아무튼 지금까지 그 비슷한 일을 두 번 했는데, 첫 번

째는 사키를 대학 동아리에서 벗어나게 도와줬다. 그 도움을 받은 당사자가 어이없어하다니 경우가 아니지 않느냐고 반박하자, 사키는 "그러네." 하고 단박에 취소하고는 "나중에 카페에서 케이크 사 주면 협조할게. 그날 한가하기도 하고."라며 승낙했다.

또 다른 협조자는 사키의 대학 친구인 다니오카의 조카, 루키야였다. 학원을 네 군데나 다녔던 여섯 살의 루키야는 이제 일곱 살이 되었고 학원은 미술 학원과 영어 회화 학원으로 줄였다. 여전히 바쁘지만 돌봄 교실에 가거나 친구 집에 놀러 가 게임을 하는 등 나름대로 방과 후를 만끽하고 있었다. 다니오카의 집에도 자주 놀러 온다고 했다. 그의 집에서는 태블릿PC로 다양한 그림을 그리거나, 휴대폰에 담긴 MP3 중 앨범 재킷이 마음에 드는 노래를 골라 듣기도 하고, 녹화해 둔 코미디 프로그램을 모조리 틀어 놓는 등 즐겁게 지낸다고 했다.

식사 모임 전날이 되어도 E가 참석할지 여부는 불투명했다. 남의 일인데도 속이 부글부글 끓었다. 그 거드름 피우는 태도는 도대체 뭐란 말인가. 왜 누군가가 지긋지긋해하는 인간일수록 꼭 일이 바쁘다거나 다른 약속과 조율 중이라는 티를 내며 스케줄을 확실히 해 두지 않는 건가. 나이가 들면서 스케줄을 명확히 하는 사람과 그렇지 않은 사람의 가치 명암이 확연히 구분된다는 생각이 들었다.

결국 당일이 되어서도 E는 명확한 답변이 없었다. 나는 사키와 루키야, 다니오카에게 작전을 결행해 달라고 부탁했다.

내가 짠 각본은 이러했다. A, B, C, D, E와 히로노 씨가 식사 모임을 하는 가게에 사키와 루키야가 간다. 두 사람은 E가 오면 자리를 오랫동안 비워야 하기에 사후 처리 담당으로 다니오카가 투입된다. 루키야와 사키는 가게 안을 자연스럽게 둘러보며 히로노 씨가 참석한 식사 모임 자리가 어디인지 봐 둔다. 그 자리에 히로노 씨와 E, 두 사람이 다 앉아 있으면 사키가 히로노 씨에게 아는 척을 하며 이렇게 부탁한다.

"얘가 전에 이 가게에서 선생님 재킷에 소스를 흘렸는데 그때 너그럽게 이해해 주셔서 감사해요. 그날 이후 계속 마음이 쓰이더라고요. 저는 그때 얘 부모님과 동석했던 사람인데요, 오늘 운 좋게 만났으니 꼭 변상을 해 드리고 싶어요. 혹시 지금 시간 괜찮으신가요? 옆 건물에 그 재킷 브랜드 매장이 있더라고요. 우연이라도 선생님을 마주치면 새로 구입해 드리라고 얘 부모님이 어찌나 신신당부하던지…… 정말 번거로우시겠지만 같이 가 주시겠어요?"

다소 억지스럽긴 하지만 친척이나 친구, 지인, 연인 등 히로노 씨의 인간관계 속 인물을 가장해 데리고 나가면, E가 히로노 씨를 '그런 지인을 둔 녀석'이라고 업신여기기 위한 소재로 악용할 가능성이 있으므로 완전한 타인을 가장해 접근하는 것이 바람직하다는 결론을 내렸다. 그리고 그 타인도 '누군가로부터 히로노

씨에게 접근해 달라고 부탁받은 운 나쁜 사람'으로 설정했다. E가
덤벼들 것이 뻔한 유형의 동기는 존재하지 않는 누군가에게 떠넘
긴다.

재킷 관련해서는 실제로 옆 건물에 히로노 씨가 소장한 재킷
브랜드의 매장이 있는 것을 확인했다. 히로노 씨는 그 레스토랑
에 와 본 적도 있다.

E는 삼십 분 늦게 오는 듯했다. 사키와 루키야 그리고 다니오
카가 안내받은 자리는 히로노 씨의 모임 자리가 잘 보이지 않는
곳이었다. 그래서 세 사람은 오 분마다 교대로 화장실에 가거나
바 카운터의 TV에서 나오는 축구 경기를 보러 가는 척하며 E가
왔는지를 체크했다.

E가 도착하고 창백해진 히로노 씨의 얼굴을 발견한 사람은 루
키야였다. 루키야는 사전에 만나 얼굴을 익혔던 히로노 씨에게
재빨리 다가가 인사했다.

"앗, 형, 안녕하세요! 또 만났네요!"

그러자 사키도 그곳으로 가서 빠른 말투로 내가 부탁한 거짓
말을 했다.

"아아아아아닙니다, 변상이라니 괜찮습니다." 히로노 씨는 국
어책 읽듯 딱딱하게 말했다. 그러고는 "아, 그런데 그 색상도 있
던가요? 제가 산 옷이 그때 마지막으로 딱 한 벌 남은 거였거든
요."라며 애드리브로 가공의 '얼룩 묻은 재킷'의 희소성을 강조

했다. 사키는 "아, 네, 아마도." 하고 어정쩡하게 고개를 끄덕였다. 일행 중 한 명이 "무슨 색인데? 희귀한 거야?" 이렇게 의아해하며 묻는 바람에 사키와 히로노 씨는 서로 얼굴을 마주 봤다. 루키야가 생각에 잠긴 듯 고개를 갸우뚱한 뒤, "모스그린이었어요."라고 즉흥적으로 대답했다.

"정말 마음에 드는 옷이었거든. 미안하지만 이만 갈게."

히로노 씨는 그렇게 말하고 그날의 식사비치고는 큰돈인 만 엔을 놓고 자리를 떴다. A, B, C, D는 당황해하면서도 "그래, 또 보자." 하고 손을 흔들었고, E는 "기껏 왔더니 히로노한테 할 말도 많은데."라며 시무룩해했다고 한다. 히로노 씨는 그 이야기를 하면서 E가 자신을 콕 집어 말한 것이 끔찍하게 싫다고 진저리 쳤다.

그 후 히로노 씨와 사키와 루키야는 옆 건물 의류 매장으로 이동해 카키색 재킷을 발견하고 모스그린으로 보이는 것 같기도 하다며 안심했다고 한다. 합류 장소인 의류 매장의 옆 카페에서 그 이야기를 들은 나는 화장실에 다녀오는 김에 직접 확인하러 갔다가 정말 그렇다는 것을 눈으로 보고 안심했다.

뒤늦게 다니오카도 카페에 합류했다. 사키, 루키야, 다니오카, 고지마 부장, 히로노 씨, 나, 이렇게 여섯 명이나 대가족처럼 모인 자리에서, 히로노 씨가 옛날에 자신이 좋아한다고 말했던 여자에게 E가 접근해 교제한 적이 있다고 이야기해서 사람들의 인상을 찌푸리게 했다.

"와, 너무하네. 가끔 그런 사람이 있더라고요. 진짜 최악이야."

사키가 고개를 절레절레 흔들며 말했다.

"우리 학교에도 있어?"

놀란 다니오카가 뒤집힌 목소리로 물었다.

나는 안타깝게도 있어. 그렇게 속으로만 대답했다. 성격이 굉장히 나빠서 혹은 상대방을 원해서 가로챈 것이 아니라, 좋아하는 사람을 빼앗긴 사람이 자신을 부러워하도록 만들고 싶어서 일부러 가로채는 경우도 있다. 그 외에도 다양한 이유가 있겠지만 기본적으로는 자아가 없는 사람이기 때문이다. 그래서 타인에게서 빼앗거나 훔쳐야만 살아갈 수 있다. 히로노 씨는 고지마 부장과 내가 약간의 노력과 시간을 들여 도와줄 만하다고 생각하는 사람으로, E가 왜 히로노 씨를 타깃으로 삼는지 알것 같았다.

"그 사람 진짜 비열해. 루키야는 따라 하면 안 돼."

사키가 말하자, 케이크를 먹어 기분이 좋아진 루키야는 "네, 안 그래요."라고 힘차게 고개를 끄덕였다. 그 카페에서 먹고 마신 비용은 고지마 부장이 부담하기로 했다. 인원이 여섯 명이나 되어 결코 적은 금액이 아닐 것 같아 나는 사과주스 하나만 주문했다.

루키야와 사키, 다니오카의 레스토랑 식사비, 히로노 씨가 놓고 온 만 엔, 그리고 이 카페 비용까지. 거짓말에는 때로 돈이 든다. 그래서 가급적 하고 싶지 않지만 거짓말을 해서라도 도망 쳐야겠다고 결심하게 만드는 E의 존재감에 새삼 화가 났다.

"하야시모토, 자네도 케이크를 주문하게."

"아뇨, 저는 아무것도 안 한걸요."

"그런 말 말고 자, 어서."

고지마 부장이 적극적으로 메뉴판을 건네주어 나는 "정말 괜찮으시겠어요?" 하고 사양하면서도 메뉴 중 가장 저렴한 것을 주문했다. 어차피 케이크가 그렇게까지 먹고 싶은 것도 아니었다. 고지마 부장은 내게 케이크를 권했으면서 뒤늦게 돈 걱정을 하는지 조금 우울해 보였다.

"히로노 씨는 이제 E 씨와의 관계를 어떻게 하실 건가요?"

다니오카가 물었다.

"다음에 또 이런 모임이 생기면 총무를 맡은 친구에게 넌지시 E가 불편하다고 할 생각이야."

히로노 씨는 테이블에 한쪽 팔꿈치를 얹고 턱을 괴면서 이제 지쳤다는 듯 대답했다.

"놓고 오신 돈, 얼마라도 돌려주면 좋겠군요."

"그건 아마 돌려줄 거야."라고 말한 뒤 히로노 씨는 진지한 얼굴로 계속했다.

"열심히 각본을 구상해 준 하야시모토 씨에게 미안하지만 이번에 거짓말을 하면서 말이야. 나는 이제 불편한 사람과 거짓말을 해서라도 관계를 이어 나갈 나이도 아닌데. 그런 생각이 들었어.”

그러고는 “감정 소모하는 거 이제 정말 지긋지긋해.”라고 덧붙였다.

“다른 친구들이 모임을 위해 참으라고 하면 어떻게 하실 거예요?”

“그때는 또 그때 가서 생각해야지. 나와 E 말고도 네 명이나 더 있으니까 한 명쯤은 알아주지 않을까. 그 친구와는 관계를 유지해야지.”

히로노 씨는 그렇게 말한 뒤 주문한 초콜릿케이크의 마지막 조각을 반으로 나눠 입에 넣었다. 그러고 나서 “이거 맛있어, 정말 다행이야.”라고 안심한 듯이 말했다.

*

기껏 히로노 씨의 일을 해결했더니 이번에는 고지마 부장이 고민을 끌어안고 있는 것 같았다. 회사 업무에는 빈틈이 없고 나를 포함해 다른 직원들과도 변함없이 쾌활하게 지내고 있지만, 혼자 있을 때면 한숨을 푹푹 내쉬거나 오후 3시 간식 시간에 긴장한 어깨와 두 손으로 휴대폰을 쥐고 뭔가를 열심히 입력하는 일이 늘었다.

나는 고지마 부장이 휴대폰을 쥐고 양손으로 문자를 입력할 수 있다는 사실이 놀라웠다. 얼마 전까지만 해도 집게손가락 하나로 조작이 충분하다는 태도였는데, 이제는 양손으로 문자를 입력해야 할 만큼 많은 양의 대화를 나누고 있는 걸까.

그리고 누군가에게 메시지를 보내고 나면 땅이 꺼져라 한숨을 쉬고 차를 마셨다. 그러고는 나른한 듯이 "테아닌*이라……." 하고 중얼거렸다. 고지마 부장은 회사에서는 녹차를 마신다.

이런 일이 월요일부터 목요일까지 나흘간 이어졌다. 일부러 보라고 그러시는 거죠?라는 말을 겨우 삼켰다. 본인에게 그럴 의도가 있는지 여부를 알 수 없기 때문이다. 다만 정신이 산만하다고는 생각했다. 월요일에는 상당히 서툴렀던 양손 입력이 목요일에는 그럭저럭 능숙해진 것도 알은척하고 싶었다.

이대로 양손 입력에 대해 알은척하든 말든 고지마 부장이 지금 고민 중인 일을 내게 말하는 것은 시간문제일지도 모른다고 생각했다. 그래서 금요일 간식 시간에 내가 먼저 언급했다.

"양손으로 입력하실 수 있네요."

"이번 주 월요일부터 그랬지."

"그렇군요. 많이 나아지신 것 같아요."

"익숙해지니까 그럭저럭할 수 있게 되더군."

"어려워 보이지만요."

● 녹차에서 발견되는 아미노산

내 말에 고지마 부장은 고개를 끄덕끄덕한 뒤 차를 마시고, 책상에 놓인 개인용 찻주전자를 기울여 차를 더 따랐다.

"내 양손 입력을 알아봤다는 건 내가 휴식 때마다 누군가에게 라인 메시지를 보낸다는 걸 눈치챘다는 거군."

"라인인 건 몰랐어요."

"컴퓨터로 답장을 보내고 싶어도 업무용 디바이스에 라인을 깔 수는 없는 노릇이니까. 딸은 라인으로 내게 연락을 하네."

"따님과 채팅하신 거예요?"

그보다 고지마 부장의 입에서 나온 '디바이스'라는 말이 더 신경 쓰였지만 일단 내가 물어봐 줬으면 하는 것이 무엇인지부터 이끌어 내기로 했다.

고지마 부장은 고개를 살짝 기울여 아마도 모니터에 표시된 시각을 확인한 뒤, 스스로에게 변명하듯 "조금은 괜찮겠지." 하고 이야기하기 시작했다.

"조카가 내 딸에게 제 엄마에 대한 상담을 청해 왔네. 조카는 내 여동생의 딸이네만."

"네."

"동생이 아무래도 딸, 그러니까 조카의 동아리 고문을 해임하는 활동에 열심인 모양이야."

"동아리 고문을 해임할 수가 있나요?"

"나도 그게 의문이었는데 하려고만 하면 가능한 모양이야. 조카의 학교는 사립이니까.”

“그렇군요.”

고지마 부장은 다시 모니터에 표시된 시각을 확인하고 ‘상식적인 휴식 시간을 초과해서 부하와 수다를 늘어놓는 부장’이 되지 않도록 빠른 말투로 말했다.

고지마 부장의 조카는 고등학교 1학년으로 트레킹부에 소속되어 있다. 트레킹부는 평소에는 달리기를 하거나 산의 코스를 설정해 시뮬레이션을 하기도 하고, 한두 달에 한 번은 고문 교사가 부원들을 이끌고 가벼운 트레킹을 즐기며 활동하고 있다. 그런데 지지난달 하산할 때 거의 다 내려와서 가랑비를 맞는 바람에 고문 교사를 포함한 모두가 몸에 이상이 생겼다. 증상은 콧물과 기침이 나고 두통과 미열이 발생하는 것이었다. 그중에서도 고지마 부장의 조카는 보름이 지나도록 기침과 두통에 시달리고 있었다. 다른 학생들도 완쾌하기까지 시간이 좀 걸렸다.

듣기만 해서는 비를 맞아 감기에 걸렸다는 흔한 이야기처럼 느껴졌지만, 딸의 증상이 지속되어 불안해진 고지마 부장의 동생이 트레킹 장소였던 그 산에서 자생할 가능성이 있는 식물에 대해 인터넷으로 조사했다고 한다.

“동생은 그 일대에 증상을 일으킬 만한 문제의 식물이 있을까 싶어 그 산의 관할시 홈페이지를 조사하다 소개 페이지에서 어떤 식물을 발견한 거지. 그래서 딸이 회복되지 못하고 있다고 믿은 모양이야."

고지마 부장은 동생이 소개된 식물 하나하나 알레르기 증상을 조사했다고 덧붙이며 특정한 식물의 이름을 알려 주었다. 바로 컴퓨터로 검색해 봤더니 가을에 피는 매화의 일종이었다. 동생은 그 꽃가루가 딸에게 악영향을 끼쳤다고 의심하고 있었다.

"동생은 고문 교사가 잘 알아보지도 않고 학생들을 데려갔다며 고문의 자격이 없지 않느냐는 말을 다른 부원의 학부모들에게 했지. 동생의 이야기를 가볍게 듣고 넘긴 사람이 있는가 하면 심각하게 받아들인 사람도 있었던 거야. 그 일로 부원들의 학부모 중 절반은 동생과 자주 연락하게 되었고 대화는 어느새 고문 교사를 그만두게 해야 한다는 지경에 이르렀네."

"트레킹부 고문 자리만요? 아니면 학교 자체를요?"

"잘은 몰라도 최소한 트레킹부 고문은 그만둬야 한다고 생각하는 모양이야."

"최소한이라니 어쩐지 뒤숭숭하네요."

"그래. 정작 그 일로 난처한 건 조카야. 감기 같은 증상이 지속되는 건 맞네만 영원히 앓는 것도 아니지 않은가. 그런데 '아직 안 좋지?'라고 대답을 강요하듯 물어보는 제 엄마 앞에서 다 나았다고 할 수도 없었다더군. 거듭 다짐을 요구받다 보니 콧물이나 기침은 나지 않아도 확실히 나른한 증상만큼은 없어지지 않는 데다 가끔 두통이 생기는 것 같기도 하다는 거야."

“질병에 걸린 건 아니지만 건강하지도 않은 상태인가 봐요. 그런데 웬만해서는 다 그렇지 않나요?”

고지마 부장은 “그렇지.” 하고 고개를 끄덕였다.

“동지가 생긴 동생은 학교 앞으로 고문 교사의 적격 여부를 자세히 조사한 다음 진퇴를 결정해 달라는 서류까지 보냈다는군. 고문 교사와 직접 대화한 적도 있지만 학생들을 감기에 걸리게 한 일에 대한 사죄는 있었어도, 지금껏 수차례 갔었던 트레킹에서 그런 문제는 한 번도 없었으며, 생물 교사인 만큼 그곳 생태계는 어느 정도 알고 있지만 그 식물은 본 적이 없다고 해서 동생은 곧바로 돌아왔다고 하네.”

고지마 부장의 설명을 들으면서 그 동생이라는 사람이 물러서려야 물러설 수 없게 되었다는 것을 느꼈다. 동생은 그 고문 교사를 책망하지 않고서는 못 견디겠는 것이다. 이유는 모르지만.

“동생은 그 대화를 녹음했고 ‘수차례 갔다’는 건 근거가 되지 않는다, ‘본 적이 없다’는 말에는 위험을 찾아내려는 적극성이 느껴지지 않는다는 의견을 덧붙여 교장에게 보냈다고 하네.”

“그래서 어지간히 난처해진 조카분이 부장님 따님에게 상담을 했다는 거죠?”

“그렇지.”

“조카분이 그 고문 교사에게 특별히 혼나거나 눈총을 받은 적이 있었나요?”

"조카는 전혀 짚이는 바가 없다더군. 고문 교사와 부원들은 사이가 아주 좋았던 모양이야."

고지마 부장과 그의 딸은 동생이자 고모에게 딸을 걱정하는 마음은 잘 알겠다고 설득했다. 다만 기운이 없는 것은 평생 가지 않을 테고 고문 교사가 그만둬서 해결되는 문제도 아니므로 그렇게 집착할 필요 없다는 식으로 말했지만 소용없었다고 한다. 동생은 고지마 부장에게 따지고 들었다.

"'집착'이라니 무슨 뜻이야? 내가 이상하다는 소리야? 하고."

"저런."

"'그렇게 사람 마음을 대충 판단하니까 올케하고 헤어진 거잖아'라고 하더군."

"상처받으셨겠어요."

"실은 전처가 좋아하는 사람이 생겼다며 미안하지만 이혼해 달라고 한 거였네만."

몰랐다. 놀라는 나를 아랑곳 않고 고지마 부장은 계속했다.

"어쨌든 그런 식이라 말을 붙일 수가 없더군. 그런데 조카는 엄마가 그런 뒤숭숭한 일을 그만뒀으면 해. 자기도 엄마의 주장에 휩쓸리다 보니 실제로 그 증상이 일어나는 기분이 들어 무섭다나."

"난감한 일이네요."

"그렇지."

고지마 부장은 팔짱을 끼고 고개를 절레절레 흔들었다. 일단 이야기는 다 끄집어낸 것 같아 나는 업무로 돌아가기 위해 모니터로 시선을 돌리고 그 전까지 했던 작업창을 불러왔다.

"자네라면 어떻게 하겠나?"

"당장은 생각이 안 나네요."

"그런가. 하긴, 동생의 이야기를 들으면서 마음이 가라앉기를 기다리는 수밖에 없겠군."

고개를 끄덕이고 고지마 부장도 업무를 재개한 듯했다.

나는 일이 일단락되자 고지마 부장의 등 뒤에 있는 창밖을 잠시 바라봤다. 하늘이 옅은 색이다. 저녁이 놀랄 만큼 빨리 찾아온다. 가을이 깊어지고 있다. 나이가 들면서 거리나 자연과 같은 시각 정보보다는 공기로 계절의 변화를 느끼게 되었다.

뚜렷한 이유도 없이 불안한 마음이 들 때가 있다. 트레킹부 고문 교사 입장에서 보면 민폐도 이런 민폐가 없겠지만, 나는 고지마 부장 동생의 감정을 조금은 이해할 수 있을 것 같았다. 뭔가에 쫓기는 것 같고 몸 둘 곳을 모르겠는 이 막연한 느낌을, 뭔가를 바꾸지 않으면 나아지지 않는 분명한 원인이 있는 일로 해석하는 사람도 있는 것이다.

사키에게 전화가 왔다. 학교 과제를 위해 참고하고 싶은 책이 절판이라며 학교 도서관과 동네 도서관 모두 그 책이 이미 대출 중인데, 혹시 이모가 갖고 있지 않을까 하는 내용이었다. 이왕 통화하는 김에 사키에게 그 일을 털어놓았다.

"그 조카라는 아이 불쌍하다."

사키의 말에 나도 동의한다고 대답했다.

"힘이 되어 줄 부장님 딸이 미노리 이모처럼 좋은 사람이라 다행이긴 한데, 진짜 그것밖에 할 말이 없네."

"부장님 동생은 이제 누구의 말도 듣지 않겠다는 느낌이야."

나는 고지마 부장에게 들은 이야기를 더 자세히 설명했다. 그 후 고지마 부장은 동생의 이야기를 꾸준히 들어야겠다는 결심을 실천하기 위해 매부, 즉 여동생의 남편에게 협조를 제안했다. 그러나 매부는 이미 시도해 봤지만 아내는 그 일에 대해 더는 입을 열지 않게 되었다며 고개를 가로저었다고 한다. 일상생활은 그럭저럭하고 있지만 딸의 동아리 고문 이야기만 나오면, "그동안 아무 신경도 안 썼으면서 이제 와서 왜 이래?"라고 말도 못 꺼내게 했다고. 나름대로 딸에게 신경을 쓴다고 썼는데 아내가 그렇게 받아들인 이상 더는 어떻게 할 수가 없다는 것이다.

고지마 부장의 딸이 이야기를 조금씩 끄집어내려고 해도 "남의 집 일에 참견 마."라는 대답이 돌아왔다. 그리고 고지마 부장을 만나려고도 하지 않는다. 요컨대 한 번이라도 딸의 동아리 고문에 대한 불평불만을 간접적으로라도 그만두라고 말한 사람과는 제대로 상대하지 않게 되었다.

"가족 모두가 그 말을 해 버렸거든. 그래서 지금은 손쓸 수가 없는 상황이야."

고지마 부장의 매부는 돈을 지불해서라도 아내 마음이 풀릴 때까지 이야기를 들어 줄 사람을 구할까 하는데, 그게 탐정인지 점쟁이인지 술집 호스트인지 상담사인지도 모를 지경까지 정신적으로 내몰리고 있는 듯하다. 그리고 트레킹부 부원의 학부모끼리 대화하는 것은 서로 불만이 증폭되어 해임하는 쪽으로 결론이 나려고 해 상황만 나빠질 뿐이었다.

여기까지 들은 사키가, "어, 그럼 미노리 이모가 이야기를 들어 주면 어때?"라는 무책임한 제안을 했다.

"에이, 나 같은 사람한테는 마음을 안 열지. 나이도 더 어린 남인데."

"그건 그러네……. 아, 그럼 나이가 더 많으면 의지하려나?"

"어떤 사람이냐에 따라 다르겠지."

"어떤 사람이어야 할까……. 존경할 만한 사람?"

"으음. 그것도 그렇겠지만, 자신이 하는 말을 덮어놓고 부정하지 않는 사람이겠지."

"비슷한 일을 겪은 적이 있는 사람은?"

아니, 잠깐만. 뜻하지 않게 고지마 부장의 동생이 마음을 열 만한 인물상에 대해 사키와 의논하게 되었지만, 고지마 부장은 단순히 내게 고민을 털어놓고 싶었을 뿐 협조를 부탁하지는 않았다. 나는 이 일과는 상관이 없다. 아니, 부탁을 받는다 해도 내 힘으로는 감당할 수가 없다.

"비슷한 일을 겪은 적이 있다고 하면 어떨까?"

무슨 스위치가 켜졌는지 사키가 이상한 제안을 했다.

"저도 똑같아요, 라는 거짓말로 이야기를 털어놓게 해서 달래라고?"

"그렇지."

"사키, 잘 들어. 그동안 거짓말에 끌어들여 협조를 받긴 했지만, 거짓말로 문제를 해결하는 데 익숙해지면 안 돼."

"응, 알지. 그런데 그 애가 너무 불쌍하잖아, 부장님 조카."

"그렇긴 하지. 차라리 남이면 도망가면 되는데 엄마가 '몸 안 좋지?'라고 대답을 강요하듯 물어보기나 하고."

"무슨 방법이 없을까?"

전화기 너머로 사키가 골똘히 고민하는 기색이 전해졌다. 참 착한 아이라니까. 하지만 사키가 돕고 싶어 하는 고지마 부장 조카와의 사이에는 고지마 부장과 내가 끼어 있고, 만난 적 있는 고지마 부장은 그렇다 쳐도 그의 조카와 동아리 고문 교사와는 아무런 관계가 없다. 고지마 부장은 그 일로 고민하고는 있지만 내게 해결을 부탁하지는 않았다.

"사키, 그보다 아까 그 필요하다는 책 말이야."

“아, 으응.”

딴 데 정신이 팔려 건성으로 하는 대답이 들려왔다. 애가 어쩌려고 이러나 걱정하면서도 나는 말을 이었다.

“헤이케 가문의 패잔병에 관한 책이라면 아까 네가 말한 절판된 책은 두 권 다 있으니까 택배로 보내 줄게.”

“오, 고마워. 가지러 갈게.”

“아냐, 올 필요 없어.”

불길한 예감이 들었다. 조만간 사키와 얼굴을 마주하면 내가 고지마 부장의 가족 일에 깊이 관여할 것 같은 예감이. 그래서 사키와 만나는 것만은 피하고 싶었다.

“요즘 회사 일도 너무 바쁘거든.”

“이모, 거짓말 되게 못한다.”

그 말대로 거짓말이었다. 회사 일은 바쁜 시기가 끝난 직후라 요즘에는 정시에 퇴근한다.

“아무튼 책은 가지러 갈게. 이모가 부장님 조카 일에 괜히 감정에 못 이겨 끼어들지 않으려고 한다는 건 잘 알겠어. 그러니까 나도 이 일은 이제 그만 생각하도록 할게.”

“아니, 뭐…….”

언제 이렇게 성장했지? 싶은 생각이 들었다. 사키가 헤아려 준 덕분에, 고지마 부장의 가족 문제는 우리로서는 여기서 끝났을 터였다.

그 후 고지마 부장의 휴대폰 양손 문자 입력 속도는 더욱 빨라졌다. 어쩌면 나보다 훨씬 바쁘게 두 엄지손가락을 움직이고 있을지도 몰랐다. 부장은 잘 쓰지 않던 노안용 안경까지 쓰고 아마도 딸과 매일 채팅을 했다. 부장과 대낮부터 메신저 앱으로 대화를 나눌 수 있는 딸에 대한 의문도 들었지만, 대학생 신분으로 통학과 아르바이트 시간을 이용해 틈틈이 채팅을 하는 것이라고 했다.

고지마 부장은 업무에 지장이 없는 범위 내에서 오후 3시 간식 시간에는 반드시 본인 자리에서 휴식과 동시에 고민에 빠져 있었다. 지난번 처음으로 부장의 가족에게 무슨 일이 벌어졌는지 들었을 때보다 상황은 전혀 호전되지 않은 듯했다.

이제는 오후 3시의 단골 풍경으로 자리 잡은, 양손으로 휴대폰을 쥐고 있는 고지마 부장의 모습을 차를 홀짝이며 멍하니 바라보고 있는데 부장이 휴대폰을 조용히 책상 위에 내려놓았다.

"우리 가족 문제가 도대체 언제쯤이면 해결되려나 생각하고 있군."

"네."

"이야기를 좀 해도 되겠나?"

"일에 지장이 없는 범위 내에서라면요."

"알겠네."

그 후 고지마 부장의 매부는 새 양복을 사러 가자는 빌미로 아내를 데리고 쇼핑센터에 갔다가 같은 건물의 심료내과[•]로 이동했지만, 아내는 그 입구를 보자마자 말없이 발길을 되돌려 곧장 집으로 갔다고 한다. 뒤늦게 집에 도착한 매부가 TV를 보고 있는 아내에게 "상담……." 하고 입을 열자마자 아내는 집을 나가 몇 시간 동안 돌아오지 않았다. 아마 아내에게 동조하는 학부모를 만나러 간 것으로 추정된다.

매부는 딸의 담임을 만나 상담했지만 젊은 남자 교사인 그는 "동아리 일은 제 권한이 아니라서요."라는 말로 일관할 뿐 아내를 만나 줄 것 같지도 않았다. 당사자인 아내와 동아리 고문이 직접 해결할 일 같다며 관여하지 않으려 했다.

부장의 조카는 학교를 쉬는 날이 많아졌다고 한다. 트레킹부원과 얼굴을 마주하기가 괴로운 모양이다. 엄마가 동아리 고문의 해임 활동에 끌어들인 학부모의 자녀들, 즉 동아리 친구들을 만나는 일이 괴로운 것이다. 부원들도 왜 자기 부모들이 동아리 고문을 눈엣가시로 여기기 시작했는지 알지 못한다. 그 중심인물인 고지마 부장의 조카는, 동아리를 뒤덮은 어색한 분위기에 죄책감을 느껴 엄마를 설득하려 했지만 쉽지 않았다고 한다. 차라리 동아리를 그만둘까도 생각해 봤지만 부원들은 소중한 친구들이라 표면적으로 거리를 두는 일은 하고 싶지 않다. 앞일을 생

각하면 괴롭기만 해서 그냥 집에 있는 것이라고 했다.

"고문 교사가 다시 그 산에 가서 동생이 말한 식물이 없었다는 증거를 사진과 동영상으로 제출했지만 아무런 소용도 없었다고 하네."

"역효과였을 것 같은데요."

근거는 없어도 왠지 그럴 것 같은 생각에 말하자, 고지마 부장은 작게 고개를 끄덕였다.

"없다는 걸 증명하기란 참으로 어렵지. 더 멀리 떨어진 후미진 곳에서 꽃가루가 날아왔을 거라고 하면 그걸로 이야기는 끝이네. 해임을 요구하는 학부모들은 증명이 되지 않았다면서 퇴짜를 놓았다더군."

"학부모들은 문제의 식물이 정말 있는지 확인하러 갔나요?"

"안 갔어."

"하긴, 그렇겠죠."

"고문 교사가 이제 어떻게 해야 할지 모르겠다고 말한 걸 조카의 친구가 들었다고 하더군. 어쩌면 고문이 교체될지도 모르겠다고 말이야. 그 말을 듣고 조카는 더더욱 학교에 갈 수가 없게 되었지. 동생은 조카에게 너는 아무 잘못 없으니까 끙끙대며 걱정할 필요 없다, 당당하게 굴라고 했지만 조카는 실제로 몸이 고단하기도 해서 학교에 가지 못하고 있네."

"이래저래 힘들겠어요."

"심적으로 내몰려서 몸이 고단해지는 일도 있다고 생각하네."

"결국 고문 교사가 없어지면 동생분과 학부모들은 만족할까요?"

"그렇겠지."

"그런데 학생들 입장에서는 억울하고 속상하겠어요."

"그러게 말이야."

들을 때마다 괴롭고 답답한 이야기다. 가장 빠른 해결 방법은 고문 교사가 그만두는 것이지만 그러면 부장의 조카를 비롯한 학생들이 상처를 받을 것이다. 그렇게 되지 않기 위해서는 동생과 학부모들의 '직성이 풀리는' 일이 필요하지만 어떻게 해야 할지 알 수가 없다.

애초에 가랑비를 맞는 사소한 실수를 저질렀을 뿐인 트레킹부 고문 교사가 왜 그토록 거센 비난을 받게 되었는지 잘 모르겠다. 부원 중 사망자나 중상자가 나왔다면 그럴 수도 있겠지만 가장 심하다고 알려진 조카의 증상이 나른함과 두통 정도인 것을 감안하면 고지마 부장의 동생을 비롯한 학부모들이 해임에 집착하는 까닭을 이해할 수가 없었다. 어쩌다 우연히 그렇게 되었을지도 모른다고 생각하니 무섭고 끔찍했다.

그리고 나도 참 바보 같은 게 책을 가지러 온 사키에게 그 이야기를 해 버린 것이다. 사키는 "세상에, 갈수록 그 아이만 불쌍해지네." 하며 눈썹꼬리를 내리고 커피잔을 컵 받침에 내려놓았다.

"그래서 그 선생님은 고문을 그만둔대?"

"고문을 그만두는 정도는 하지 않을까? 선생님이 한 명만 있는 것도 아니고."

"일이 이렇게까지 틀어졌는데 고문을 그만두는 정도로 그 사람들이 납득할까?"

"무서운 소리 마."

무서운 일이지만 가능성이 없다고는 할 수 없을 것 같았다. 그나저나 아무도 이유를 알지 못한다. 고지마 부장의 동생은 왜 그렇게 딸의 동아리 고문에게 집착할까? 혹시 지인 사이로 무슨 갈등이라도 있었던 걸까? 아니면 이 문제로 옥신각신하기 전 단계에서 그 선생님이 부장의 동생에게 엄청난 실언을 한 걸까?

"스트레스 쌓였겠다."

"그런 간단한 문제가 아니라고 생각해……."

"그럴지도 모르지만, 뭔가를 하지 않고서는 못 견딘다고 해야 할지 안절부절못한다고 해야 할지."

"그러게 말이야, 이유도 없이……."

"내가 간신히 빠져나온 전 동아리에서 나를 못살게 군 사람들도 특별한 문제는 없었다고 생각해. 있었다 해도 사소한 일이 생각대로 되지 않은 정도였을 거야."

사키가 뭔가를 깨달은 듯 내 손등을 탁 치며 강조해서 말했다.

"저번에 히로노 씨를 표적으로 삼은 사람도 제대로 된 이유가 없지 않았어?"

그 말을 듣고 말문이 막혔다. 확실히 히로노 씨는 왜 하필 자신에게 들러붙어 귀찮게 하는지 모르겠다고 말했다.

"나야 미노리 이모 덕분에 동아리를 탈퇴해서 다행이고, 히로노 씨는 모임에서 빨리 빠져나올 수 있어서 좋았는데, 엄마가 이상하게 굴면 고등학생 딸은 뭘 어떻게 할 수가 없잖아."

"그 엄마는 딸을 위한다고 그러는 거지. 어쨌든 표면적으로는. 그리고 뜻을 같이하는 학부모들과 더 친밀해지고 있고."

"그 말인즉 다른 사람과 친해지기 위해 고문 선생님을 나쁜 사람으로 몬다는 건가?"

어렴풋이 생각만 하고 입 밖에는 내지 않았던 말을 사키가 확 내뱉었다. 나는 남의 일일지언정 그 부조리한 상황과 마주하고 싶지 않아서 "가족이 하는 말은 들은 척도 안 하고……."라며 이미 다 아는 사실을 또 들먹였다.

"가족은 아니면서, 부정하지 않고 이야기를 잘 들어 주는 사람이면 대화가 된다는 거지?"

"그게 부원의 학부모들이잖아."

"상담은 시작도 못 했대." 나는 그렇게 덧붙였다. 고지마 부장에 의하면 동생은 점처럼 근거 없는 것을 싫어하고, 술집 호스트는 연줄도 없지만 빠지기라도 하면 상황이 더 꼬일 테고, 탐정도 뭐라고 말해야 할지 모르겠다며 어쨌든 '남의 이야기를 듣는 일이 직업인 사람'을 가족들이 연결시켜 줘도 아마 동생의 자존심이 허락하지 않을 것이라고 했다.

이해가 안 되는 것도 아니다. 돈을 내지 않으면 자신의 이야기를 제대로 들어 주는 사람이 없다고 생각하기가 싫은 것이다. 아무런 대가 없이 이야기를 들어 주는 사람이 곁에 있을 정도로 자신이 인망 있는 사람이라고 여기고 싶은 것이다. 나도 마찬가지라 그 심정은 충분히 이해가 된다.

"비슷한 처지에 놓인 사람이면 되는 거 아니야? 내 딸도 그 식물 때문에 고생했어요, 하는. 그리고 지금은 전혀 아무렇지도 않으니까 그렇게 걱정할 일 없다는 방향으로 진정시키는 거지."

"그런 '거짓말'이 필요하다는 건가……."

"그런 걸 '방편'이라고 하지 않나?"

"내가 거짓말을 생각하는 것도 그렇지만 다른 사람이 거짓말을 생각하는 순간을 목격하는 것도 좀 충격이네……."

"그래도 나는 그 조카라는 여학생이 불쌍해."

"그렇지. 그나저나 누구한테 그런 완벽한 인물을 맡아 달라고 해?"

"나야 뭐, 늘 한가하니까 상관없어요. 남의 이야기를 들어 주는 정도는." 하고 다니오카의 할머니는 말했다. 예전에 나는 할머니의 증손자인 루키야의 부모가 아이 교육비와 여행 경비, 옷값 등을 할머니에게서 받아 내고, 그 결과 루키야가 억지로 레슨을 받으러 다니는 상황을 중단시키기 위해 다니오카의 할머니에게 돈을 빌려 달라고 거짓말을 지어낸 적이 있다. 그런 내가 다니오카의 할머니에게 뭔가를 부탁하는 것은 천하에 염치없는 일이지만 사키가 할머니의 힘을 빌리자고 제안한 것이다.

고지마 부장 동생의 이야기를 듣는 역할로 다니오카의 할머니를 추천하는 이유를 묻자, 사키는 "할머니하고 이야기하면 재미있거든. 머리 회전도 빠르시고."라는 근거는커녕 변명조차 되지 않는 말을 했다. 루키야의 일이 끝난 이후에도 사키는 할머니와 친해져서 다니오카 없이도 이따금 그 동네로 할머니를 뵈러 간다고 했다. 혼자 사는 할머니는 주간보호센터에 가기도 하고 손자인 다니오카나 증손자인 루키야를 보는 것만으로 충분하지만, 사키와는 마음이 잘 맞아서 뵈러 가면 좋아한다고 했다.

"무슨 이야기를 해?"

"어? 둘 다 관심 있는 사건이나 유명인의 이혼 이야기 같은 거."

"결혼이 아니라 이혼 이야기를?"

"응. 할머니가 그러시는데, 이혼 이야기에는 인간관계의 기복이나 그 사람의 됨됨이가 꽉 차 있대."

다니오카의 할머니에게 부탁하러 가기 전에 사키와 그런 이야기를 나누었다. 고지마 부장이 준비한 선물용 과자와 캔에 든 김 세트를 들고 사키와 함께 찾아가자 할머니는 다행히 승낙해 주었다.

"그런 사람이 나한테 하소연을 하려고 하면 나는 그저 장단이나 맞춰 주고 집에 오는 길에 좋아하는 간식이나 사서 잊으려고 했지요."

할머니에게 고지마 부장의 동생에 대해 설명하자 그렇게 말했다.

"불안한 거겠죠, 왜 불안한지는 몰라도. 어쩌면 이유가 없을 수도 있고."

그리하여 상대방이 승낙해 주기만 하면 한번 원격으로 대화해 보기로 했다. 고지마 부장의 동생에게는 이런 설정으로 메시지를 보내기로 했다.

'내(다니오카의 할머니) 손녀가 댁의 딸이 다니는 학교를 졸업해서 소문을 들었다, 내게는 두 딸이 있는데 그중 둘째네 아이가 그 학교의 졸업생이고, 첫째 딸이 트레킹부는 아니지만 그 꽃가루 때문에 고생한 적이 있는데 지금은 해외에 살고 있다, 나는 학교와는 아무런 상관도 없지만 소문을 듣고 자식 가진 엄마로서 남 일 같지 않아서 연락했다.'

이 정도면 정체가 의심스러워도 부장의 동생이 알아낼 방법은 없을 것이다.

처음에는 신중한 태도의 메시지가 돌아왔다.

'우리는 현재 학교에 다니는 학생들의 학부모 모임이기 때문에 단순히 따님이 같은 증상을 앓았다고 해서 대화를 나눌 시간을

내지는 못합니다.’

그래서 연락 담당인 나는 ‘아쉽네요. 딸이 어떻게 나았는지 공유하고 싶은데 학부모 모임의 다른 분은 관심이 있을지도 모르니 연락해 보겠습니다’라고 보냈다.

그날은 더는 답장이 오지 않았고 이튿날 부장의 동생에게 이야기를 듣고 싶다는 연락이 왔다. ‘어떻게 나았는지’와 ‘다른 분에게 연락하겠다’ 중 어느 쪽에 반응을 한 것인지는 몰라도 다행히 첫걸음을 뗄 수 있었다.

당일 다니오카의 할머니 집에는 고지마 부장, 다니오카, 사키와 나, 이렇게 엉뚱한 조합의 멤버가 우르르 몰려갔다. 할머니는 찻종이 인원수만큼 없다며 곤란해했다.

나는 할머니 옆에 대기하고 나머지 사람들은 내가 챙겨 온 노트북을 사이에 두고 건너편에 앉았다. 상황에 따라 무슨 이야기를 할지 내가 필담으로 할머니에게 지시하는 방식으로 진행했다.

고지마 부장 동생의 얼굴을 보는 것은 처음인데 평범한 사람이었다. 워킹 맘으로 직장에서는 아무 문제 없이 지낸다고 미리 부장에게 듣기는 했어도 상상했던 것보다 더 착실한 사람이었다.

“힘들죠? 따님한테 마음 쓰느라. 언제 끝날지 알 수도 없고.” 그런 할머니의 말에 그녀는 “그렇죠, 뭐.” 하고 고개를 끄덕였다. “알아주는 사람과 알아주지 않는 사람이 있는 가운데 댁도 자기만의 시간과 감정을 희생하고 있는데 말이에요.” 할머니가 안타까워하는 모습으로 계속했다. 그러자 동생은 "그렇다니까요."라고 조금씩 말하기 시작했다.

"직장에서도 내 정신이 아니에요. 딸의 증상이 악화되면 어쩌나, 합병증이라도 생기면 어쩌나 걱정돼서. 그런데 남편은 제가 딸에게 몸 상태 안 좋지? 안 좋지? 계속 말하니까 딸도 자기 상태가 안 좋다는 착각이 드는 거라고 하더라니까요. 오빠는 기후 영향으로 일시적으로 몸 상태가 안 좋아지는 시기가 있다면서 도대체가 진지하게 생각하지를 않아요."

실례되는 확인이었을지 몰라도 고지마 부장의 동생은 정말 딸을 걱정하고 있었다. 그리고 그것을 가까운 가족과 주변 사람이 진지하게 받아들이지 않는 탓에 고통과 분노, 불안을 느꼈다.

다니오카의 할머니도 같은 의견이었다.

"딸을 진심으로 걱정하는 것 같았어요. 그래서 자신과 마찬가지로 '걱정이 많겠어요'라며 공감해 주는 사람을 간절히 원하는 거 아니겠어요?"

"간절히 말입니까?"

"네, 간절히. 자신과 같은 마음을 가진 사람들과 연결되고 싶었나 봐요. 그렇게 뭉쳐 있어야 바람직하다고 끊임없이 생각하다가 그 사람들도 똑같아졌으면 해서, 뭔가 의미 있는 일을 해야겠다고 결심한 거 아니겠어요?"

할머니가 곰곰이 생각한 끝에 말했다.

그날은 트레킹부 고문 교사 해임 이야기는 나오지 않았지만 할머니는 그 일도 포함해서 그렇게 말한 것 같았다.

"앗, 그 말인즉 친구끼리 모여서 여행 가자, 추억 만들자, 하는 식으로 분위기에 휩쓸리듯 고문 선생님을 나쁜 사람으로 몬다는 거예요?"

"그렇게까지 가벼운 마음은 아니겠지만 완전히 다르다고 할 수도 없다고 생각해요."

사키의 말에 할머니는 그렇게 대답하고 고개를 움츠리더니 그 후에는 아무 말도 하지 않았다.

"어떻게 해야 동생이 그 고문 교사를 싫어하는 걸 막을 수 있겠습니까?"

고지마 부장의 질문에도 할머니는 "글쎄요, 외간 사람이라 잘 모르겠네요." 하고 고개를 저을 뿐이었다.

"그런데 동생분의 신경이 너무 따님에게 집중되면 따님이 더 괴로워진다는 건 잘 알겠더군요. 그러니 동생분이 나를 찾으면 또 대화에 응할게요. 큰 힘이 되지는 못하겠지만."

할머니는 그렇게 말하고 직접 끓인 차를 조금 마신 뒤 한숨을 내쉬었다.

그날 이후 얼마간은 내가 다니오카의 할머니인 척을 하고 고지마 부장의 동생과 메시지 앱으로 채팅을 했다. 첫 번째 통화는 그런대로 느낌이 좋았지만 앞으로도 계속 대화를 나누자는 선까지는 발전하지 않아 편한 관계를 만들 필요가 있다고 판단했기 때문이다.

메시지를 주고받는 동안에는 섣불리 조카(딸)의 이야기는 꺼내지 않기로 했다. 그랬다가 무시를 당하거나 과하게 자극할 수도 있기 때문이다. 그녀와 잡담을 나누며 멀지도 가깝지도 않은 거리를 유지하는 동시에 큰 문제를 공유하는 친숙한 사이가 되어야 했다.

말로 하면 쉽지만 멀지도 가깝지도 않은 관계에는 상성이 있어서, 그런 관계가 체질적으로 맞는 사람끼리는 깊이 생각하지 않아도 거리 조절에 성공한다. 하지만 상성이 나쁜 사람이나 체질적으로 맞지 않는 사람은 전혀 곁을 주지 않거나 과하게 끼어들기 때문에 결코 쉽지 않은 일이었다.

나는 우선 '날이 점점 쌀쌀해지네요.'라는 만인의 화제로 시작해서, '올해부터 허브티를 마셔 보려고 하는데, 혹시 좋은 허브티 아세요?'라며 그녀가 알 만한 화제를 꺼내 봤다.

그러자 그녀는 '저도 자세히 아는 건 아닌데요.'라고 운을 떼고, '바깥공기가 찰 때', '쌀쌀할 때', '으슬으슬 추울 때'와 같은 추위를 견디기에 좋은 다양한 허브티 정보를 해설과 함께 보내왔다. 슈퍼마켓에서 쉽게 구할 수 없는 것들뿐이라 나는 수입 식

품점과 인터넷 쇼핑으로 그 허브티를 실제로 구입해 마셔 본 뒤
소감 같은 것을 적어서 보냈다.

'도움이 되어 다행이에요'라는 선선한 대답이 돌아왔다. 이어
서 추가 목록을 보내와 나는 다시 감사의 뜻을 전했다.

이 사람은 남들이 자신에게 뭔가를 물어보는 것을 좋아하는
구나. 그런 사실을 깨닫는 데에 그리 오랜 시간은 걸리지 않았
다. 며칠씩 간격을 두고 여고생에게 줄 크리스마스 선물을 추천
해 달라거나 새로 다니기 시작한 뜨개 교실에서 어떻게 행동하
면 좋을지에 대해 물어보자, 그때마다 정성스럽고 센스 있는 대
답이 돌아왔다. 참고로 크리스마스 선물에 대한 대답은 심플한
무릎 담요나 꿀이 들어간 홍차였고, 뜨개 교실에서의 인간관계
에 대해서는 거기 다니는 사람들의 이야기를 잘 들어 주라는 것
이었다.

나는 고지마 부장의 동생에게 받은 답변에 대한 감사를 전할
때마다 말이 과하지는 않은지 반대로 부족하지는 않은지 문장을
다듬고 또 다듬었다.

할머니인 척을 한 나와 고지마 부장 동생의 채팅 내용은 전부
프린터로 출력해서 인덱스를 붙이고, 요점은 빨간 펜으로 동그
라미를 표시한 다음 할머니에게 속달로 보냈다. 어느 정도 대화
하기 편한 관계가 형성된 것 같아 이제 할머니에게 배턴을 넘기
기 위해서였다.

채팅 내용을 대강 훑어본 할머니에게 메시지로 질문이 왔다. '뜨개질은 대바늘? 코바늘?' 뜨개질에 대해 거의 아는 바가 없는 나는 뭐라 말해야 할지 몰랐다. '죄송합니다. 둘 중 잘 아시는 쪽으로 해 주세요'라고 답장을 보내자, 채팅 내용을 더 자세히 읽은 할머니가 '대바늘로 하는 편이 설정하기에 좋을 것 같으니 그리할게요'라는 답장을 다시 보내왔다.

다니오카의 할머니가 화상 통화를 주고받으며 가상의 노인을 연기하고, 나는 채팅방 메시지를 담당한다는 참으로 이상한 일을 한 것이었다. 첫 통화로부터 이 주가 지났을 무렵 고지마 부장의 동생으로부터 할머니에게 이야기를 하고 싶다는 연락이 왔다. 그 소식을 듣고 나는 퇴근 후에 혼자 할머니 집으로 향했다.

회사 일은 바쁘지 않았지만 환절기 탓인지 몸이 축축 처져서 챙겨 온 구연산 드링크제를 마시고 있자, 할머니가 "이거 딴 사람한테 받은 건데, 자네 써." 하고 입욕제를 줬다.

"해마다 이맘때는 참 싫다니까. 하루 종일 이유도 없이 졸리고 우울해지고."

"기압의 변화를 느끼면서 어른이 된 것 같았는데 말이에요. 젊었을 때는 아무 생각도 없었죠."

"그래. 나는 십 대 때 장마철과 늦가을이 그렇게 싫었지. 내 주변에는 나와 비슷한 걸 느끼는 사람이 없어서 힘들었고."

할머니는 그렇게 말하며 고지마 부장의 동생이 보내온 웹 주소에 접속해 화상 통화를 시작했다.

부장의 동생은 전에 통화했을 때보다 더 어둡고 굳은 얼굴로 말했다.

"결국 딸이 침대에서 나오지 못하게 되었어요."

이에 할머니가 의사는 뭐라고 하더냐고 물었다.

"의사는 그다지 신뢰하지 않아요. 왜냐하면 딸의 건강이 회복되지 못한 지가 한참 됐는데, 고작 하는 말이 정신적인 피로 때문이라는 거예요. 그런 단순한 원인일 리가 없잖아요."

할머니는 그 말을 듣고 뭔가 느끼는 바가 있었는지 고개를 옆으로 돌려 내 쪽을 보려고 했다. 나는 황급히 두 손을 펼쳐 되밀어 내는 동작을 하고 노트북 화면을 가리켰다. 할머니는 고개를 끄덕이려다가, 그렇게 하면 다른 사람의 존재를 알아차릴 수 있다는 생각에 이르렀는지 "미안해요, 벌레 같은 게 보였는데 기분 탓이었네요." 하고 시선을 화면으로 되돌렸다.

"괜찮으세요? 어떤 벌레인가요? 제가 알아볼까요?"

"아뇨, 아니에요. 잘못 봤습니다."

"그런가요. 그래도 고령의 몸으로 혼자 사시는데 벌레가 있으면 큰일이잖아요. 요즘 같은 계절에는 드러그 스토어에서도 살충제를 잘 보이는 자리에 두질 않아서……."

"괜찮아요, 괜찮아."

"혹시 비문증 아닐까요? 안과에 가시는 게 좋을 것 같은데요."

의사를 신뢰하지 않는다면서 안과는 별개인가? 나는 그렇게 생각했다.

"제가 괜찮은 안과를 찾아볼까요?" 하고 물러서지 않는 그녀에게 할머니는 "안과는 정기적으로 다니는데 고맙게도 아직은 이상이 없다고 합디다."라고 차분히 대답했다.

"그래도 제가 찾는 곳이 더……."

그 말을 듣던 할머니가 순간 눈을 찌그리는 것을 보고 나는 가슴이 조마조마했다. 고지마 부장의 동생은 타닥타닥 키보드 소리를 내며 뭔가를 검색하는 것 같았다. 그쪽 화상 통화 환경이 어떤지는 몰라도 그녀는 이미 컴퓨터 카메라가 아닌, 화면에 비치는 검색 엔진에 초점이 맞춰진 눈초리를 하고 있었다.

나는 휴대폰에 '잠시 기다리죠'라는 글자를 크게 표시해서 노트북 옆에 놔두었다. 할머니는 고개를 살짝 끄덕이려다 곧바로 그만두었다. 부장의 동생이 "전철은 무슨 선이 편하세요?"라고 물었다. 할머니가 "어디 보자……." 뜸을 들이자, 나는 휴대폰에 '사실대로 말씀하시는 게 좋을 것 같아요' 표시를 해보였다.

그녀는 "지도를 표시할게요……." 하며 마우스 포인터를 움직이는 것 같았다.

어쨌든 그녀가 할머니와의 대화를 계속 이어 가고 싶어 한다는 것을 알았다. 가급적 할머니에게 도움이 되고 싶어 한다는 것도 알겠다. 이 사람에게는 '걱정하는 것'이 커뮤니케이션의 한 방법인 것이다. 그래서 걱정할 거리가 생기면 해결 방법을 제시하거나 '걱정'으로 연결된 사람들과 일종의 운동을 일으키려 하는지도 모른다.

안과 지도가 표시되자 할머니는 "거기로군요, 좀 멀지만."이라고 말하며 그녀의 설명을 듣고 있었다.

"안과에 가셨는지 안 가셨는지 꼭 알려 주세요, 걱정되니까."

그 말에 할머니는 알겠다고 아무렇지도 않게 대답했다.

"저도 딸 일에 힘을 내고 싶은데요."

그녀는 자신의 이야기로 돌아갔다. 그로부터 통화는 두 시간 반이나 이어졌다.

통화를 끊은 뒤 할머니는 "……그래, 안과는 한동안 안 갔으니 이번에 가 보지 뭐." 고개를 이리저리 기울이며 중얼거렸다. 몹시 피곤해 보였다. 할머니 옆에는 아무도 없는 것처럼 보여야 했기에 차 한 잔도 끓여 드리지 못해 답답했다.

할머니가 한숨을 내쉬고 말했다.

"자꾸만 일을 크게 벌이려는 사람 같지 않던가?"

"네, 맞아요."

"그리고 아주 성실한 사람일 게야."

할머니는 그녀에 대해 그 이상은 말하지 않았다. 내가 죄송하다고 거듭 사과하자 할머니는 "사람 살리는 일인 데다 나는 시간도 있고." 하며 고개를 가로저었다.

그날 집에는 막차 직전의 전철을 타고 갔다.

얼마 후 점심시간에 다니오카의 할머니로부터 안과에 갔는데 별다른 이상은 없었고 앞으로는 정기검진을 받으러 갈 생각이라는 연락이 왔다. 그날 오후 3시가 조금 넘어서 고지마 부장이 긴급이라고 할 만한 사태인 것 같다며 이제는 구두 설명이 아닌 딸의 메시지를 통째로 보여 줬다.

딸에 의하면 부장의 조카는 친구로부터 트레킹부 고문 선생님이 다른 선생님에게 교체를 요청했다는 소문을 들었다고 한다. 교사끼리 나눈 이야기가 학생들에게까지 퍼진 이유는 고문 선생님이 다른 선생님들에게 대신 고문을 맡아 달라고 했다가 죄다 거절당했기 때문이다. 다른 선생님들도 그런 압력을 넣는 보호자가 있는 동아리는 맡고 싶지 않은 것이다. 그래서 다음 고문을 찾기가 힘든 상황이었다. 고문 선생님은 몰라보게 초췌해졌다고 한다.

조카는 엄마에게 동아리 고문 해임 활동을 그만두라고 말하려 애썼지만 엄마는 들은 척도 하지 않았다고 한다. 조카가 동아리를 그만두겠다고 그럼 되지 않느냐고 하자, 잘못한 게 없으니 그만둘 필요 없다는 대답이 돌아왔다.

밤에 그런 실랑이를 한 뒤 조카는 아침이 되기를 기다렸다가 고지마 부장의 딸이 다니는 대학에 가서 며칠만 재워 달라고 부탁했다. 다른 현에서 대학을 다니는 부장의 딸은 집에서 전철로 거의 두 시간이 걸리는 곳에서 혼자 살고 있다.

"다행이네요, 지낼 곳이 있어서."

"이럴 때 갈 곳 없는 학생은 비행의 길로 들어설 수도 있겠군……."

지금 남의 집 애 걱정을 하고 있을 때가 아닌데 무슨 소리를 하는 거야. 그런 생각이 들었지만 정곡을 찌르는 말이기는 했다. 부장은 한 손으로 턱을 괴고 어깨를 축 늘어뜨리고 있었다.

"이렇게 된 이상 내가 직접 산에 가서 문제의 식물이 없다는 걸 확인하고 오는 수밖에 없겠어."

"학부모들은 안 갈 테니까요. 따님은 사촌이 집을 나와서 자기한테 왔다는 걸 고모한테 어떻게 말할 거래요? 가출한 게 되면 엄마로서 당연히 걱정할 텐데요."

"그냥 평범하게 기분 전환 겸 놀러 온 모양이다, 내일 공휴일이니까 일요일까지 여기서 지내려는 것 같다. 그렇게 애매하게 말해 두었다고 하네."

목요일인 내일은 공휴일로, 평일인 금요일을 끼고 토, 일요일까지. 부장의 딸은 나흘간의 유예를 설정했다.

"산에 가는 게 처음이라 내일 가게에 가서 장비를 맞춰야겠군. 토요일에 가 보겠네. 그간 산행을 동경했는데 이런 식으로 시작할 줄이야."

고지마 부장은 허공을 올려다보며 투덜거렸다.

"앗, 산행이라면 내가 같이 가야지. 초보 아저씨가 혼자 간다고 하니까 걱정도 되고, 다니오카도 아마 시간 낼 수 있을걸."

전 피크닉 산행 동아리 소속이었던 사키가 말하고 나섰기에 토요일은 고지마 부장, 사키, 다니오카, 이렇게 이상한 조합의 멤버로 몸에 이상이 생겼다고 하는 그 산에 가게 되었다.

같은 날 늦은 오후, 고지마 부장의 동생이 다니오카의 할머니가 안과에 다녀온 일이 궁금하다며 화상 통화를 제안해 나는 다시 할머니의 집에 가기로 했다. 도중에 백화점에 들러 고급 초밥과 조각 포장된 파운드케이크를 여러 개 사고 페트병에 든 차 음료도 챙겼다.

나는 진지하게 어떤 먹거리여야 통화에 방해가 되지 않을까, 미리 준비되어 있거나 곧바로 꺼낼 수 있으면서도 부자연스럽지 않은 음식은 무엇일까 고민하면서 백화점 식품관을 돌아다녔다. 그러다 고지마 부장의 동생 모녀와 생판 남인 내가 어쩌다 이러고 있는지 모르겠다고 생각했다.

다만 그 동생이 품고 있는 형태 없이 퍼지는 안개 같은 불안을 걷히게 하고 싶은 마음이었다. 나는 벗어나 있지만 그녀의 딸과 다니오카의 할머니가 그 불안에 에워싸일 지경이라 내버려둘 수가 없었다고 해야 할까. 그녀의 딸은 둘째치고 아무 상관 없는 할머니를 그곳으로 떠미는 일에 나도 가담했다.

만약 동생과의 통화가 길어지면 나야 집에 늦게 가도 괜찮지만, 할머니에게는 죄송하다고 이제 그만하자고 해야 할지도 모른다는 생각을 하면서 그날 할머니의 집으로 향했다. 사키로부터 '그 식물 없던데. 그래도 오랜만에 산에서 주먹밥 먹으니까 맛있더라'라는 메시지가 들어와 있었다.

할머니의 집에 들어가자마자 화상 통화 요청이 왔다. 약속 시간보다 삼십 분 이르지만 그 안과에 가서 다행이었는지 궁금해서 참을 수가 없다는 것이었다. 할머니에게 묻자 좋다고 하기에 일찍 시작하기로 했다.

"눈은 이상이 없었어요. 의사와 간호사들도 다 친절하고 좋은 병원입디다."

"그런가요? 다행이에요. 정말 다행이야."

그녀가 미소를 띠었다.

"요시코 씨는 좋은 분이라 건강하셨으면 하는 마음에."

그녀가 할머니를 이름으로 부르는 것을 듣고 나는 왠지 가슴이 아렸다.

"정말 고마워요. 큰 도움이 되었어요."

"기뻐해 주시니 저야말로 영광이죠. 찾아 드리겠다고 하기를 잘했어요.”

그러고 나서 할머니가 감사의 뜻을 전하면 그녀가 기뻐하는 패턴이 다섯 번 정도 이어졌다.

“마음이 맑아지는 것 같아요.”

“아유, 무슨.”

“딸이 친척 집에 지내러 갔어요.”

“밖에 나갈 정도로 몸 상태가 좋아졌군요.”

“아뇨, 계속 방에만 틀어박혀 있었는데. 갑자기.”

그녀는 딸에게 데리러 가겠다고 수차례 연락했으나 딸은 관광을 하면 몸이 회복될 것 같다면서 일요일까지 있겠다고 고집을 부렸다고 한다. 그럼 자신도 같이 관광을 하겠다고 제안하려다가 요시코 씨에게 안과가 어땠는지 확인해야 한다는 것을 떠올리고 그만두었다고 했다.

“내 걱정을 다 해 주고 고마워요.”

“아니에요. 도움이 될 수 있어 기쁜걸요.”

“새삼 정말 좋은 분이란 걸 느꼈답니다.”

할머니의 말에 그녀는 고개를 살짝 갸웃하고 한없이 상냥한 얼굴로 미소 지었다. 고운 얼굴이라는 생각이 절로 들었다. 할머니도 덩달아 살며시 웃었다.

“그렇게 말씀해 주시는 분은 요시코 씨뿐인걸요.”

그녀가 슬픈 듯이 눈썹꼬리를 내렸다.

"남편은 걱정이 과하다고 해요. 오빠도 마찬가지고요. 딸은 노심초사하는 제 마음을 매몰차게 거부하죠. 가족은 제가 주변 사람에게 마음 쓰는 걸 너무 당연하게 여기더라고요."

할머니는 앞을 향한 채 가볍게 고개를 끄덕였다.

"어머니도 마찬가지였죠."

갑자기 등장인물이 늘어 고개를 갸웃한 나와 달리 할머니는 차분했다.

"제가 아무리 애써도 잔소리를 하셨어요. 결코 잘했다는 말 한마디 안 하셨죠. 열심히 공부해서 좋은 대학에 갔고, 좋은 회사에 입사해 일도 부지런히 하고, 어머니가 인정한 사람과 안정된 가정을 꾸렸는데도 기어코 트집을 잡으셨어요."

"많이 힘들었겠어요."

할머니는 그렇게 말하며 고개를 끄덕끄덕했다. 고지마 부장의 동생은 잠시 시선을 내려뜨리더니 이윽고 고개를 가로저었다.

"딸의 동아리 고문 말이에요."

"네."

"생각해 보니 제 어머니와 말투가 똑같은 거 있죠. 체격도 비슷하고. 이야기하다 보면 제가 틀렸다고 비난받는 기분이 드는 거예요. 학부모를 대상으로 한 동아리 설명회 때 처음 봤는데 그때 딱 느꼈죠."

"그랬군요."

할머니는 신기하게도 눈썹 하나 까딱하지 않고 그 이야기를
듣고 있었다. 나는 고개를 절레절레 흔들었다. 그런 거였구나.
하아, 그런 거였어.

나는 할머니에게 이제 됐다고 옆에서 통화를 끊을까 생각했
다. 이 이야기를 들어 달라고 부탁한 것이 잘못이었습니다, 가능
할지 모르겠지만 제가 어떻게든 처리하겠습니다, 끌어들여서 죄
송합니다, 하고.

상체를 내밀려 하자, 할머니가 앞을 향한 채 좌식 테이블 밑에
서 손을 홰홰 내저어 나를 말렸다.

"그래도 괜찮아요."

뭐가 괜찮다는 것인지는 모른다. 그런데도 그 자리에 필요한
말이라는 것은 알 수 있었다. 할머니는 잠시 입을 다문 뒤 이윽
고 계속했다.

"따님은 반드시 좋아질 테고 분명 댁의 고마움을 알아줄 날도
올 거예요."

나는 미간에 주름을 잡고 노트북 화면을 지켜봤다. 그녀는 감
정이 복받치는 얼굴로 그 말을 듣고는 한 손을 입가에 대고 고개
를 숙였다. 조용히 울고 있었다. 아마도.

바닥에 놓여 있던 휴대폰에 무음인 채로 메시지 수신 알림이
떴다. 확인해 보니 고지마 부장이 보낸 것이었다.

'비전문가의 의견이지만 예상대로 그 식물은 없는 것 같네. 사

키 씨와 다니오카 씨가 이곳저곳 범위를 넓혀 동영상도 찍고 직접 돌아다녔네만 증거를 찾아내지 못했어.'

그렇겠지. 나는 말없이 고개를 끄덕였다. 부장의 동생 본인도 이제는 딸이 꽃가루 때문에 건강을 해쳤다고는 생각하지 않을지도 모른다.

그 후 통화는 두 시간 정도 계속되었다. 할머니의 안색이 평소보다 더 창백해 보였다. 나는 페트병에 든 차와 파운드케이크를 꺼내서 할머니의 대각선 앞에 놔두었다. 할머니는 차를 몇 모금 마시기만 했다.

노트북을 정리하고 나자, 할머니가 "시간은 괜찮아?" 하고 물었다. 괜찮다고 대답하자 그럼 초밥을 같이 먹자고 하여 그러기로 했다.

할머니가 따뜻한 차를 끓여 주어 마셨다. 정말 맛있었다. 수고 많으셨어요, 정말 죄송합니다, 이제 그만하셔도 돼요, 라고 내가 말하기 전에 할머니가 먼저 입을 열었다.

"미안해요. 더는 거짓말을 못 하겠구려."

"그렇죠."

나는 앞으로 일이 어떻게 될지는 별개로 치더라도 마음 한구석에서는 안심하고 할머니의 말에 귀를 기울였다.

"도움이 되지 못해 미안해요. 실은 나도 차라리 거짓말을 해 줬으면 할 때 자꾸 솔직하게 말해 줘서 속상한 적이 한두 번이 아니야. 그런데 이 사람은 무슨 복이 있어 거짓말로라도 위로를 받는 걸까. 그런 생각이 들기 시작하니까 이런 마음으로는 더는 안 될 것 같아서 그래.”

할머니는 거기까지 말한 뒤 “초밥을 나눕시다.” 하며 중간 크기의 접시 두 장을 꺼내 와 “뭐가 좋아?”라고 물었다. “계란초밥과 문어초밥만 있으면 돼요.” 그렇게 대답하자 “참치를 먹어야지.”라며 권했다. 나는 “그럼 참치가 든 김말이 초밥을 하나 주세요.” 하고 그걸 가리켰다.

서로의 접시에 초밥을 나누어 담은 뒤 나는 입을 열었다.

“제가 할 수 있을지 모르겠지만 부장님 동생이 요시코 씨를 무척 좋아하고 의지하는 것 같더라고요. 두 분 대화 나누시던 모습을 참고해서 제가 계속 이어 나가겠습니다.”

할머니를 이름으로 부르자 마치 연상의 친구에게 말하는 것 같았다.

“아유, 그만둬요, 라고 말하고 싶지만 간접적으로라도 어린 학생에게 도움이 된다고 생각하면 그럴 수도 없구먼.”

“한편으로는 이런 식으로 대화를 계속하는 게 정말 효과가 있는지 잘 모르겠어요…….”

“없지는 않지. 실제로 나와 이야기하기로 약속을 해 놔서 딸이 사촌 언니네 집으로 간 걸 그냥 놔두었잖아.”

“확실히 그렇긴 하네요.”

"그럼 힘내시구려."

요시코 씨가 유난히 후련한 표정으로 웃고 있었기에 그것은 또 그것대로 다행이라는 생각이 들었다.

요시코 씨는 초밥을 먹으면서 "그 사람은 정말 엄청나게 성실한 사람인 게야."라고 전에도 한 적이 있는 소감을 말했다. '노력은 반드시 인정받아야 하고 몸 상태가 안 좋아지면 반드시 원인이 있어야 하는데 원인도 모른 채 좋아지다니 참을 수 없다'는 사고방식에 사로잡히면 그렇게 되는 걸지도 모르겠다.

"그 오빠라는 사람은 어떤 사람인가?"

"고지마 부장님은 평범해요. 일 잘하시고 느긋한 성격에, 좋은 사람이라고 생각해요."

"두 남매의 어머니가 아들에게는 너그럽고 딸에게는 인색한 사람이었을지도 모르겠구먼. 그래서 오빠는 좋은 사람이 될 수 있었고, 아니면 남매 모두에게 인색한 사람이었을지도 모르지. 그 원인은 아버지가 어머니를 대하는 태도에 있었을 수도 있고. 남인 우리가 아무리 생각해 봐야 알 수가 없어."

그러고 나서 요시코 씨는 내가 사 온 초밥을 연신 맛있다고 먹었다. 부장의 동생 이야기는 한마디도 하지 않았다.

"이번 일은 미안하게 됐지만 다음에 또 사키와 우리 손자하고 같이 와 주게나."

돌아갈 채비를 하는데 요시코 씨가 그렇게 말했다. 나는 부장의 동생을 어떻게 대하면 좋을지에 대한 고민으로 머릿속이 꽉 차 있어, 그 말을 건성으로 들으면서도 어쩐지 굉장히 좋은 말을 들은 기분에 고맙다는 인사를 연달아 두 번이나 했다.

그 후 내가 고지마 부장의 동생과 이야기할 기회는 결론부터 말하면 한 번도 없었다. 직장이 바쁜 시기에 돌입했다는 이유로 동생이 딸의 동아리 학부모 모임에서 빠졌기 때문이다. 고문 교사에 대한 항의로 시작된 학부모 모임은 가장 활발히 활동한 사람이 빠지자 흐지부지되었고 다른 이야기를 하기 시작했다.

고지마 부장은 사태가 진정된 것을 기뻐하면서도 남편이나 오빠, 조카 등 주변 사람이 설득하려 할 때는 들은 척도 않더니 생판 남의 이야기에 마음을 풀다니 어떻게 된 일이냐며 한탄했다.

나는 이해할 수 있을 것 같았다. 가까운 사람과는 함께해 온 세월이 있어 정보가 지나치게 많기 때문에 조언이나 마음 씀씀이 그 자체를 받아들이지 못한다. 자신을 염려해서 하는 말인데도 이 사람은 전에 나를 부정했지, 하는 생각에 마음을 열지 못하는 것이다.

그에 비해 이제까지 모르고 지냈던 사람은 신선하다. 워낙 정보가 적어서 자신의 좋은 점을 잘 편집해서 보여 줄 수 있다.

그 소식을 요시코 씨에게 알리자 잘됐다고 담백하게 말했을 뿐이었다. 고지마 부장의 매부가 약소하지만 꼭 사례를 하고 싶다고 청했다고 하자, 요시코 씨는 자신은 도중에 그만두기도 했으니 괜찮다고 사양했다. 얼마 후 고지마 부장은 매부가 외식 상품권 네 장을 선물했다며 전부 나에게 주었다.

나는 내 몫으로 한 장을 남겨 놓고 나머지는 사키에게 건네 요시코 씨와 다니오카에게 전해 달라고 했다.

더는 거짓말을 못 하겠구려.

요시코 씨의 말은 줄곧 내 머릿속에 남아 있었다.

남에게 거짓말을 한다는 것은 그 이전에 우선 자신에게 거짓말을 하는 과정을 필요로 한다. 그것이 아무렇지 않은 사람이 있는가 하면 고통스러운 사람도 있다. 요시코 씨는 고통을 느끼는 사람이었을 것이다. 처음에는 재미있겠다며 게임에 참여했어도 막상 플레이어가 되면 자신이 거짓말하기를 좋아하지 않는다는 사실을 깨닫는다.

그래서 사람이 남에게 거짓말을 요구하는 속마음에는 그 상대가 느낄지도 모를 아픔을 무시한 채 거짓말을 해 달라는 교만이 존재한다.

그러고 보니 내가 친구인 사나코에게 적어도 거짓말을 해 달라고 말하고 싶었던 일이 떠올랐다. 사나코는 거짓말을 하는 것이 태연한 쪽일까, 아니면 괴로운 사람일까.

아니, 몰라도 된다고 다시 생각했다. 알 수 있는 기회도 없었으면 했다.

*

　12월이 시작되고 일주일이 지나자 춥긴 해도 날씨가 안정되기 시작했다. 추우면 기분까지 처지지만 점점 추워지는 것보다는 차라리 계속 추운 것이 낫다고 요시코 씨가 말했다. 나도 이제 더는 구연산 드링크제를 찾지 않게 되었다.

　12월 중순의 쉬는 날에 다니오카와 사키와 함께 철판구이를 먹으러 갔다. 다니오카가 자신은 아무것도 한 일이 없다며 사키에게 외식 상품권을 돌려주자 사키 또한 자신도 마찬가지라며 되돌려주었고, 그럼 두 사람의 외식 상품권을 합해서 약간 고급스러운 가게에 가자는 이야기로 발전해, 이왕이면 나와 요시코 씨와 루키야를 데려가면 좋겠다는 결론이 났다. 하지만 요시코 씨는 루키야의 미술 학원 전시회에 가기 위해, 루키야도 그쪽에 참여하기 위해 둘 다 불참하게 되었다. 요시코 씨가 전시회에 가는 것은 다섯 번째라고 한다.

　그래서 셋이서 철판구이를 먹으러 온 것이다. 도중에 나도 외식 상품권을 사용하기로 결정해 시기적으로나 시간적으로나 조금 이른 송년회가 되었다. 고지마 부장의 동생 가족에 대한 소식을 전하자, 사키가 "그 고문 선생님 입장에서 보면 되게 어이없고 황당했을 것 같아."라고 투덜대듯 말했다.

어쨌든 사태는 느닷없이 진정되었다. 고지마 부장의 조카는 다행히 학교로 돌아갔고 겨울 추위가 자리 잡으면서 건강이 조금씩 회복되고 있다고 한다. 동생은 정확히 알지는 못하지만 직장에서 주어진 업무를 처리하면서 가족 일은 적당히 소홀히 한다고 들었다. 매부와 동생 사이에 아직 대화다운 대화는 없는 듯하지만 동생은 매부가 건네는 잡담에는 대꾸하게 되었다고 한다. 동아리 학부모들에게 공격의 대상이 되었던 고문 교사는 교체 없이 앞으로도 계속 고문을 맡을 예정이다.

얼마 전 고지마 부장은 크리스마스에 애거사 크리스티의 드라마를 몰아 보기 위해 위성방송인 CS의 유료 채널에 가입했다고 한다. 좋아하는 위스키도 딸 거라며 싱글벙글했다. 요컨대 고지마 부장이 그런 이야기를 할 정도로 상황이 회복되었다는 뜻이다.

철판구이를 다 먹어 갈 무렵, 옆에 앉은 사키가 화장실에 간 사이 다니오카가 내게 상담을 요청했다.

"실은 고지마 씨의 산행에서 돌아오는 길에 제가 사키에게 사귀자고 했더니 '나도 다니오카가 좋긴 한데, 우리 내년에 취업 활동 해야 하잖아. 교제하느라 서로 선택의 범위가 좁아질 수도 있으니까 일단 취업이 결정된 다음에 생각해 보자. 아니, 물론 고려하긴 할 거야'라고 하더군요. 사실일까요?"

딱히 예상치 못한 일은 아니었기에 고개를 끄덕이며 다니오카의 이야기를 들었다. 어느 쪽을 택하든 다 좋다고 생각했다. 두 사람은 마음이 맞는 것 같다.

"그 말대로라고 생각해. 사키는 누가 부탁하지 않는 한 거짓말을 안 하거든."

그렇게 대답하자 다니오카는 "아아, 그런 거면 다행이네요. 혹시 괜한 기대를 한 건가 싶었거든요." 하고 천장을 올려다보며 고개를 흔들었다. 이내 물을 죽 들이켜고는 "물 맛있다."라고 말했다.

"거짓말쟁이인 미노리 씨가 보장하는 거면 사실이겠네요!"

"나는 거짓말을 잘 지어내는 것뿐이지 거짓말쟁이는 아니거든."

"그렇죠, 죄송해요."

다니오카는 곧바로 미안해하며 남은 표고버섯을 철판에 굽기 시작했다. 그 직후 사키가 "정말 이러기야?" 하고 섭섭하다는 듯이 말하며 돌아왔다.

"이에 파래가 잔뜩 끼었더라, 상하좌우 할 것 없이. 말 좀 해주지!"

사키는 주로 다니오카에게 투덜대며 자리에 앉았다. 나는 사키의 옆자리라 몰랐지만 아마 삼십 분쯤 전에 주문한 미니 오코노미야키 때문이리라.

"아니, 이야기하느라 정신이 없어서…… 앞으로는 말하도록 할게."

"부탁한다, 진짜! 나는 숨기는 것도 별로 안 좋아해."

나는 덩달아 표고버섯을 구우며 두 사람의 대화를 라디오처럼 듣고 있었다. 거짓말도, 숨기는 것도 딱히 즐겁지는 않다고 생각하면서 두 사람이 앞으로도 함께 지낼 수 있기를 바랐다.

지나가는 장소에 앉아서

　세상에는 사람이 시간을 보내는 다양한 장소가 있지만 내게는 지하철역 승강장이 최적의 장소라고 생각한다. 집은 전기세 걱정에 에어컨이 됐든 난방이 됐든 간에 빵빵하게 틀지 못하는데, 반대로 음식점은 너무 빵빵하게 틀어 줘서 춥거나 덥기 때문이다. 지하철역 승강장은 그 어디에도 해당하지 않는다. 창밖을 바라보는 즐거움이 없는 만큼 비바람과 직사광선을 피할 수 있다.

　집에서 가장 가까운 지하철역 승강장 벤치에 가만히 앉아 있으면 이런 좋은 곳을 아는 사람은 나 하나뿐이지 않을까 하는 기분에 살짝 들뜨기도 한다. 개찰구 근처에는 딱 한 대뿐인 자판기도 있고 화장실도 있어 단순히 시간을 보내는 것이 목적이라면 충분히 충족시켜 준다. 뭔가를 할 수 있는 환경이 아닌 만큼 이걸 해야지, 저걸 해야지 하는 생각을 떨쳐 버릴 수 있는 점도 좋았다.

 대략 두 달쯤 되었다. 회사와 집에서는 왠지 마음이 편치 않고 출퇴근 시간에만 안심하고 있는 내 모습을 발견한 지가. 회사에서 마음이 편치 않은 것은 일이니까 어쩔 수 없다고 스스로를 달래는 한편, 나와 동일한 업무를 맡은 지 삼 년쯤 된 오다키 씨의 태도가 부쩍 심해졌다는 사실만큼은 분명히 느껴졌다.

 나보다 열두 살 어린 동료 오다키 씨는 나보다 일 년 늦게 중도 채용되었다. 나는 그녀에게 일을 가르쳐 주었고 그 후로는 선후배 구분 없이 지내고 있다. 어느 한 명이 일을 더 잘한다거나 하지는 않는다고 생각하지만, 오다키 씨가 더 사교적이라 신규 직원들에게도 붙임성 있게 다가갔다. 나는 "구라타 씨와 함께 있으면 마음이 편해요."라는 말은 들어도 오다키 씨처럼 젊은 직원과 잘 어울리지는 못한다고 생각한다. 오다키 씨가 나를 일종의 표적으로 삼기 시작한 것은 내가 컴퓨터를 켜 둔 채 퇴근한 날 이후였다. "조심하셔야죠."라는 충고부터, "마우스를 그렇게 클릭해야만 일이 돼요?", "화장실에 너무 오래 계시는 거 아니에요? 무슨 병 있어요?" 등 사사건건 트집을 잡았다. 일이 몰리는 시기라 두 사람 다 눈코 뜰 새 없이 바쁠 때, 이쪽을 보지도 않고 "저는 구라타 씨보다 자식을 둘이나 더 키우거든요."라고 말하는 소리도 들었다. 점심시간에는 오다키 씨와 다른 후배까지 껴서 점심을 먹는데 그것도 고역이었다. TV에서 본 것을 말하거나 가족, 사회에 대한 이야기를 나눌 때도 은근히 빈정대는 오다키 씨와 사적인 이야기를 하는 것은 스트레스였다. 나이 쉰두 살에 그런 말이나 신경 쓰다니 내가 한심하게 느껴졌다.

회사에서 마음이 편치 않은 것은 오다키 씨 때문이라는 것을 알지만, 집에서의 원인은 종잡을 수 없었다. 어쩌면 올해 2월에 고등학생 아들 이쿠오가 축구부를 그만둔 것 때문일지도 모른다는 생각은 한다. 이쿠오는 초등학교 1학년 때부터 십 년간 계속해 온 축구를 그만두었다. 축구부 내에서 괴롭힘을 당했다거나 훈련이 고되다는 결정적인 이유가 있는 것도 아닌데 이쿠오는 축구를 그만뒀다. 그로부터 칠 개월 동안 이쿠오는 로드 바이크를 타거나 영어 회화 학원에 다니면서도 오래 지속할 만한 것을 찾지는 못했다.

말로 하기 꺼려지지만 집 안에는 이쿠오의 좌절감이 조용히 감돌기 시작했다. 학교에 잘 다니고 있고 폭력을 휘두르거나 폭언을 하지도 않는다. 그저 쾌활하게 구는 일이 줄었고 혼자 끙끙 앓는 것처럼 보이는 날이 많아졌다. 남편과 각각 이쿠오와 대화를 시도해 본 뒤 둘이서 의논하기도 했다. 하지만 번번이 우리 예상이 잘못되었다는 결론에 이르렀다. 아들이 무슨 생각을 하는지 알 수가 없다.

누군가를 초대해 대접하기는커녕 요리도 잘하지 못하면서 홈 파티 같은 것을 열어 이쿠오의 기운을 차리게 하려고 노력했지만 아무것도 바뀌지 않았다. 내가 부추겨서 이쿠오가 데려온 동급생 두 명은 언뜻 소박해 보이는 옷차림과는 달리 남 이야기하기를 좋아하는 남학생들이었다. 끝도 없이 계속되는 누군가에 대한 불만과 경멸, 웃음소리를 듣기만 하면서 이쿠오는 내가 만든 별로 맛있지도 않은 미트로프*를 묵묵히 먹었다.

그 억지스러운 연출 때문에 어쩌면 이쿠오의 우울함이 더 오래가는 것이 아닐까 생각하면 죄책감에 집에 들어가기가 무서웠다. 괜히 엉뚱한 데 힘을 써서 집의 토대를 무너뜨리고 있는 것은 나일지도 모른다. 그러니까 나는 지하철역 승강장에 가만히 있는 편이 낫다.

*

어느 날 집 근처 지하철역 승강장에서 잠시 쉰 다음 가방을 열어 보니 지갑이 없다는 사실을 알아차렸다. 회사에 놓고 온 것이다. 다시 회사로 가서 지갑을 챙기고 곧바로 나와 지하철역으로 가는 도중, 어떤 카페의 창가 자리에서 오다키 씨와 젊은 후배 여직원 두 명이 즐겁게 재잘거리는 모습이 보였다.

다시 집으로 향하는 지하철 안에서는 어깨도 못 올릴 만큼 온

● 다진 고기에 달걀이나 채소를 섞어 네모나게 구운 요리로 주로 간단한 파티에 쓰인다.

몸에 착 들러붙은 피로감을 느꼈다. 휴대폰으로 무슨 기사를 읽을까 생각하기도 귀찮아서 코앞의 영어 회화 학원의 광고 문구를 눈으로 좇고 있었다. 점심시간에 어떤 직원이 학원비가 굉장히 비싼 것 같다고 한 말을 들은 적이 있다. 구체적으로 얼마일지 궁금했지만 괜히 휴대폰으로 검색했다가 기분만 더 처질 것 같아 궁금한 채로 놔두기로 했다.

두 번째 승차 시간은 평소보다 길게 느껴졌다. 짧은 시간 안에 같은 행동을 반복하면 그렇게 느껴지는 것일지도 모르겠다. 지하철은 이제 집 근처 역까지 한 정거장을 남기고 정차해 있었다. 영어 회화 학원 광고 속 젊은 남자의 넥타이 무늬를 가만히 바라보는데 시야 끝의 차창 너머로 낯익은 사람이 벤치에 앉아 있는 것이 보였다. 이쿠오였다. 아들은 가만히 앉아 있기만 할 뿐 지하철을 탈 기미는 없어 보였다. 이쿠오를 태우지 않은 채 지하철은 바로 출발했다.

우리 모자는 닮았던 것이다. 그렇다고 내가 뭔가를 할 수 있을 것 같지는 않았다. 하지만 아들이 자신의 초조한 마음을 아무에게도 털어놓지 않고 혼자 조용히 견디려 한다는 것은 느낄 수 있었다. 내가 만족할 때까지 미주알고주알 이야기해 줄 리는 없겠지만 그것 또한 나름대로 괜찮지 않을까.

나는 숨을 깊이 들이쉬고 일단 이쿠오가 좋아하는 탄산음료와 피자맛 감자칩을 사서 집에 가기로 했다. 그리고 “엄마 먹으려고 산 건데, 너도 먹어."라고 말해야겠다고 생각했다. 남편에게도 연락해서 사 오라고 해야겠다. 그리고 이쿠오가 구입한 영어 회화 교재를 빌려 달라고 하는 것이다. 그걸 핑계로 나중에 말을 걸면 된다. 어디를 틀렸고 어디는 공부에 도움이 되었다는 식으로.

이쿠오를 믿기로 했다. 나를 닮았다면 언젠가 이런 식으로 다른 국면을 찾아낼 것이다.

우리 회사의 심령사진

직원 친목회 사진을 정리하는 일이 주어져 한 장씩 확인하던 중 심상치 않은 것을 발견했다. 전무가 자신이 잡은 물고기를 다른 직원들에게 들게 하고 있는 사진인데, 대각선 뒤로 어떤 중년 여자의 모습이 찍힌 것이다. 당시 현장에는 없었던 그 여자는 괴로운 듯 얼굴을 찡그린 채 오른손을 펴서 전무의 머리를 붙잡으려 하고 있었다.

그걸 본 순간 나는 헉, 하고 숨을 삼키며 마우스를 내팽개치고 사무용 의자에 앉은 채 뒤로 홱 물러났다. 이 일이 전무 귀에 들어가면 말썽이 생길 텐데 다행히 사무실에서 잔업 중인 사람은 나 혼자였다. 조금 전까지만 해도 함께 잔업을 하고 있던 부장은 편의점에 간식을 사러 나갔고, 차장은 화장실에 갔는데 아마 간 김에 스모 중계방송을 보고 올 터였다.

나는 덜덜 떨면서 모니터에서 눈을 뗐다. 방금 본 여자의 얼굴을 절대 떠올리지 않겠다고 머릿속으로 연신 읊다가 결국 떠올리고 말았다. 무섭다. 저게 바로 심령사진이라는 걸까. 나는 심령사진의 실물을 본 적이 없다. 물가에서 뭔가 일을 겪은 사람인 걸까.

내 얼굴이 어느새 여자의 표정을 흉내 내는 것을 느꼈다. 그런데 어쩐지 여자의 얼굴이 생각보다 무섭지 않고 재미있다는 이상한 생각이 고개를 들었다. 내가 지금 짓고 있는 표정이 사진 속 여자와 일치하는지 확인하고 싶다는 엉뚱한 욕구도 솟아올랐다.

"에이, 아무리 그래도, 아니지, 그래도 뭐."라고 중얼거리면서 슬금슬금 의자를 밀어 책상 앞으로 돌아간 나는 괜스레 용기를 쥐어짜 아까 그 사진을 확인해 보기로 했다.

틀림없다. 우리 엄마 또래의 중년 여자가 눈가와 뺨, 입가를 일그러뜨리고 괘씸하다는 듯, 그러면서도 우스꽝스러운 얼굴로 전무의 머리를 붙잡으려 하고 있다. 나는 적응하기 위해 수십 초간 사진을 똑바로 쳐다봤다. 그러자 여자의 얼굴이 제법 웃기다는 생각이 들어 나도 모르게 풋, 웃음을 터뜨렸다.

그 마음을 모르는 것은 아니다. 바비큐 준비를 해야 할 전무가 멋대로 배스 낚시를 하러 갔다 오더니 배스를 잡았다며 으스대는 모습은 확실히 꼴사나웠다. 직원 친목회 장소도 올해는 참석하겠다고 변덕을 부려 배스 낚시가 가능한 곳으로 멋대로 잡은 것이었다. 배스 낚시의 가이드 비용도 친목회 예산에서 나가는 바람에 바비큐 먹거리가 약간 빈약해졌다. 그런 환경에서도 그럭저럭 즐겁게 식사하고 있는데 "잡았으니까 와서 구경들 해." 하고 전무가 사람들을 불렀다.

생각만 해도 화가 치민다. 어떤 의미에서 여자의 괘씸하다는 표정은 내 속마음의 표정일지도 모르겠다는 생각이 들었다. 누구인지는 몰라도.

그렇다고는 해도 이건 심상치 않은데, 하고 새삼 오싹함을 느끼면서 다른 사진을 확인하자, 돌아갈 때 촬영한 단체 사진들 중 한 장에도 낯선 여자가 찍혀 있었다. 맨 끝에서 은근슬쩍 점잔 뺀 얼굴로 두 손을 모으고 있는 여자는 전무의 머리를 붙잡으려 한 바로 그 여자였다. 아까 전무의 머리를 붙잡으려고 했던 동작을 부끄러워하는 것 같아서, 모르는 사람이 사진에 찍혀 있는 것은 분명 무서운 일인데도 슬며시 웃음이 났다.

나는 여자가 찍힌 사진을 사내 공유 폴더에서 꺼내 개인 바탕화면으로 옮긴 뒤 몇 분간 고민하다 '새 폴더'를 만들어 거기에 집어넣었다.

너무나 명백하게 위험한 사진이었던 탓에 어쩌면 지금 꿈을 꾸는지도 모르겠다고 생각했다. 피곤해서 쓰러질 지경은 아니지만 지난주까지만 해도 힘들었고 그 영향으로 헛것을 보는 것일 수도 있지 않을까. 내일이면 이 사진은 폴더째 사라져 있을지도 모른다고 생각하면서 집에 갈 채비를 했다.

*

다음 날 출근해서 확인해 보니 폴더와 사진은 남아 있었지만 여자는 사라져 있었다. 나는 내 눈과 뇌를 의심하면서 그 사진을 사내 공유 폴더로 도로 넣으려다가 결국 그만두었다. 단체 사진은 도로 넣지 않아도 지장이 없고 다른 한 장은 전무가 잘 나온 사진이기 때문에 그랬는지도 모른다.

이상한 현상은 회의 녹음 파일을 옮겨 적고 있을 때도 일어났다.

한 달에 한 번 남자 임원만 참석하는 회의인데 여자 목소리가 들어 있었던 것이다. 의제는 업무부의 자리 배치 변경 건으로 사이가 좋지 않은 직원끼리 가까이 붙여 놓아서 직원 간의 단절과 상호 감시를 목적으로 하자는 사악한 내용이었다. 총무부 소속인 나와는 상관없는 일이라 내게 녹취록 작성을 의뢰했을 수도 있지만 기분은 좋지 않았다.

다섯 명의 임원 중 전무는 자신이 낸 아이디어를 통과시키려 적극적으로 발언했지만 총무부장 겸 상무이사와 영업부장은 별 관심 없는 듯하고, 업무부장은 완곡히 반대하고 있으며, 작년에 교체된 사장은 그 사이에서 의견을 정하지 못하는 모습이었다.

"원래 직원끼리는 서로 으르렁거리게 만드는 게 장땡이라니까. 누군가가 그놈에게 유리한 요구를 하기 시작하면 다른 놈이 그놈을 싫어한다는 이유만으로 반대하지. 단결이 안 되니까 윗사람의 지시를 따를 거 아냐. 간단하잖아.”

전무의 윤리관이 결여된 발언에 얼굴을 찌푸리는데 돌연 여자 목소리가 들려와 나는 또 사무용 의자에 앉은 채 뒤로 확 물러났다. 귀에서 이어폰이 떨어졌다. “………며? …………………에!”와 같은 내용이었다고 생각한다. 거의 알아듣지 못했지만 여자는 화를 내고 있었다.

나는 다시 어제 사진에서 본 여자의 찡그린 표정을 흉내 내면서 책상 앞으로 돌아갔다. 이 분간 고민한 끝에 떨리는 손으로 휴대용 오디오 플레이어를 쥐고 십오 초 전으로 돌아가 재생 버튼을 눌렀다.

“……따를 거 아냐. 간단하잖아.” 전무의 짜증 나는 사투리 억양이 끝나자 “하이고, 당신 모발 이식할 때 ×××처럼 해 달라고 했다며?”라고 묻는 여자 목소리가 들렸다. “서른 살이나 어린 내연녀한테 쫓겨나면서 안 어울린다고 욕이나 먹은 주제에!” ‘×××’에 들어가는 단어는 전무보다 서른 살은커녕 서른다섯 살은 어릴 듯한 이십 대 중반의 어떤 아이돌이었다.

“진짜?” 무심코 내뱉고는 같이 잔업 중인 차장이 수상하게 여길까 봐 등 너머로 자리를 봤더니, 머리가 모니터에 완전히 가려질 만큼 뭔가를 집중해서 보고 있었다. 스모 경기 결과를 확인하느라 정신이 없는 듯 보였다. 살았다.

그 후에도 회의 녹음 파일을 계속 들었다. 여자는 자리 변경에 반대하는 듯하지만 전무의 자신만만한 태도에 의견을 보류하고 있는 사장의 발언이 끝난 뒤, 이런 식으로 따끔하게 지적했다. "그렇게 아무것도 결정 못 하니까 전 여자 친구를 놓쳤지!"

그곳에 없을 터인 여자 목소리가 들린 뒤에는 아무도 발언하지 않는 약 삼 초간의 공백이 있었다. 그러고 나서 사장의 목소리가 들렸다.

"지금은 그만둡시다. 직원끼리 결탁해서 사 측에 불리한 요구를 한 것도 아니니까."

나는 오호, 하고 높은 곳에서 구경이라도 하듯 감탄하면서 키보드로 사장의 발언을 입력했다. 그 후 회의가 끝날 때까지 여자 목소리는 더 이상 들리지 않았다.

회의는 직원의 존엄에 해가 되지 않는 방향으로 진행되어 다행이었지만, 그곳에 있을 리 없는 여자의 목소리가 '전무가 내연녀에게 쫓겨났다'든가 '사장이 여자 친구와 잘되지 않았다'든가 윗사람의 사적 정보를 누설한 것은 도저히 설명이 되지 않는 일이었다.

나는 망설인 끝에 회의 참석 임원 중 그나마 이야기하기 편한 업무부장에게 내선 전화를 걸어 회의록을 작성 중인데 잠깐 뭐 좀 여쭈어도 되느냐고 물었다.

"그래."

"혹시 그 자리에 여자가 있었나요?"

내 질문에 "뭐? 왜 그런 소리를 하지?"라는 의문이 돌아왔다. 아무리 그래도 모르는 여자 목소리가 들어가 있었다고는 대답하지 못하고 "아, 아뇨, 제가 착각을 했나 봐요." 이렇게 얼버무렸다.

"음성 데이터 취급이 간단해진 이후에는 녹취록 작성을 직원들에게 돌려 가며 맡기고 있어서 서기를 두지 않은 지가 꽤 오래됐어. 메모 정도는 각자 알아서 하고 있고."

"예전에는 누가 있었나 보죠?"

"고마이 씨라고 있었지. 속기가 가능한 직원이었거든. 일 년 반 전까지는 정년 후 재고용 근로자로 근무했는데 일 년 전에 돌아가셨어."

"자네처럼 총무부 소속이었지." 업무부장이 덧붙였다.

이름은 들어 본 적이 있다. 다만 같은 시기에 근무한 적은 없고 고마이 씨가 그만두고 나서 내가 오기까지의 일 년간 전임자가 두 명이나 있었다. 나는 이 회사에 온 지 반년이 되었다.

나는 잠시 머리를 싸쥔 뒤, 회의 녹음 파일이 저장된 사내 공유 폴더를 열고 이어폰을 옮겨 꽂아 우선 십 년 전 파일을 빠른 속도로 재생했다. 한 시간 동안의 회의에서 발언은 남자만 했지만 마지막 오 초 정도는 여자 목소리가 들어가 있었다.

"×월 ×일 정례 회의를 마칩니다. 서기는 고마이입니다."

한 번 들었을 뿐인데 바로 알아들었다. 그것은 전무의 사생활을 폭로한 그 목소리가 맞았다. 나는 또다시 전무의 머리를 붙잡으려 한 여자처럼 얼굴을 찡그렸다.

*

고마이 씨에 대해 사내를 돌아다니며 물어볼 수도 있겠지만, 다른 직원들과 고마이 씨 본인에게 왠지 미안한 마음이 들어 내 나름대로 알아보기로 했다.

예상했던 대로 회의에서 독설을 내뱉은 고마이 씨는 직원 친목회 사진에 찍힌 중년 여자와 동일 인물이었다. 과거의 직원 친목회 사진을 뒤지다 장소가 똑같았던 팔 년 전 사진에서 전무의 머리를 붙잡으려 한 여자가 찍혀 있는 것을 찾아냈다. 그 사진 속에서 여자는 얼굴을 찡그리지도 점잔을 빼지도 않고, 양파를 썰거나 고기를 구우면서 웃고 있었다. 그때 내 뒤를 지나가던 총무부장에게 "이 사람 누구예요?"라고 물었더니 고마이 씨라는 대답이 돌아왔다.

"좋은 사람이었지. 안심하고 일을 맡길 수 있는 쾌활한 사람이었어."

"그렇군요."

"할 말은 하는 성격이었지만 말이야. 나도 젊었을 때는 지금 생각하면 촉박한 기한으로 일을 부탁해서 많이 혼났지.”

옛 생각을 떠올리는 듯한 부장의 말투에 나는 “그렇군요.” 하고 고개를 끄덕였다. 고마이 씨는 자전거로 출퇴근을 했고, 퇴직 후였지만 돌아가신 그 장소가 회사와 집의 딱 중간 지점이었다는 이야기도 들었다.

팔 년 전 직원 친목회 사진을 더 살펴봤더니 전무에게 휘둘린 올해의 친목회와 똑같은 상황이 펼쳐져 있었다. 전무는 당시에도 직원에게 자신이 잡은 물고기를 들게 하며 흡족해했고, 사진 속 고마이 씨는 물고기를 들고 있을 때만큼은 무표정이었다. 나는 고마이 씨 대신 얼굴을 찡그렸다.

‘새 폴더’의 사진을 다시 확인하자 전무의 머리를 붙잡으려 얼굴을 찡그리고 있는 고마이 씨는 여전히 사라진 상태인 반면, 단체 사진에서 점잔을 빼고 있는 고마이 씨는 어째서인지 부활한 상태였다. 나는 모니터에 표시된 그 사진을 휴대폰으로 촬영했다. 오늘날 심령사진이라는 것이 어떤 원리로 찍히는지는 몰라도 그때는 한 번 촬영해 두면 고마이 씨의 모습이 저장된다고 생각했다.

그 후 며칠에 걸쳐 내 책상 서랍을 정리했다. 고마이 씨가 사용했을 법한 물건을 선별하기 위해서였다. 내 앞의 전임자 두 명은 반년씩 근무했으니까 비교적 손때 묻은 물건을 골라내면 됐다. 낡은 데스크펜과 묵직하고 잘 잘리는 가위, 두툼한 플라스틱

모눈자를 찾아냈다.

　일주일간 고민한 끝에 예전 직원 명부에서 고마이 씨의 주소를 알아내 집으로 전화해 보기로 했다.

*

　"전무가 싫다는 말은 했습니다. 이번에도 똑같은 짓을 해서 참을 수가 없었나."

　고마이 씨의 남편은 내게 받은 데스크펜 뚜껑을 열면서 말했다.

　"회사에서 한번 시험해 봤는데요, 아직 쓸 수 있더라고요."

　"그렇습니까." 하고 카페의 냅킨을 집으려는 그에게 나는 스케줄 노트의 끝부분을 찢어서 건넸다. "미안합니다."라며 그는 종이에 사각사각 물결표를 그렸다.

　고마이 씨의 남편은 반들반들한 머리에 모발이 조금밖에 없었지만 얼굴이 그런 머리와 썩 잘 어울려 허전한 느낌이 전혀 없었다.

　"가능하면 내 앞에 나타나 줬으면 좋겠는데. 아내는 회사와 집, 딱 중간 지점에서 떠났단 말이죠. 회사 일을 워낙 좋아하기는 했지요."

　비가 오던 그날, 고마이 씨는 슈퍼마켓에서 장을 보고 돌아오는 길이었다. 자전거 바구니에 물건을 꽉꽉 눌러 담고 오른쪽 핸들에도 물건이 잔뜩 든 에코 백을 걸친 채 자전거를 타고 있었다. 우산은 기구로 고정해 놓은 채 이따금 핸들에서 손을 떼고 비가 그쳤는지 확인하면서 달렸다. 그녀의 뒤에서 자전거를 타고 있다 곧 추월한 고등학생이 그렇게 증언했다고 한다. 고등학생은 우산을 쓰지 않아서 서두르고 있었다.

"비가 그쳤을 무렵 우산을 접기 위해 한 손을 뗐을 때 맨홀 위를 지나가면서 미끄러진 것 같더군요. 그래서 옆으로 쓰러졌는데 운 나쁘게도 머리를 부딪힌 겁니다. 나와 딸에게는 아침마다 조심하라고 잔소리를 하고 외출했으면서 정작 자기는 자전거를 그렇게 위태롭게 탔다니."

남편은 머리를 싸쥐며 말을 이었다.

"자전거 바퀴에 공기를 넣은 직후라 신이 나서 까불다가 그런 걸까요?"

이내 남편은 고개를 들어 작게 웃었다.

내가 휴대폰으로 촬영한 단체 사진 속 고마이 씨는 아직 남아 있었다. 남편과 그 사진을 본 뒤 "보내 드릴까요?" 물었더니, "글쎄요." 하고 망설이는 사이 고마이 씨는 모습을 감추었다. 왠지 미안한 마음에 죄송하다고 사과하자, 그는 "괜찮습니다. 그런 곳에 아내의 모습이 찍혀 있는 것 자체가 부자연스러운 일이니까요."라며 손을 내저었다.

나는 "잠시 실례하겠습니다." 양해를 구한 뒤 일단 챙겨 온 회의 음성 파일을 플레이어에서 재생해 봤지만, 전무의 발언 뒤에

들어가 있던 고마이 씨의 독설과 사장에 대한 지적이 전부 사라
져 있었다.

내 황당무계한 이야기를 믿어 준 고마이 씨의 남편에게 아내
의 작은 흔적이라도 건네고 싶었는데 무리였던 걸까. 거의 포기
할 듯한 심정으로 플레이어의 재생 막대를 맨 끝으로 이동하자,
차분한 목소리가 들려와 나는 또 의자에 앉은 채 뒤로 홱 물러날
뻔했다.

"사실 헤어스타일은 개인의 자유라고 생각하지만 직원을 일부
러 단절시키거나 친목회 자금을 개인적인 즐거움에 유용하는 건
아니라고 생각했어요. 그랬더니 나도 모르게 말이 튀어나왔지
뭐예요."

카페의 의자는 바퀴가 달려 있지 않아 바로 뒤에 있는 의자에
살짝 부딪혔지만 아무도 앉아 있지 않아 다행이었다.

이어서, "미안하지만 이어폰을 빼고 남편에게 들려주세요."라는
목소리가 나왔다. 나는 일시 정지 버튼을 누르고 이어폰을 뺀 뒤
플레이어를 남편 앞에 놔두었다. 고마이 씨가 말하기 시작했다.

"마사오, 좋은 사람이 나타나면 꼭 행복해져야 해. 그렇잖아도
지켜보고 있어."

남편은 고개를 끄덕이며 대답했다. "알겠어, 하루요."

식사의 맥락

사람은 음식 정보를 접하면 먹고 싶어지는 생물이라고 생각한
다. 그런 동조에 이르게 되는 과정에는 몇 가지 종류가 있다. 단
순히 눈앞에 있는 사람이나 가게 옆 테이블 손님이 먹는 음식이
먹고 싶어지는 직접적인 상태가 있는가 하면 TV나 만화, 소설
속에서 누군가가 먹는 음식이 먹고 싶어지는 간접적인 반응도
있다. 특히 TV는 음식의 취재 영상과 드라마나 영화 속 등장인
물이 먹는 음식으로 다시 나뉜다. 또 인터넷 기사에는 맛있는 음
식 정보나 SNS 음식 사진 업로드로 보는 이의 침샘을 자극하는
이른바 '음식 테러'도 존재한다.

어떤 상황에서 쉽게 영향을 받는가는 사람에 따라 다르다. 나
는 주변의 타인이 먹고 있는 음식과 영화, 만화, 소설 속에 등
장하는 음식에 영향을 많이 받는다. "얼마나 맛있다고요."라고

추천하는 취재 영상은 그 작위적인 느낌에 마음이 굳어 버리는지 별로 관심이 생기지 않으며 SNS 속 음식 테러에도 덤덤하다. 그 반면 사람이 살아가기 위해 당연히 챙겨 먹는 식사에는 영향을 쉽게 받는다. 인생에서 처음 마음을 사로잡은 음식은 동화책 《곰 세 마리》에서 소녀가 아기 곰에게 먹인 수프였다.

최근에는 이런 책 외에 내가 만든 '식사 스토리'에도 영향을 받는다는 것을 깨달았다. 예를 들어 딱히 먹고 싶지는 않아도 재료비가 적게 든다는 이유로 나폴리탄스파게티가 '먹고 싶어져야' 하는 경우, 나는 삼십팔 년간의 인생에서 발견한 온갖 카페 입구를 머릿속에 떠올린 뒤 들어가고 싶은 5순위쯤 해당하는 곳을 선택한다. 실제로 방문한 적이 있는지 없는지는 상관없지만 어쩌면 없는 편이 효과적일지도 모른다. 방문한 적이 있는 카페의 경우 만약 그곳 메뉴에 나폴리탄스파게티가 없으면 그 시점에서 스토리의 맥락이 끊기기 때문이다.

그런 다음 본 적 있는 그럴듯한 카페의 실내를 떠올린다. 이번에는 그 풍경 속에 나를 배치한다. 가능하면 그때의 내가 어떤 상황인지도 함께 상상한다. 가령 대학 졸업 직후 취업 활동을 하던 어느 날, 면접을 보고 집에 가는 길이라고 가정한다. 면접을 잘 봤는지 어땠는지 하나도 모르겠다. 어쨌든 끝나서 후련하다. 물론 모레 또 면접을 보러 가야 하지만 오늘 남은 시간과 내일은 면접과 상관없이 지낼 수 있다. 나는 물을 마시고 난 뒤 벽에 걸린 마티스의 그림 액자를 올려다보고 한숨을 내쉰다. 야수파다.

그나저나 긴장했다. 학교 다닐 때 동아리에 가입하지 않고 쉬는 날 단기 아르바이트를 한 일에 대해 오 분은 지적을 받았다. "여유 시간에 자네는 뭘 했는가?" 그 질문에 나는 할 말이 없었다. 대학생인 나는 학교와 상관없이 일반인 동호회에 가입해 밤낮없이 오리지널 보드게임을 만들었기 때문이다. 그 일에 대해 처음 취업 면접에서 밝혔을 때 면접관은 "뭐, 게임? 종이로 하는 건가?" 하고 의아한 표정을 지었다. 그 이후 다시는 면접에서 그 이야기를 꺼내지 않았고 대신 "독서를 했습니다.", "영어와 독일어 독해 공부를 했습니다(해외 보드게임의 룰을 이해하기 위해서였지만 독학은 좋은 평가를 받지 못했다).", "텃밭을 가꾸었습니다(당시 어울리던 언니에게 받은 바질 모종을 베란다에서 키우고 있었기에 이것도 어떤 의미에서는 사실이다)."라는 식으로 대답하게 되었다.

거짓말을 한 것은 아니지만 진짜 내 모습을 숨길 때마다 마음에 조금씩 앙금이 쌓인다. 언젠가 느낌이 좋은 면접이 있으면 그때는 나 자신에 대해 솔직히 말하고 싶다. 필요하면 작품을 선보이겠다. 아니, 안 되나.

모레까지는 면접과 상관없이 지내도 되는데 자꾸 생각하고 만다. 어쨌든 지금은 하나 해치운 것을 칭찬하고 싶다. 그때 주방에서 버터와 양파, 케첩의 향기가 풍겨 온다. 나는 테이블 끝에 놓인 메뉴판을 들고 나폴리탄스파게티를 주문했다…….

이런 상황을 구체적으로 상상하면 신기하게도 나폴리탄스파게티가 먹고 싶어진다. 그게 아니면 안 되는 입이 된다.

오늘은 중국식 계란덮밥인 덴신항을 먹을 예정이었다. 얼마 전 동네 전철역 앞 중국집 체인점에서 받은 작은 쿠폰 북 중 마지막까지 남은 것이 덴신항 쿠폰이었기 때문이다. 다른 쿠폰은 순조롭게 사용했는데 이상하게 덴신항 쿠폰은 계속 남아 있었다. 꽤 좋아하는 음식인데도 다른 메뉴와 비교하면 늘 우선순위에서 밀리는 것이다. 한 번은 받은 쿠폰 북을 남김없이 다 쓰는 경험을 해 보고 싶었지만, 오늘은 쿠폰 사용 기한인데도 덴신항은 전혀 당기지가 않았다. 그리하여 내 안에서 수요를 창출해야 할 지경에 이른 것이다.

정시 퇴근 후 흔들리는 지하철 안에서 내게 일어날 수 있는 덴신항 스토리를 짜기 시작했다. 일단 야근을 한 것으로 설정했다. 야근은 흔하긴 해도 보편적인 효과가 있다. 나는 단골 거래처에서 불합리한 사양 변경 요구를 받았다. 그동안 수차례 확인했는데도 불구하고 말이다. 그 일을 처리하느라 녹초가 되었다. 시각은 밤 10시를 지났다(실제로는 6시 55분).

이제 지하철역에서 내려 지상으로 나가는 계단을 대각선으로 올라간다. 지쳐서 똑바로 올라갈 수가 없다. 지그재그를 그리며 계단을 올라가 출구에 다다른 순간 망연자실한다. 비다. 비가 많이 온다. 아니, 이왕 이렇게 된 거 게릴라성 폭우로 하자.

나는 우산을 가지고 있지 않다. 아니, 가지고 있다. 빈약한 접이식 우산을. 조심스레 우산을 펼치려 하지만 어찌나 피곤한지 우산살을 조금씩 펴는 것조차 힘겹기만 하다.

겨우 우산을 펼치고 빗속으로 나간다. 신발 속에 몇 초 만에 물이 들어가 발이 미끄덩거리기 시작한다. 나를 닦달하듯 쏟아지는 비도 괴롭지만 힘들어서 빨리 앉고 싶다. 머리가 흐리멍덩하다. 지하철 출구에서 가장 가까운 백반집 체인점에 들어가려다 밖에서도 만석인 것이 보여 울고 싶어진다. 어쩌면 울었을지도 모른다.

비에 더해 바람까지 분다. 거센 바람이 접이식 우산을 붙들고 이리저리 끌고 다녀 나도 덩달아 이리 갔다 저리 갔다 한다. 우산이 뒤집어지기 직전이다. 바로잡을 기운도 없다. 우산의 절반이 위로 뒤집어진다. 몸의 오른쪽이 순식간에 흠뻑 젖는다.

또 거센 바람이 불어 나를 중국집 앞에 데려다 놓는다(오늘은 직접 해 먹지 않으니 실제 있는 가게로 한다). 가게 안에는 드문드문 빈자리가 있다. 나는 비틀거리며 가게 안으로 들어간다. 출입구에서 가장 가까운 자리를 차지한 가족 단위 손님 중 남자 중학생이 그릇에 담긴 덴신항을 사기 숟가락으로 뜨는 모습을 본다. 갈색 소스가 방금 숟가락으로 뜬 부분으로 흘러내린다.

좋아, 덴신항을 먹는 거야, 하고 나는 눈이 뜨인다. 이제 덴신항 외에 다른 생각은 할 수가 없다.

집 근처 역에 도착해 전철을 내렸다. 의기양양하게 쿠폰을 준 중국집으로 향했지만, '오늘은 직원 연수가 있어 휴점합니다'라는 안내문 앞에 우뚝 멈춰 서야 했다. 왜 하필 식욕이 한껏 자극된 오늘 같은 날에…… 아니, 쿠폰을 쓸 수 있는 마지막 날에 연수라니.

나는 그 자리에 주저앉을 뻔하면서 부랴부랴 휴대폰을 꺼내 '덴신항 조리법'을 검색했다. 만들어 본 적은 없다. 서른여덟 살인 지금 새로운 레퍼토리를 획득하기에는 조금 늦었을지도 모른다. 요리는 그럭저럭하지만 걸쭉한 음식은 만든 적이 없다. 그래도 집에 찬밥은 있다. 다행히도.

'소요 시간 이십 분'이라고 쓰인 것을 보고 인상을 쓰면서 밥을 감싼 계란 옷 위에 뿌려진 걸쭉한 소스를 상상했다. "무자비하게 내려진 셔터 앞에서 전분이라……." 이렇게 중얼거리고 있자 정말 가랑비가 내리기 시작했다.

추가 나눔의 전말

A4 크기의 책자가 들어가도록 만들어진 노란색 쇼핑백에는 그 대각선을 가로지르듯, 펼친 책이 서서히 새로 변하는 타임 랩스의 일러스트가 인쇄되어 있었다. 쇼핑백은 총 세 개로 일러스트 선의 색깔은 각각 짙은 초록색, 팥색, 감색이었다. 오래된 종이 쇼핑백이었다.

나는 속에 든 물건의 형태로 둘둘 말린 쇼핑백을 펼쳐서 엄마에게 보여 줬다.

"옛날 생각 난다. 옛날에는 서점에서 책을 사면 이런 쇼핑백에 넣어 줬는데."

"외할아버지는 무슨 책을 샀는데?"

"다달이 원예 잡지를 사셨어. 최근에는 별로 없었지만 십 년쯤 전까지는 정원에 화초가 가득했잖니."

"그랬나? 수수한 화초였나 보다."

"매화나무도 있고 명자나무도 있었는걸."

"아, 생각났다. 이름은 좀 촌스러운데 명자꽃 예뻤지."

"그러게. 그런데 엄마가 키우려고 했더니 시들어서 버렸지 뭐니."

엄마는 담백하게 말한 뒤 우리 집에서 허락도 없이 끓인 차를 다 마시고 "그럼 그건 알아서 해."라는 말을 남기고 돌아갔다.

서점 쇼핑백 세 개에는 죄다 볼펜이 들어 있었다. 그것도 아주 잔뜩. 엄마는 중고 거래 앱에 이 볼펜을 올렸다가 일주일이 지나도록 사겠다는 사람이 없자 전부 버리려 했지만, 필기도구인 만큼 일단 글쓰기로 생계를 유지하는 내게 전화해 물어보기로 했다고 한다.

"외할아버지 유품 중에 볼펜이 엄청나게 나왔는데, 너 쓸래? 이제 손으로는 안 쓰던가? 무슨 글이든 다 컴퓨터로 쓰고 있니? 필요 없어?"

나는 연신 날아드는 엄마의 질문을 밀어 헤치듯 일단 받겠다고 대답했다. 그리하여 엄마가 서점 쇼핑백 세 개를 들고 우리 집에 찾아온 것이다.

일단 쇼핑백에서 볼펜 묶음을 꺼내 바닥에 펼쳐 놓고 일일이 세어 보니 168자루였다. 한 자루도 빠짐없이 초록색이다. 이 정도면 쟁여 놓은 거네……, 라고 생각했다.

그러고 보니 어렸을 때 외할아버지가 문구 할인점과 작긴 해도 동네 문방구에 자주 데려갔던 일이 생각났다. 나도 문구류를 좋아해서였지만 외할아버지가 사 주는 것은 색칠 공부, 종이 인형, 미로 찾기 책 등 매번 달랐던 것 같다. 외할아버지는 아마 문구류를 살 기회가 있을 때마다 이 초록색 볼펜을 사서 모았을 것이다. 그것도 매장에 있는 것을 싹쓸이할 기세로.

초록색 볼펜은 액체 상태로 잉크가 들어 있는 직액식 펜으로, 상품명은 '레터B'였다. 공식 홈페이지를 살펴보니 B는 bold(명확한)의 B라고 설명되어 있었다. '레터B'는 지금도 볼펜 매장의 끝부분에 위치해 눈에 띄지는 않아도 꾸준히 팔리는 상품이다. 나도 몇 자루 사용한 적이 있다. 색상은 검정, 빨강, 파랑의 세 가지로 요즘 볼펜치고는 가짓수가 적다. 외할아버지가 생전에 168자루나 모은 초록색은 지금은 없다. 더 검색해 보니 팔 년 전 제조가 중단되었다고 한다. '마지막 잉크 한 방울까지 막힘없이 쓸 수 있다'는, 그야말로 기본에 충실한 볼펜을 콘셉트로 내세운 '레터B'의 사용자 입장에서는 색상은 흑·적·청만으로 충분하고 초록색은 필요 없었던 것이다. '레터B' 초록색은 가장 나중에 등장해 가장 먼저 라인업을 떠났다.

나는 바닥 위에 168자루의 초록색 볼펜을 한 방향으로 가지런히 늘어놓았다. 아까 엄마가 "적어도 검정색이었으면 좋았을 텐데."라고 불평했을 때는 반감을 느꼈는데 지금 이렇게 보니 나도 비슷한 감정을 느끼고 있었다. 검정색이라면 잘 보관해 놓고 평생 이 볼펜 아니면 안 쓴다는 각오로 임하면 어느 정도 써서 없앨 수 있을지도 모른다.

그러나 초록색이다. 좋은 색이긴 해도 서류 같은 데에는 사용할 수 없다. 메모나 일기를 쓰려 해도 나는 사적인 글은 거의 휴대폰을 이용하고 편지를 손 글씨로 쓰는 일도 없다.

엄마가 중고 앱에 올렸다 실패했을 때는 상품명을 '초록색 볼펜 100자루 이상'이라고 대충 지어 썼다고 한다. 제대로 된 상품명과 정확한 수량을 적어야 한다고 말하자, 엄마는 세다 보니 귀찮아서 그랬다고 대답했다. 엄마에게 있어 '귀찮다'는 이제껏 해 온 많은 일들이 이미 그녀의 인생을 물들여 놓아, 앞으로 아무리 세월이 흘러도 귀찮게 여기지 않는 일은 없다는 것을 의미했다.

그래서 초록색 볼펜 168자루를 들고 우리 집에 왔을 때는 조금 놀랐다. 아마도 외할아버지의 유품이라 함부로 할 수 없었을지도 모른다.

필기에는 자주 쓰이지 않는 초록색인 만큼 값을 얼마로 책정해야 할지도 고민되었다. 볼펜은 외할아버지의 손을 거쳤으니 중고로 취급해도 되겠지만 일률적으로 같은 값에 팔리는 새 상품에 비해 중고 시장은 색상에 매우 엄격하다. 손 글씨, 키보드, 음성 등 다양한 입력 방법 중, 나는 휴대폰을 가장 좋아해서 저렴한 중고 공기계(심 카드를 뺀 스마트폰의 본체)를 네 개나 가지고 있는데 전부 핑크색이다. 핑크색을 좋아해서가 아니라 중고로 나올 때 실버나 검정, 파랑에 비해 핑크색이 같은 기종, 같은 손상 정도일 경우 가장 저렴하기 때문이다. 그러고 보면 중고품 가격은 참 정직하다. 핑크색은 무난한 색이 아니라는 뜻이리라. 사겠다는 사람이 없는 초록색 볼펜도 그럴지도 모른다.

손 글씨를 쓰는 일이 거의 없어서 잠시 집 안을 돌아다니며 종이를 찾아봐야 했다. 그러다 내용물이 없는 우편물 봉투를 발견해 초록색 '레터B'로 시험 삼아 글씨를 써 봤다. 좋은 색이다. 눈이 편안하다. 생각보다 진하지 않고 가벼운 초록색이었다. bold의 느낌은 아니다. 어쩌면 이것이 단종의 원인일 수도 있는 반면 외할아버지가 이 볼펜을 애용한 이유일지도 모른다고 생각했다.

"휘도차(輝度差) 말인데." 하고 몇 년 전 외할아버지가 말한 적이 있다.

"에이야, 그거 아니? 배경이 하얗고 글자가 검으면 눈이 따끔따끔하고 피곤해지지 않느냐."

그래서 컴퓨터 프로그램의 배경 색을 회색으로 바꾸는 방법을 가르쳐 달라고 내게 부탁한 것이다. 외할아버지가 이것저것 알아봤더니 사용 프로그램에 따라 배경을 바꾸는 방법이 다르다며 같이 생각해 달라는 것이었다. 외할아버지는 불편한 원인에 대해 귀찮아하며 내팽개치는 것이 아니라 나름대로 타협점을 찾는 사람이었다. 나는 몇 번에 나눠서 외할아버지가 평소 사용하는 응용 프로그램의 배경 색을 변경했다.

종이는 대체로 하얗다. 그래서 검은색보다 진하지 않고 빨간색보다는 눈이 편한 초록색 볼펜이었던 것이다. 인터넷을 검색해 보니 파란색도 사진상 상당히 진한 색으로, 외할아버지는 종이와의 휘도차를 끝내 해결하지 못했을지도 모른다. 그러고 보니 나도 입시 공부를 할 때만큼은 외할아버지가 나눠 준 초록색 볼펜을 사용했던 기억이 난다. 초록색 글자 위에 초록색 셀로판지를 대면 내용이 가려져 암기하는 데 도움이 되는 그 방법이다. '레터B'는 필기감이 부드럽고 색상도 좋고 편리했지만 대학에 입학하자 암기할 일이 없어 초록색 볼펜과도 소원해졌다. 지금은 볼펜 자체를 손에 쥐는 일이 거의 없기는 하나 검정, 빨강, 파랑, 초록 중 어느 하나를 선택해야 한다면 검정색을 선택할 것이다.

초록색으로 쓴 쇼핑 메모가 냉장고에 붙은 것을 본 적이 있지만, 외할아버지는 초록색 볼펜을 거의 일기라고 해야 할지 하루 일과를 쓰는 일에 사용했다. 외할아버지가 돌아가신 뒤 수십 권의 노트가 발견되었다. 노트에는 외할머니의 병상, 외할머니와의 대화 내용, 자신의 몸 상태, TV 시청, 음식 감상, 취미인 화초 키우기 등 다양한 내용이 쓰여 있었고 공원에서 물새를 보고 그린 그림도 있었다. 어쨌든 뭔가를 꾸준히 쓰고 있었던 것이다.

외할머니가 돌아가신 뒤에는 요리 메모를 하는 데 열중했다. 처음에는 조리법대로 만들어 보고 그것을 나름대로 응용한 내용을 기록해 두었다. 내가 봐도 고개가 절로 끄덕여지는 것이 많이 있었다. ‘조금 더 짜게 해도 괜찮겠다’는 메모가 적혀 있는 것을 봤을 때는 아니야, 할아버지, 그러지 마, 라는 말이 튀어나올 뻔했다.

엄마의 오빠인 외삼촌이 기록물을 좋아해서 전자화를 하겠다며 일기를 거의 가져가는 바람에 나는 그중 한 권만 받을 수 있었다. 조만간 스캔을 할 테니 빌려 달라는 연락은 이미 외삼촌에게 받았다. “내용 읽었어?”라고 묻자, 외삼촌은 “그래, 스케치나 요리 메모더라.” 별 감흥 없이 말했다. 그러고는 “볼 거면 데이터화 작업이 끝나고 봐.” 이렇게 덧붙였다. 외삼촌은 기록을 망라하는 작업에 관심이 있을 뿐 내용에는 관심이 없는 모양이었다.

외할아버지가 생전 초록색 볼펜으로 뭔가를 쓰는 모습을 자주 봤기에 나는 외할아버지에게 특이한 색을 좋아하느냐고 물었다. 그렇다는 대답이 돌아와 대학 졸업 후에 첫 월급을 받아 고등학생이 쓸 만한 저렴한 만년필과 진한 핑크색, 황토색, 초록색 같은 흔치 않은 색상의 잉크 카트리지 세트를 선물했다. 외할아버지는 평범하게 기뻐하면서도 그런데 왜 이걸? 하고 의아해하는 눈치도 있었다. 결국 선물받은 것은 불단에 올려놓는다는 관습대로 내가 준 선물도 오랫동안 그곳에 올라가 있었다.

그렇게 거의 일 년간 불단에 올라가 있다가 어느 날 갑자기 없어졌다. 외할아버지에게 사용하기로 한 거냐고 묻자, 외삼촌이 안 쓸 거면 내가 챙긴다고 가져갔다는 것이었다. 나는 착잡한 기분이 들었지만 나중에 외삼촌이 "에이가 할아버지한테 재미있는 걸 선물했더라." 하는 말에 왠지 기분이 사그라들어 그 일은 결국 잊어버렸다.

*

나는 곧바로 초록색 볼펜을 써 보기로 했다. 나흘 만의 쇼핑 메모에 사용하기 시작하면서 나 혼자 168자루를 소진하는 일은 지극히 험난한 길임을 깨달았다. '레터B'의 머리와 꼬리 양쪽 끝 부분은 내장된 잉크와 동일한 색인데 반해 축 자체는 투명해서 잉크를 얼마나 썼는지 정확하게 알 수 있다. 초록색 잉크는 사용 전과 후에도 축을 찰랑하게 채우고 있을 뿐 내 쇼핑 메모 정도로는 잉크가 전혀 줄지 않은 모습이었다.

하는 수 없이 의뢰받은 음성 파일을 글로 옮겨 적는 일에도 사용해 봤지만 휴대폰 음성 입력으로 적는 편이 압도적으로 빨랐다. 손도 피로하지 않았기에 손 글씨는 십오 분 만에 좌절되었다. 168자루는커녕 여덟 자루도 감당 못 하겠다고 다시 생각했다. 결국 고민 끝에 볼펜을 열 자루씩 죽 늘어놓고 사진을 찍었다.

['레터B' 초록색 / 그린, 열 자루 세트]

인터넷 경매 사이트에 올릴 문구를 지으면서 머리 한구석으로는 가격을 얼마로 해야 하나 고민하자 벌써 의지가 꺾일 것 같았다. '레터B' 한 자루의 정가는 100엔이지만 그렇다고 1,000엔으로 하면 안 된다는 것을 왠지 알 것 같았다. 반값인 500엔도 좀 비싼 느낌이 든다. 어쩌면 열 자루에 100엔 정도가 타당할 수도 있겠지만 외할아버지가 애써 모은 '레터B'를 그런 헐값에 처분하기는 싫었다. 그럴 바에는 진심으로 원하는 사람에게 무료로 몽땅 주는 편이 나았다.

그리고 열 자루씩 팔 경우 내 몫으로 여덟 자루를 빼놓는다 해도 거래를 열여섯 번이나 해야 한다. 나는 판매자로서도 구매자로서도 경매 사이트를 이용한 적이 없고, 열여섯 번이나 입금을 확인하고 물건을 부쳐야 한다니 그것만으로 정신이 아득해졌다. 가능하면 서른 자루, 아니 쉰 자루 단위로, 단종된 '레터B' 초록색의 가치를 아는 사람에게 건네주고 싶었다.

이성을 잃고 TV 탐정 프로그램에 엽서를 보내려고 스마트폰 공기계로 문자를 입력하다, 채택될지 안 될지로 또 안달복달하겠구나 싶어 생각을 고치고 SNS의 힘을 빌리기로 했다. 문구(文具) 인플루언서 같은 사람을 찾아보고 도움을 구하기로 한 것이다.

나는 이번에는 168자루를 전부 바닥에 죽 늘어놓고 사진을 찍었다. 책상 스탠드를 가져와 조명을 이리저리 비춰 가며 예쁘게 나온 사진과 약간 괴상한 사진을 다 찍어 두었다. 괴상한 사진을 이용해 외할아버지를 특이한 사람으로 보이게 하면 사람들이 더 주목할 것 같았기 때문이다. 그리고 오직 초록색으로만 기록된 외할아버지의 일기 중 스케치 부분 등을 촬영해 공기계에 담았다.

　문구 인플루언서를 선정하는 데 사흘이 걸렸다. 희귀하고 고급스러운 물건을 취급하는 사람보다는 누구나 살 만한 서민적인 물건을 고집하는 사람이 바람직하다고 생각해 최종 후보를 세 명으로 압축한 뒤, 그동안 업로드한 글들을 거슬러 올라가 읽었다. 한 명은 반년 전부터 간헐적으로 직장 후배의 험담을 써 놓았고, 또 한 명은 관심사가 문구류에서 K-POP으로 옮겨 가는 중인 듯했다. 결국 서른 살 전후로 보이는 '히스이(翡翠)●'라는 사람에게 168자루의 초록색 볼펜과 외할아버지의 일기 사진을 첨부해 쪽지를 썼다.

　'이런 이유로 가능하면 애착을 가질 수 있는 분에게 보내 드리고 싶습니다. 한 건당 쉰 자루 단위로 생각 중입니다. 택배비는 제가 부담하겠습니다. 모쪼록 널리 알려질 수 있도록 잘 부탁드립니다. 볼펜 색상은 비취색이라고 해도 될 정도라고 생각합니다. 이름이 똑같다는 인연에 기대게 해 주신다면 외할아버지도 저도 행복할 겁니다.'

● 비취라는 뜻

*

이틀 뒤 히스이 씨로부터 답장이 왔다.

'외할아버지께서 아주 많이 모으셨군요. 저는 이 볼펜을 서른 두 자루나 가지고 있답니다. 제가 받기는 힘들어도 다양한 사람들에게 알리면 원하는 사람이 반드시 나타날 거라고 생각해요.'

이어서 히스이 씨는 택배비가 무료, 볼펜도 수십 자루가 무료이면 갖고 싶지 않아도 그냥 받아 둘 요량으로 응모하는 사람도 있기 때문에 택배비 + 볼펜 값으로 1,000엔은 받는 편이 낫다는 조언을 해 주었다. 듣고 보니 그냥 받아 두려는 사람에게 외할아버지의 유품을 넘기고 싶지는 않으므로 그 말에 따르기로 했다.

히스이 씨가 자신의 SNS 계정에 볼펜에 대한 글을 올리자 글을 읽은 사람들이 폭발적으로 반응하고 있다는 것을 알 수 있었다. '옛날 생각난다', '갖고는 싶은데 쓸 일이 없네'와 같은 도움도 방해도 되지 않는 댓글은 그냥 지나쳤지만, '할아버지 이상해', '이런 유품은 좀 민폐잖아(쓴웃음)'와 같은 댓글에는 뭐래! 하고 씩씩댔다. 히스이 씨가 노력해 주는 것은 참으로 고마운 일이지만 특이한 물건을 원하는 사람을 비용을 들이지 않고 찾기란 어려운 일인 데다 관심을 끌기 위해서는 사생활까지 드러내야 하는구나 싶어 조금 서글펐다.

히스이 씨는 쪽지로 연락해 온 사람에게 내 메일 주소를 전달

하는 식으로 중개 역할을 해 주었다. 글을 올린 지 이틀이 지나자 메일로 첫 연락이 왔다. '미도리카와 미도리(緑川碧)'라는 이름의 여성으로(본명), 이름에 초록색이라는 뜻의 '미도리'가 들어가 있어 같은 색의 물건을 수집 중이라 볼펜을 꼭 받고 싶다고 했다. 곧바로 '그렇군요'라고 답하고 우체국 택배 봉투에 볼펜을 넣어 보내도 되었지만 일단 유품이기도 하고 먼 거리 사람인 까닭에 화상으로 면담을 하기로 했다.

대학을 졸업할 때까지는 자신의 이름이 싫었지만 최근에는 이야기 소재 등으로 삼고 있고, 그러다 보니 좋아졌다고 이십 대 중반으로 보이는 미도리카와 미도리 씨는 말했다.

"성씨에 동물명이 들어간 사람이 사인을 할 때 그 동물 그림을 그리기도 하잖아요. 사메지마(鮫島) 씨는 상어 그림을 그리고, 쓰루오카(鶴岡) 씨는 학 그림을 그리죠. 저도 그런 식이에요."

이튿날 미도리카와 씨에게 볼펜을 보내자, 그 다다음 날에 '변변치 않지만 받아 주세요'라는 메모와 함께 연두색 포켓 티슈 20개가 도착했다. P현의 신용금고에서 배포한 굿즈로 티슈인데도 무척 예뻤다. 나는 상자에서 티슈를 꺼내 바닥에 놓고 개수를 세면서 신기한 물건을 받았다는 기쁨과 동시에 이거 못 버리겠는데…… 하는 예감에 가볍게 시달렸다. 티슈는 외할아버지가 볼펜을 넣어 두었던 노란색 쇼핑백에 담기로 했다.

두 번째는 가와쓰카 이쿠오 씨로 문구 상사를 정년퇴직한 뒤

개인적으로 문구 전시실을 운영 중인 남성이었다. '레터B는 실은 해외 손님들에게 탄탄한 인기를 끌던 명품입니다'라는 내용의 딱딱하지만 정성스러운 메일이 왔다.

굳이 따지자면 '초록색'보다는 '레터B' 자체를 높이 평가하는 듯했다. 제조 중단이 결정되었을 때 확보하려 했지만 챙겨 가려는 사람이 그럭저럭 있어서 그냥 보고만 있었다, 이번에 쉰 자루를 받는다면 열 자루는 소중히 전시하고 다섯 자루는 개인적으로 사용하고 서른다섯 자루는 퇴직 후에도 연락을 유지하는 해외의 고객에게 하나씩 보내겠다는 내용이었다.

가와쓰카 씨도 멀리 사는 사람이었기 때문에 이번에도 화상 통화로 면담을 했다. 시험 삼아 "해외 고객들 가운데 가장 먼 곳은 어디인가요?"라고 묻자, "그린란드입니다."라는 대답이 돌아와 나는 그 일을 외할아버지에게 알려 주고 싶어졌다. 할아버지의 초록색 볼펜이 그린란드에 간대.

가와쓰카 씨는 '레터B' 초록색이 단종되었을 때 사 두지 않은 것을 깊이 후회하는지 화상 통화 내내 감격에 겨워했다. 내가 볼펜을 보낸 뒤 그는 '귀중한 물건을 양보해 주셔서 고맙습니다!'라고 답하며 지금은 단종된 문구사의 노트 열다섯 권을 보내왔다.

바닥에 크기, 표지 색, 괘선의 굵기가 제각각인 노트를 죽 늘어놓았다. 그러면서 나는 거의 손 글씨를 쓰지 않는데……, 하는 생각에 또 다소 망막한 기분을 느꼈다. 그래도 어느 학습용 노트

의 표지 사진이 내가 아주 좋아하는 에투피리카*였고 부록 칼럼
이 '쿨링오프**에 대한 정리'였기에 이것도 필요할 수도 있겠다
싶어 고이 간직해 두기로 마음먹었다. 가와쓰카 씨는 모든 노트
에 대해 간단한 설명을 적은 메모지를 동봉해 주었다. 에투피리
카 노트는 '생활의 토막 지식' 시리즈로 회사에서도 큰 화제가 된
칼럼이 실렸지만, '알아 두면 좋긴 해도 초등학생이 쿨링오프를
할 상황이 있나?' 하는 문제가 제기되어 다음 판에서는 다른 칼
럼으로 대체된 상품이라고 했다.

메모를 바라보다 보니 가와쓰카 씨가 보내 준, 이제 소매 채널
에서는 유통되지 않는 모든 노트가 둘도 없이 소중한 물건으로
여겨졌다. 나는 손으로는 글씨를 거의 쓰지 않지만 조금은 손을
움직여 볼까 하는 생각이 들기 시작했다. 그리고 아마도 기분상
처분하기 어려울 듯한 귀중한 노트의 행방에 대해서는 지금은
아무 생각도 하지 않기로 했다. 가와쓰카 씨의 노트도 볼펜이 들
어 있던 서점 쇼핑백에 넣어 보관하기로 했다.

마지막 쉰 자루는 기도 미치코라는 여성이 갖게 되었다. 기도
씨는 '레터B'를 제조하는 공장에서 일하다 팔 년 전 정년퇴직을
했다고 한다. '제가 정년을 맞은 해에 그 볼펜도 제조가 중단되
어 추억이 깊은 물건입니다'라고 메일에 써서 보내왔다. 기도 씨

---

* 바다오릿과의 바닷새. 크기는 갈매기만 하고 온몸이 검은 갈색이며 부리가 평평하고 크다.
** 일정 기간 소비자가 행한 계약을 취소해도 계약금을 다시 받을 수 있도록 한 제도

는 비교적 가까이 살고 있어 직접 만나러 가기로 했다.

'기도 씨●', 메일로 그녀의 이름을 부르면서 나는 외할아버지가 모니터 화면의 휘도 이야기를 한 것이 떠올랐다. '휘도차'라고 외할아버지가 불쑥 말했을 때는 사투리인 줄 알았지만 그것은 외할아버지가 일흔이 넘어서 익힌 단어였다. 외할아버지가 휘도를 신경 쓰기 시작하면서 나도 스마트폰 공기계와 컴퓨터로 글을 쓸 때 배경 색과 글자 색의 진함에 차이가 너무 크지는 않은지 신경 쓰게 되었다.

기도 씨는 교외의 아담한 단독주택에 혼자 살고 있었다. 자식들은 독립해서 나갔고 부모에게 물려받은 집을 리모델링해 살고 있다고 했다. 작은 정원에 핀 금목서꽃을 보자 자주 놀러 갔던 외할아버지 집도 이랬지, 하는 생각이 들었다.

기도 씨는 '레터B'의 공장에서 펜촉의 세정 공정을 담당했다고 한다. 초록색은 수요가 별로 없어서 마지막 제조 때 수량이 크게 줄어 회사 관계자 중에도 가지고 있는 사람이 별로 없다고 했다.

"그립더라고요. 쉰 자루나 되는 수량 때문에 많이 망설이긴 했지만 에라, 모르겠다 하고 응모했어요."

"그러셨군요."

기도 씨는 당시 자신과 함께 일했던 동료들에게 세 자루나 다

● 일본어로 휘도를 '기도'로 발음한다.

섯 자루씩 나눠 주겠다고 했다. 그렇게 해도 스무 자루 정도는 새로운 주인을 만나지 못할 것 같다고 했다. 나는 그만 "남을 것 같으면 다시 돌려주셔도 돼요."라고 말해 버렸다. 이미 가지고 있는 열여덟 자루도 감당하지 못할 것이 뻔한데 말이다.

하지만 볼펜을 양보한 답례로 티슈도 받고 노트도 받는 동안 어쩐지 이해할 수 있었다. 운 좋게 남의 손에 넘긴 줄로만 알았는데 결국 새로운 뭔가를 떠맡게 되는 심정을. 그리고 그 상황이 결코 피해야 할 일이 아니라는 것도.

기도 씨는 나를 배웅하면서 정원을 안내해 주었다. 그리고 올해 꺾꽂이로 번식에 성공했다며 작은 명자나무 화분을 주었다. "정말 받아도 돼요?" 그렇게 묻자 "내년에 또 심을 거거든요." 하고 기도 씨는 대답했다.

"외할아버지께서 명자꽃 그림을 그리셨더라고요."

"어떻게 아셨어요? 매화랑 똑같이 생겼는데."

내 말에 기도 씨는 "명자나무 가지에는 가시가 있는데 외할아버지께서 그것도 빼놓지 않고 그려 넣으셨더라고요." 농담처럼 얼굴을 반쯤 찡그리고 웃었다.

화초를 키우는 취미는 없지만 나는 다시 외할아버지와 함께 지내는 기분으로 화분이 든 쇼핑백을 손에 들고 집으로 향했다. 볼펜으로 글씨를 쓰는 건 어려워도 그림이라면 그릴 수 있겠다 고 생각하면서.

술집에 이천번이나 가고 난 뒤에

"요코이 씨는 맛집 정보에 빠삭하시다면서요?"

엘리베이터 안에서 가도야마가 갑자기 말을 걸었다.

"아뇨, 전혀 빠삭하지 않은데요."

반사적으로 대꾸하자, 가도야마는 "야스다 씨가 그러던데요."라고 진지하게 말했다. 마치 당사자인 나보다 야스다 선배가 나를 더 정확히 파악하고 있는데 대체 무슨 소리를 하는 것이냐는 태도였다.

입사한 지 이 년이 된 가도야마는 점심시간에 내가 자주 가는 편의점에서 가끔 마주쳐 아는 척을 하기도 좀 애매하다고 느끼고 있었다. 다행히 가도야마도 내게 과하게 친한 척하는 일 없이 은근슬쩍 거리를 둬서 점심시간에 별 부담 없이 같은 편의점을 계속 이용하고 있었다.

그런데 '맛집 정보에 빠삭하다'는 일방적인 전제 아래 갑자기 말을 걸어온 것이다.

"저희 부서 마루오카 씨가 3월에 정년퇴직을 하시잖습니까."

1층에 도착하자 몸집이 작은 가도야마가 엘리베이터 열림 버튼을 누르면서 내가 먼저 내리도록 양보했다. 편의점에 가려는 구나. 그런 생각을 하고 있는데 가도야마가 정말 나를 따라왔다.

"그래서 송별회 할 곳을 정해야 하는데 부서에서 제가 '장소 찾기'를 담당하게 되었어요. 젊으니까 잘 알 거 아니냐면서 제게 시켰는데 전혀 모르거든요. 술은 한 방울도 못 마시고 친구도 없고."

가도야마는 그동안 봐 온 것 중에서 가장 길다고 할 만큼 말을 많이 하고 있었다.

편의점으로 가는 길에 사정을 들어 보니 팀에서 가도야마 다음으로 젊은, 그래도 가도야마보다 서른 살은 더 많은 아리타 씨가 가게를 몇 군데 정해 보여 줬는데 마루오카 씨는 이왕이면 팀에서 가장 젊은 가도야마가 추천해 줬으면 좋겠다며 지목을 했다고 한다. 그 사실은 둘째치고 나는 가도야마가 소속된 영업부 관공청대응팀 직원들의 고령화에 충격을 받았다.

횡단보도 신호를 기다리며 그것을 먼저 지적하자 가도야마가 고개를 기울이며 말했다.

"거의 아버지뻘 되는 사람과 일하면 의사소통을 일찌감치 포기하게 되는 부분이 있어 오히려 편하다고 생각하는데요. 그런데 설마 젊다는 이유로 잘하지도 못하는 장소 찾기 일이 주어지는 함정이 있을 줄은 몰랐습니다.”

그런데 그 가도야마의 제안도 마루오카 씨는 “조금만 더 찾아봐 주겠나? 미안하네.”라며 두 번이나 퇴짜를 놓았다고 한다. 가도야마는 마루오카 씨에게 수개월간 업무를 배웠고 마루오카 씨가 자신을 마음에 들어 하는 줄 알았지만, 어쩌면 아니었을지도 모른다고 낙담하면서 횡단보도를 건넜다. 그러다 편의점 앞에 세워진 ‘지금이라면 닭튀김 5+1!’이라는 깃발 광고판을 보고 기분 전환이 되었는지 “닭튀김이라.” 이렇게 중얼거렸다.

두 번이나 퇴짜를 맞아 고민 끝에 우리 부서의 야스다 선배에게 의논했더니, 그런 건 요코이 씨가 빠삭하다고 조언해 줘서 송별회 장소를 부탁하는 것이라고 했다. 내 성격상 딱 잘라 거절하지 못하고 입사 2년 차 신입에게 괜한 시련을 주기도 안쓰러워서 나는 “그러지, 뭐.” 하고 부탁을 들어주기로 했다.

저녁에 영업처에서 돌아온 마루오카 씨에게 사물함 앞 복도에서 인사를 건네자, 그는 “오, 요코양.” 하고 허물없이 한 손을 들었다. 나를 요코양이라고 부르는 것은 내가 아는 사람들 중 마루오카 씨가 유일하지만 그는 그런 것은 전혀 신경 쓰지 않는 모습이었다.

마루오카 씨와 나는 업무상 관련이 거의 없지만 회사 건물을 리모델링할 때 한동안 마루오카 씨 근처에서 일한 이후로 잠깐

씩 대화를 하게 되었다. 마루오카 씨가 짬이 날 때는 옛날에 나도 그 일을 했었지, 하며 이따금 내 일을 도와주었다.

마루오카 씨와 직접 일을 하는 내 또래 동료는 "그렇게 보여도 아주 칼같은 구석이 있는 양반이야. 절대 타협하지 않는 지점에 들어가면 같이 일하기가 아주 까다로워져. 그래도 평소에는 좋은 사람이야."라고 말했다. 하지만 그런 충돌이나 어긋남에 뒤끝이 남았는지 그녀는 마루오카 씨의 일에 가급적 관여하지 않으려 했다. 그것을 생각하면 나는 마루오카 씨와 업무상 관련이 거의 없는 만큼 대화하는 일은 편했다. 마루오카 씨도 그렇게 느꼈을지도 모른다.

"마루오카 씨는 '따라와서 내가 일하는 거 봐'라는 말밖에 하지 않는 분이지만 질문하면 뭐든 대답해 주는 좋은 선배라고 생각합니다."

가도야마도 그렇게 대답했다.

"자기 대신 송별회 장소를 찾아 달라고 가도야마가 부탁을 하더라고요."

"그랬군. 잘 부탁하네."

마루오카 씨는 전혀 개의치 않는 모습으로 한 손을 들어 그 자리를 떠나려 했다. 나는 얼른 따라가서 "어떤 가게가 좋으세요?"라고 다짜고짜 질문했다.

"아무 데나 다 좋아."

"그래도 가도야마가 제안한 가게를 퇴짜 놓으셨다면서요."

"딱히 상관은 없는데, 두 군데 다 지난달 다른 회사 사람들하고 갔던 곳이거든."

지난달? 하고 의문이 들어 "어디랑 어디였는데요?"라고 묻자, 전국에서 첫 번째인가 두 번째로 많은 점포를 보유한 술집 체인점이었다. 가도야마……. 어찌나 어이가 없던지 나는 어깨에 힘이 빠졌다. 술을 한 방울도 못하고 친구도 없다는 현실과 약간 동떨어진 가도야마의 말이 갑자기 현실감을 띠기 시작했다.

"정말 아무 데나 좋기는 한데. 가돗치가, 그러니까 가도야마가 도저히 못 찾겠다고 하면 그 가게라도 상관없어."

"평소에 안 마시던 거 마시고 안 먹던 메뉴도 먹어야지."라고 마루오카 씨가 덧붙이는 말을 듣는 순간 내 안에 있는 이상한 근성이 눈을 뜨는 것이 느껴졌다. 마루오카 씨가 기쁨에 겨워 춤을 추게 하겠다는 다짐마저 생길 지경이었다. 친구가 없고 술을 한 방울도 못하는 가도야마도 참 대단하다고 생각하지만 나도 참 성가신 성격이구나 싶었다.

"아무 데나 좋다고 하시는 거야 뭐 좋은데요, 송별회라는 걸 빼고 반짝 떠오르는 거 있으세요? 진짜로 반짝."

나는 머리 뒤로 두 손을 펼치고 '반짝' 하는 동작을 해 보였다. 마루오카 씨는 그런 내 모습을 재미있게 보고는 "어디 보자." 하며 고개를 기울였다.

“약간 특이한 가게에 가 보고 싶군.”

나는 고개를 끄덕끄덕했다.

“감옥이 콘셉트인 가게는 어떠세요?”

“생긴 직후에 가 본 적이 있어.”

“가다랑어짚불구이를 미니어처 배에 담아서 주는 가게는요?”

“자주 가지.”

“포켓몬 카페는요?”

“손주랑 갔어.”

나는 이런 가게의 존재만 알고 있지 실제로 가 본 적은 없다. 만만치 않다는 생각이 들었다.

“그럼 다음에 가게 또 찾아서 제안해 드릴 테니 들어 주세요.” 그렇게 인사하고 나는 자리에서 물러났다. “그래, 잘 부탁하네.” 하며 마루오카 씨는 아무런 부담도 기대도 주지 않고 손을 흔들었다.

*

그 후 나는 마루오카 씨에게 가게를 하루에 한 군데씩 제안했다. 다이쇼 시대풍 술집, 쇼와 시대 학교풍 술집, 잠수함풍 술집, 성당풍 술집 등 나로서는 한 번도 갈 생각을 하지 않은 곳이지만 특이한 콘셉트의 술집이라면 어디든 사진을 출력해 퇴근 시간 오 분 전이 되면 마루오카 씨를 향해 출동했다.

왜 출력을 해야만 했느냐 하면 휴대폰은 업무용 외에는 직장에 반입 금지인 데다, 마루오카 씨는 다른 층에 있어 컴퓨터 화면을 직접 보러 오라고 할 수도 없었고, 사내 메일도 "나중에 볼게." 하다 잊어버리기 일쑤였기 때문이다.

"딱히 상관없는데."

그 대답이 나오면 대충 결정할까 싶은 생각도 들었지만 아니야, 분명히 숨은 니즈가 있을 거야, 하고 마음 한구석에 다른 생각이 들곤 했다. "그럼 내일 또 뵐게요."라고 인사하고 나는 관공청대응팀을 지나 영업부 사람들의 의아한 눈초리를 피해 닌자처럼 복귀하기를 며칠 동안 반복했다.

다섯 번째 가게를 제안한 뒤에 마루오카 씨가 마음에 걸리는 말을 했다.

"어디든 두 시간 동안 적당히 있을 수 있으면 되지."

뭐랄까, 체념이 느껴지는 발상이라고 생각했다. 내가 가기 싫은 술자리에서 느끼는 것과 똑같은 감정을 마루오카 씨도 느끼는구나, 하고 슬며시 감탄했다. 나는 그동안 마루오카 씨를 쉽게 봤다. 아니, 그보다는 단순한 사람인 줄로만 알았구나, 착각한 기분이었다.

그러고 나서 마루오카 씨에게 가게를 제안하는 일을 며칠간 중단했다.

◆마루오카 씨는 송별회를 하고 싶지 않을지도 모른다.

◆그래서 약간 특이한 가게에 가고 싶은 것인데 어디든 가 본 적이 있거나 별로 당기지가 않는다.

이 두 가지 상황을 놓고 고민했기 때문이다. 마루오카 씨 본인과 내가 마루오카 씨라면 어떨까 하는 상상을 비교해 보면.

◆어쩌면 송별회는 안 하는 편이 나을지도 모른다.

이런 꼬인 결론에 도달해 하마터면 가도야마에게 말할 뻔했지만 그것은 지금의 상황을 더 어렵게 만들 것 같아 참았다.

송별회 장소 찾기가 난항이라고 할 만한 상황에 접어들었던 주 금요일에 전철역 승강장에서 마루오카 씨와 마주쳤다. 며칠간 가게 제안을 쉬었던 탓인지 "오, 요코양, 요즘에는 퇴근 전에 안 보이던데 무슨 일인가?"라고 마루오카 씨가 먼저 말을 걸어와서, 나는 "생각을 좀 바꿔야 할 것 같아서요."라고 대답했다.

"힘들면 정말 아무 데나 다 좋아. 결정해 주면 따르겠네."

"그게 아니라 마루오카 씨가 가고 싶어 하실 만한 곳을 제안하고 싶어서 그래요."

"으음, 그렇군. 열심히 생각해 주는데 미안하군."

그런 대화를 하면서 나와 마루오카 씨는 같은 차량에 올라탔다.

보통 전철역 승강장에서 회사 사람을 마주쳤을 경우 같은 차량에 타게 될 상황이면 휴대폰을 보는 척하며 조금 떨어진 곳으로 걸어간다. 다른 사람도 마찬가지일 것이다. 화젯거리를 찾기가 귀찮고 하물며 업무 이야기는 더 하기 싫다.

그런데 마루오카 씨와는 전철에서 나란히 앉아도 대화를 편히 이어 나갈 수 있었다.

"오늘 저녁은 뭘 먹을 건가?"

"아직 안 정했어요. 지금 영화 보러 가거든요."

"오호. 무슨 영화인가?"

"액션 영화요."

"누가 나오는?"

"제이슨 스테이섬이요."

모를 것 같은데, 라는 생각을 하며 대답하자, 마루오카 씨는 "아아, 그렇군." 하고 안다는 듯이 고개를 끄덕였다.

"전작은 아내와 봤네."

"영화 보러 자주 가세요?"

"동네에 멀티플렉스가 있거든."

"와, 좋으시겠어요."

"그렇지."

들어 보니 마루오카 씨는 내가 영화관에 가기 위해 내리는 전철역에서 다른 노선으로 갈아타기 위해 하차한다고 했다. 마루오카 씨가 사는 주택가는 역에서 십오 분은 걸어가야 하지만 도보 가능 거리에 간선도로가 있고 그 길을 따라 들어선 쇼핑센터가 있어 편리해서 좋다고 했다.

목적지인 영화관이 있는 전철역에 도착했다. 마루오카 씨는 사철 터미널에서 전철을 타고 귀가할 예정이었는데, 내가 영화 상영 전에 시간을 때우기 위해 영화관 건물로 향하려 하자, 마루오카 씨가 구경하러 가는 거면 같이 가도 되냐고 물었다.

"되죠. 그런데 오셔도 재미없을 거예요."

"그건 가 보지 않으면 모르는 거지."

그 말을 듣고 배려심을 발휘해 "어디 가고 싶은 곳이 있으세요?"라고 물었더니, "요코양이 가고 싶은 곳으로 가지."라는 대답이 돌아왔다. "그럼 저 진짜 가고 싶은 데로 갈 거예요."라면서 수입 식품점에 들어가려 하자, 마루오카 씨가 "커피 마셔야겠군." 하고 혼잣말하며 상품 진열대 너머 통로로 걸어갔다. 이 가게에서 커피를 무료로 주는 것은 맞지만 그렇다 해도 마루오카 씨의 행동은 막힘이 없었다.

나는 종이 팩에 든 행인두부를 찾아 헤맸다. 간식 매대에 있나, 중식 식재료 근처인가, 아니면 음료수 매대인가? 갈피를 못 잡고 결국 모든 통로를 차례로 순회하듯 돌아다녔다. 반년에 한 번씩 못 견디게 먹고 싶어져서 찾아다니는데 그때마다 어느 매대였는지 잊어버린다.

"뭐 찾는 건가?"

"아, 네, 행인두부요."

"오, 어쩐지."

"저쪽이었던 거 같은데?"

마루오카 씨가 가리킨 매대로 가 보자 정말 내가 찾던 그 종이 팩이 바로 눈앞에 있었다.

"와, 대단하시네요."

"동네에도 이 가게가 있어서 일주일에 한 번은 가니까."

나보다 훨씬 잘 알고 있었다. 한 회사에서 근무하는 것도 모자라 반올림을 하면 나도 입사 10년 차인데도, 마루오카 씨가 아내와 영화를 보는 것도 몰랐고 수입 식품점의 상품 배치를 훤히 꿰고 있는 것도 몰랐다.

가게에서 나왔을 때는 아직 영화 시간까지 여유가 있었다.

"저 가게에서 삼십 분 정도 시간을 때울 건데요."

나는 수입 식품점의 대각선 앞에 있는 프로즌요구르트 가게를 가리켰다. 마루오카 씨는 "흐음." 하고 콧숨을 내쉬며 가게 앞으로 가더니, "이 딸기 먹어 보고 싶군. 같이 들어가도 되겠나?"라고 물었다.

"그럼요." 답하고 고개를 끄덕이자, "그럼 자네 좋아하는 자리로 맡아 두겠나?"라는 말이 돌아왔다. 왠지 내가 마루오카 씨를 따라온 것 같다고 생각하며 빈자리가 많은 가게 안을 둘러보다 중간에 위치한 2인석에 자리를 잡았다.

마루오카 씨는 핑크색과 유백색의 소프트크림 상태의 프로즌 요구르트가 돌돌 말린 컵을 들고 자리로 왔다.

"하얀 건 뭐예요?"

"레어치즈케이크."

나는 끙, 하고 앓는 소리가 나올 것 같았다. 나는 이 가게에서는 더블바닐라밖에 먹어 본 적이 없어 오늘도 그것으로 주문하려고 했다. 그런데 마루오카 씨는 토핑으로 쿠키크런치까지 올렸다.

왠지 마루오카 씨가 나보다 더 즐기고 있는 것 같은 기분을 느꼈다. 마루오카 씨와 띄엄띄엄 이야기를 나누며 삼십 분을 보냈다. 거의 아버지뻘 되는 사람과 이야기할 때는 조심하게 마련인데도 아무런 부담도 느껴지지 않는 시간이었다.

메뉴를 정독한 마루오카 씨는 치즈케이크 대신 이 캐슈너트라는 걸 골랐어도 좋았겠다고 했다. "캐슈너트를 좋아하세요?"라고 묻자 보통이라는 대답이 돌아왔다.

"같이 술 마시기 싫은 사람이 이걸 빼놓고 먹더군."

"그랬군요."

"그렇게 생각하면 오, 그럭저럭 맛있다는 기분이 들지 않나."

마루오카 씨는 그렇게 말하면서 프로즌요구르트의 마지막 한 숟가락을 다 먹고는, "맛있단 말이지." 하고 중얼거리며 고개를 끄덕였다.

영화가 끝나고 집에 가는 전철 안에서 가도야마에게 마루오카 씨가 프로즌요구르트를 아주 맛있게 드셨다고 메시지를 보내자,

'그분은 단것을 좋아하시거든요'라는 답장이 왔다.

그걸 왜 이제야.

하긴, 술자리가 가능한 장소를 찾고 있으니 상관없겠네. 그렇게 생각했다.

마루오카 씨가 그동안 한 발언을 머릿속에 떠올리면서 어쩌면 가게를 주체로 제안하는 접근 방식 자체가 잘못이었을 수도 있겠다는 생각을 했다.

*

전 직원이 참석하는 송별회는 결국 가도야마가 처음에 추천한 술집 체인점에서 하게 되었다. 그중에서도 손님들로 북적거리는 가게를 찾아 종업원의 입에서 "두 시간제인데 괜찮으신가요?"라는 말을 이끌어 냈다. 그러고는 "그럼요, 괜찮죠."라고 대답했다. 시간은 저녁 6시 반부터 8시 반까지로 예약했다. 술자리에 억지로 참석하는 사람도 있을 것으로 예상하여 술자리가 끝난 뒤에도 집에서 드라마 한두 편을 보거나 지인들과 메시지를 주고받는 등의 일이 가능한 시간대로 설정했다.

마루오카 씨에게는 미리 임원들과 마루오카 씨와 비슷한 직급의 이름들이 채워진 좌석표를 보여 주고 어디에 앉고 싶은지를 확인했다. 그는 좌석표를 보고 "나는 여기." 하고 그들과는 다른 테이블의 텅텅 빈자리를 가리켰다. 주변에는 팀원들이 앉는 걸로 하면 되겠냐고 묻고 긍정의 대답을 받았다.

당일 마루오카 씨는 정확히 두 시간 동안 친숙한 동료, 후배들과 대화를 나누며 나름대로 즐기고 있었다. 표면적으로 총무를 맡고 있는 가도야마에게는 닭연골튀김과 두부샐러드, 오키나와식 동파육, 삼겹살계란말이와 마찬가지로 첫 단계에 닭고기캐슈너트볶음이 모든 테이블에 올라가도록 주문을 부탁해 놓았다. 나는 직원들의 반응을 은근히 관찰했다.

"필요 없네. 왜 우리 테이블에 이런 게 오는 건가?" 하고 다소 화난 목소리로 종업원에게 닭고기캐슈너트볶음을 되돌려 보내는 인물이 있어 확인해 보니 사장이었다.

사장은 그러고 보니 마루오카 씨와 같은 해에 회사에서 일하기 시작했다고 들은 적이 있다. 전임 사장에 이은 2대째이므로 처음부터 마루오카 씨보다 위에 있었다. 나는 그동안 수없이 많은 술자리에서 어울렸지만 그런데도 안 맞는다고 느꼈을 마루오카 씨의 심정을 상상해 보았다.

송별회는 정확히 8시 반에 끝났다. 주역인 마루오카 씨가 2차는 가지 않겠다고 선언해 그 자리에서 해산했다.

집에 가는 방향이 같았던 사람들 중 마루오카 씨가 있었기에 "아직 이른 시간인데 댁에 가셔서 뭐 하실 거예요?"라고 묻자, "글쎄, 책이나 읽을까."라는 대답이 돌아왔다. 업무상 이동하는 일이 많아 전철을 타고 있는 시간이 길어서 책을 자주 읽는다고 설명했다. 어떤 책을 좋아하냐는 질문에 "시대소설, 야마모토 이치리키의 소설을 가장 좋아하지."라고 대답했다.

집에 가는 전철 안에서 나는 마루오카 씨가 지금껏 살아오면서 술집에 몇 번 갔을지 궁금해졌다. 그래서 일주일에 한 번, 사십 년 기간으로 단순 계산을 해 봤다. 열여덟 살에 입사했다고 했으니 정확한 근속 연수는 사십이 년이지만, 스무 살부터 술을 마셨다는 계산 아래 이천 번이 넘었다.

내 한숨 소리가 들렸다. 마루오카 씨 대신 한숨을 쉰 듯한 기분이었다.

*

그 후 마루오카 씨의 마지막 출근일에 카페도 운영하는 캐슈너트 전문점에 갔다. 별도로 공식적인 안내는 하지 않고 다른 직원들과 말할 기회가 있을 때마다, "마루오카 씨와 캐슈너트 전문점에 갈 건데 관심 있으면 올래?"라고 권하고 다녔더니 부서도, 연령도, 성별도 제각각인 사람들이 모였다. 신기하게도 함께 있으면 마음이 편한 사람들뿐이었다.

카페는 18인석 규모인데 그 절반을 채운 인원이 모여, 이 카페에서도 두 시간이 한도겠구나, 생각했지만 그 시간이 딱히 모자라지는 않았다.

"앗, 밀가루 없이 반죽한 거라고?" 재미 삼아 캐슈너트케이크를 주문하고, 눈을 동그랗게 떴지만 마루오카 씨는 먹어 보고는 맛있다고 좋아했다.

"캐슈너트는 알레르기가 있나 보더라고요. 사장님도 그거예요?"

내가 그렇게 묻자 마루오카 씨는 "뭐, 그런 거라면 불쌍하기야 하지만." 하고 케이크를 깨끗이 먹어 치웠다.

"나쁜 사람은 아닌데, 어쩐지 성격이 안 맞는단 말이지. 술자리에 가도 사장님은 이러쿵저러쿵 트집이나 잡았지. 그 소리에 하도 시달렸더니 맛있는 걸 먹으면서 아, 맛있다, 라는 이야기가 하고 싶어지더군."

마루오카 씨는 그렇게 말한 뒤 메뉴를 정독하고 이번에는 캐슈너트크림딥을 주문했다.

"아내에게 젊은 직원들이 송별회 장소를 추천하러 수없이 왔었다고 했더니, 직원들 힘들게 뭐 하는 짓이냐고 하더군. 미안했네."

마루오카 씨가 마주 앉아 있는 나와 가도야마를 향해 머리를 살짝 숙였다. 확실히 어렵기는 했어도 사과를 받을 만한 일은 아니었다는 생각에 나와 가도야마는 "아이고, 아닙니다." 고개를 흔들었다.

"술자리는 인생에서 셀 수 없이 많이 갔지. 다음 생에 갈 몫까지 미리 갔다 온 것 같네. 사람들과 함께 술을 마시면 즐겁다는 걸 알고 반대도 하지 않지만 이제 충분해. 그런 생각이 드는군.”

마루오카 씨는 오른팔로 턱을 괴고 그간의 수많은 술자리를 떠올리듯 눈을 감았다.

“이 가게 재미있군. 고맙네.”

마루오카 씨는 그렇게 말하고 다시 머리를 살짝 숙였다. 옆에 있던 가도야마는 잠시 고개를 숙이고 있나 싶더니, “앞으로 일 년은 더 회사에 있어 주세요.” 하고 중얼거렸다. 마루오카 씨는 어깨를 들썩 올리고 “이제 지긋지긋해.” 하며 웃었다. 나도 웃었다.

*

마루오카 씨가 퇴직하고 몇 달이 흘러 가도야마 밑으로 대학을 갓 졸업한 후배 직원이 들어왔다. 점심시간에 같은 편의점으로 향하는 횡단보도 앞에 나란히 서게 되어, “친구는 생겼어?”라고 묻자 “아뇨, 없습니다.”라는 대답이 돌아왔다. 그래도 후배와는 그럭저럭 잘 지내고 있는 모양이었다.

가도야마는 마루오카 씨와 계속 연락을 하고 있다고 했다. 다시 횡단보도 앞에 같이 섰을 때 마루오카 씨가 이사한다는 소식을 전해 주었다.

“사모님 고향으로 가시나 봅니다.”

“오, 멀어?”

"아뇨, 지금 집에서 차로 두 시간쯤 걸린대요. 그런데 온천 지역인 데다 엄청나게 큰 쇼핑센터도 있으니까 괜찮다고 하셨어요."

"잘됐다."

자식들도 오래전에 독립했고 마루오카 씨 본인도 회사에 다닐 필요가 없어 적당한 아파트를 발견해 그렇게 하기로 했다고 한다.

"쇼핑센터가 큰 동기일 것 같은데."

"지금 집에서는 걸어서 십 분인데, 다음 집에서는 걸어서 오 분이라고 하시더라고요."

"알고 보면 술자리에 가는 것보다 쇼핑센터를 더 좋아하는 분이었던 걸까……."

그것은 지나친 말일지도 모른다. 하지만 취직에서 퇴직까지의 수십 년의 세월에서 "이제 충분해."라고 말할 수 있을 만큼은 술을 마셨기 때문에 마루오카 씨가 지금은 쇼핑센터 쪽을 더 재미있어하는 그 마음을 알 것 같았다. 그것도 언젠가 충분하다고 생각할 날이 올지도 모른다. 그때도 마루오카 씨가 뭔가를 발견했으면 좋겠다고 생각했다. 온천이라든가.

그로부터 얼마 후, 다시 점심시간의 횡단보도 앞에서 가도야마가 마루오카 씨에게 사진을 받았다며 사내 메일로 보내도 되냐고 물었다. 그러라고 했더니 점심시간이 끝나기 십 분 전에 가도야마에게서 사진이 첨부된 메일이 도착했다.

사진은 두 장이었다. 한 장은 수입 식품점 앞에서 평상복 차림의 마루오카 씨가 종이컵을 손에 들고 서 있는 사진이고, 다른 한 장은 쇼핑센터 소파 앞에서 아내로 보이는 여성과 나란히, 우뚝 서 있는 사진인데 아주 살짝 웃고 있었다.

'혼자 있는 사진은 사모님께서 찍어 주신 것 같습니다만, 부부가 나란히 찍힌 사진은 보다 못한 점원이 찍어 줬다고 합니다.'

가도야마는 메일에서 이렇게 설명하고 있었다.

'이 사진을 찍은 뒤 동네의 온천 족탕에 가셨다고 합니다.'라는 다음 설명을 읽고 나는 '보통은 그 사진을 보내지 않아요?' 하고 모니터 속 마루오카 씨에게 말을 건넬 뻔했다.

그러고는 이제 충분히 일했고 이제 충분히 술을 마신 마루오카 씨가 앞으로도 가고 싶은 가게에 갈 수 있기를 기도했다.

방과 후 시간의 그녀

처음에는 전학생인가 했다. 첫 방과 후 수업 시간에도, 지난주 수업 시간에도, 그리고 오늘 수업 시간에도 사나에는 대각선 앞자리에 앉은 아이를 보고 그렇게 생각했다.

낯선 여학생이었다. 아무튼 학년에서는 한 번도 본 적이 없다. 키는 사나에보다 조금 큰 편인데 사나에는 반에서도 키가 중간쯤 되므로 그리 큰 키는 아니었다. 아마 왼쪽 중간쯤 되는 줄에서 봐야 칠판이 잘 보이는 사람일 것이다. 사나에는 자신의 근처에 앉는다는 것은 그런 거라고 생각했다.

자세는 바른데 선생님 말씀을 들으면서 가만히 못 있고 머리를 움직이거나, 프린트에 열심히 뭔가를 적다가도 딱 멈추고 움직이지 않는 사람이었다.

머리는 짧다고 하기에는 조금 길지만 길다고 할 수는 없다. 턱보다 약간 위에서 둥글게 가지런히 잘랐고 대체로 오른쪽 귀 뒤로만 머리를 넘겼다.

아무튼 같은 학년 여학생이 아니라는 건 안다. 그렇게 확신한 사나에는 이 사람이 4학년이 아니라는 걸 아무도 모르길 몰래 바랐다. 그 사람이 학년이 다른 방과 후 시간에 참여했다는 이유로 무시당하거나 별난 사람인 양 핀잔을 듣는 건 불쌍하다고 생각했다. 선생님이 방과 후 산수 시간에 오라고 해서 어슬렁어슬렁 오는 학생은 성별 관계 없이 대체로 다들 멍한 느낌의 아이로, 같은 학년이 아닌 사람이 교실에 있는 걸 눈치채지 못했거나 별생각이 없는 아이들뿐이었지만.

사나에는 왜 그 사람이 자신과 함께 수업을 듣게 되었을까 생각해 본 적도 있다. 그 사람은 '넓이' 단원에 들어갈 때부터 나타났다. 방과 후 시간은 일 년 내내 불려 오는 게 아니라 그 학생이 잘 못하는 부분을 공부할 차례가 되면 선생님이 "나와 볼래?"라고 말해 준다. 사나에는 선생님에게 "나와 볼래?"라는 말을 자주 듣는 편이었지만, '1억이 넘는 숫자'와 '꺾은선 그래프'와 '소수'를 배우는 기간에는 나오고 싶으면 나와도 되지만 나오지 않아도 괜찮다고 했다.

그 사람은 '넓이'를 공부할 때부터 갑자기 나타났기 때문에 '넓이'를 잘 모르는 사람이거나 아니면 특별히 '넓이'에 대해 공부하고 싶은 사람일지도 모른다.

학년이 다른 듯한 여학생에게 사나에가 신경을 쓰는 이유는 그 사람이 좋은 사람이었기 때문이다.

지난주 방과 후 시간에 아무리 책가방을 뒤져도 수업 프린트를 찾지 못한 사나에는 "어떡하지, 없어."라고 무심코 말로 내뱉었다. 그러자 그 사람이 대각선 앞에서 동정하는 얼굴로 돌아봤다. 사나에가 창피해서 눈을 피하자, 그 사람은 "얘, 내 거 볼래?"라고 말해 줬다.

"그래도 돼? 그럼 너는 볼 게 없어지는데?"

"옆에 앉아도 되면 보여 줄게."

그 사람은 그렇게 말하고 스륵 일어나 사나에의 옆자리에 앉아 책상을 붙였다. 그러고는 손을 들고 "프린트를 안 갖고 왔나 봐요, 보여 줄게요."라고 선생님에게 말했다. 선생님은 "그래. 이토 사나에, 고맙다고 해야 한다."라며 고개를 끄덕이고 수업을 계속했다.

프린트의 학년, 반, 이름을 적는 네모 칸에는 '6학년 2반 호리우치'라고 적혀 있었다. 6학년과 말해 본 것은 처음이었다. 나이도 더 많고 4학년과는 달리 키가 크고 얌전해 보이는 사람들이다. 여학생과 남학생이 사귀기도 하는 등 사나에와는 완전히 인연이 없는 쪽에 속했다.

호리우치는 선생님이 칠판에 빨간색으로 적는 부분을 보라색 색연필로 필기했다. 사나에는 수업 중 중요한 부분을 노트 필기할 때 보라색 색연필을 쓰는 사람을 처음 봤다. 사나에가 반에서 속한 그룹에서 그랬다가는 무슨 소리를 들을지 모른다.

호리우치의 친구들은 뭐라고 안 하는 걸까. 호리우치를 그냥 내버려두는 걸까.

새삼 6학년의 세상은 자기로서는 상상도 못 할 세상이구나. 그렇게 생각했다.

그 주의 금요일 3교시, 반 아이들 모두가 과학실로 향하고 있을 때 사나에와 같은 그룹인 야마무라가 6학년이 달리기하는 모습을 구경하고 싶다며 걸음을 멈추더니 창문 너머 운동장 쪽을 보기 시작했다. 사나에는 아이들에게 뒤처질까 봐 가슴을 졸이면서도 덩달아 운동장을 바라봤다. 그러다 야마무라가 보고 있는 남학생이 아닌 여학생 단체 속에서 '넓이' 시간에 오는 여학생을 보고 깜짝 놀랐다.

야마무라는 "저기 봐, 저기 키 큰 사람. 다니카와라고 하는데 멋있지 않니?"라고 사나에에게 말을 걸었다. 이어서 "배우 누구누구랑 닮지 않았니?"라고도 물었지만 사나에는 호리우치가 여학생 단체에서 당장에라도 뒤처질 것 같아 조마조마해서 그 질문에 대답할 정신이 없었다.

그리고 야마무라는 "그 앞에 있는 남학생은 모토야마인데 아, 다니카와랑 말하고 있네."라며 해설을 해 주었지만, 사나에는 단체에서 탈락할 듯한 호리우치가 가까스로 만회하는 장면을 미간을 찌푸리며 가만히 보고 있었다.

"다니카와랑 모토야마 중 누가 더 멋있다고 생각해?"

야마무라가 그렇게 물으면서 어깨를 두드리는 것과 동시에 사나에는 호리우치가 단체로 돌아가는 모습을 지켜본 뒤, "얼굴을 모르겠더라."라고 대답했다. 실망하는 야마무라와 함께 잔달음을 치며 과학실로 향하는 반 아이들의 행렬로 복귀했다.

그다음 주 월요일, 사나에는 초등학교 현관홀에 전시된 공작 중에서 호리우치의 작품을 발견했다. 정사각형의 작은 지우개 판화 아홉 개가 한 세트로 되어 있는데 무늬를 조합해 패치워크처럼 오리지널 패턴을 찍을 수 있는 신기한 작품이었다. 학교 프린트의 이면지와 빨간색, 검은색 스탬프 패드도 함께 놓여 있었다. 근처 복도를 지나던 선생님에게 "이거, 찍어 봐도 돼요?"라고 묻자 선생님이 된다고 하여 사나에는 몇 개를 연속해서 찍어 봤다. 빨간 꽃무늬와 검은 파도가 종이에 모습을 드러냈다. '다 사용한 뒤에는 도장을 프린트로 닦아 주세요.'라고 적힌 주의서를 보고 사나에는 그 이면지에 잉크가 묻어나지 않을 때까지 도장을 꾹 눌렀다.

사나에는 호리우치의 친구도 아니었고 지금까지 세 번 본 것이 다지만, 어쩐지 약간 특이한 사람이라는 것은 알 수 있었다.

그래도 좋은 사람이고 4학년 방과 후 시간에도 오고 달리기에서 뒤처진 것도 만회하는 노력가다. 담임인 스기모토 선생님은 "노력은 매우 중요합니다."라고 말했다. 사나에는 지금 당장 노력하고 있다고 할 만한 것은 아무것도 없었지만, 뭔가를 열심히 해 보고 싶은데 하는 마음은 있었다. 그래서 방과 후 산수 시간에도 꼬박꼬박 참여하고 있었다.

조만간 뭔가를 노력해서 혼자서도 즐거워지거나, 반에서 괴로운 일이 있어도 견딜 수 있게 될까. 그렇게 사나에는 곰곰이 생각하곤 했다.

이 주 전까지 사나에는 반에서 같이 어울리던 그룹의 여자애들에게 무시를 당했다. 꼭 필요한 일이면 사나에와 이야기를 하지만, 그렇게 사나에와 이야기한 아이는 그 직후 근처에 있는 같은 그룹의 여자애와 반드시 깔깔대며 웃었다. 집에 가서 숙제를 하고 게임을 하고 책을 읽고 있어도 왜 내가 무시를 당할까. 그런 생각이 머리에서 떠나지 않아 집중을 할 수가 없었다. 마치 자신의 존재가 종이처럼 얇아지고 그 상태로 교실 안에 던져져 많은 사람에게 어깨로 밀쳐지고 때로는 짓밟히는 듯한 기분이었다.

얼마 후 갑자기 무시당하는 기간이 끝났다. 그룹의 여자애들은 아무 일도 없었다는 듯이 사나에에게 말을 걸었고 무시당하기 전과 다를 바 없이 대해 줬지만 사나에는 그리 기쁘지 않았다. 자신이 왜 무시를 당했는지 모르고 왜 용서를 받았는지도 모른다. 그것이 무척 허무했다.

그래서 사나에는 무시당하기 전보다 더 그 애들과 어울리지 않게 되었다. 혼자 있고 싶을 때도 많아졌다. 그런 사정이 있어 각각 다른 반에서, 짝지어 오지 않고 대부분 홀로 오는 방과 후 산수 시간이 의외로 사나에의 마음을 편하게 해 주었다.

무시를 당했다가 그것이 아무런 이유도 없이 풀린 이후, 그룹 여자애들의 놀이 계획을 긍정적으로 받아들이지 못하게 되었고 그 애들이 하는 이야기를 하나하나 깊이 신경 쓰게 되었다. 다음은 누구 차례일까, 또 나일지도 몰라. 그런 생각에서 벗어날 수가 없다.

그렇다고 혼자 있으면 입장이 더 위험해질 수 있다는 걸 사나에는 알고 있었다. 쇠약해진 금붕어가 다른 금붕어들에게 잡아먹힐 위험에 처하듯, 혼자 있으면 따돌림을 당할 수 있는 어떤 '계기'가 곱절은 더 커진다는 것도 알고 있었다. 혼자 있으면 그룹 여자애들보다 어울리기 더 괴로운 지독한 거짓말쟁이나, 처음에는 상냥한데 조금 지나면 "나 말고 다른 애랑은 말하면 안 돼."라고 강요하는 이상한 아이가 접근해 온다. 또 학교 밖에 있는 불쾌한 어른에게 이용당하기 쉬워진다는 것도 알고 있었다.

사나에는 '의연하다'라는 단어의 뜻은 정확히 알지 못하고 한 자도 쓰지 못하지만 말하자면 그런 태도를 지닌 사람이 되고 싶었다. 가령 필요하다고 생각하면 아래 학년의 방과 후 시간에 혼자 참여하는 그런 의연한 태도를 지닌 사람 말이다.

다음 방과 후 시간에도 호리우치는 사나에의 대각선 앞자리에 앉았다. 일단 의자에 앉고 나면 말을 걸기 어렵겠다 싶었다. 호리우치가 선 채로 책가방에서 필기도구를 꺼내고 있을 때 사나에는 "저기, 지난주에 프린트 보여 줘서 고마워."라고 말했다. 호리우치는 사나에를 내려다보며 무슨 소리인가 이 초쯤 고개를 갸우뚱하더니 "천만에." 하고 머리를 숙이고 의자에 앉았다.

선생님이 복도 저쪽에서 교실로 오는 것이 보였다. 사나에는 조금만 더 이야기하고 싶은 마음에 머리를 굴려 "중요한 부분을 보라색으로 필기하는 거, 예쁘더라." 하고 말했다. 스스로도 잘 생각해 냈고 잘 말했다고 생각했다.

호리우치가 살짝 돌아보며 "전에 쓰던 색연필 세트 중에서 많이 남은 색을 쓰는 거야."라고 대답했고 그 직후, 선생님이 교실로 들어와 '넓이'의 나머지 공부가 시작되었다.

이제 '넓이' 시간은 오늘과 다음 주 한 번밖에 안 남았다.

"다음 주에는 시간을 반으로 나눠서 처음 절반은 쪽지 시험을 보고 나머지 절반은 그 문제에 대해 하나씩 설명하겠습니다."

선생님이 설명했다. 프린트를 이용해 지금까지 배우지 않은 부분을 선생님이 가르쳐 주는 건 오늘로 끝이라고 했다.

그날 선생님이 설명한 내용은 조금 복잡했다. 중간 크기의 직사각형 A 속에 비스듬히 놓인 작은 직사각형 B를 그렸을 때, 중간 직사각형에서 작은 직사각형을 뺀 넓이는 얼마인가요? 하는 문제였다. 넓이에 대해 생각할 때는 구체적으로 누군가의 방이나 어딘가의 마당을 상상해 보고 문제를 푸는 사나에 입장에서는 어떤 상황인지 알기 어려운 문제였다.

어떤 장소가 이렇게 복잡하게 되어 있을까 싶어 잠시 방에 커다란 책상이 놓인 모습이나 작은 매트가 깔린 모습을 생각해 보다가, 문득 할아버지네 논 속 연꽃밭이 이런 식으로 비스듬히 심겨 있던 것이 떠올랐다. 그때부터 사나에는 문제를 이해할 수 있게 되었다.

그와는 대조적으로 호리우치는 중간 크기의 직사각형 속에 작은 직사각형이 비스듬히 들어 있는 이상한 상황을 잘 상상하지 못하는지 몸을 기우뚱하거나 고개를 갸우뚱하는 등 다양한 자세로 고민하는 모습이었다.

스스로도 왜 그런 일을 했는지 모르겠지만 사나에는 당장은 없어도 될 듯한 지난주 '넓이' 시간의 프린트를 찾아내, 중간 크기의 직사각형 속에 작고 비스듬한 직사각형을 채우고, 중간 쪽에 벼 그림 세 개 그리고 작은 쪽에 조그만 연꽃 그림 다섯 개를 그렸다. 벼를 그리는 건 처음이었는데 생각보다 쉬웠고 연꽃 그림은 1학년 때 생활 공부 시간에 많이 그려서 그걸 떠올리면서 그럴듯하게 그렸다.

그런 다음 사나에는 그 프린트를 호리우치의 옆자리 의자에 놓았다. 호리우치는 사나에가 그림을 그려 놓은 그 프린트를 신기하게 쳐다보더니 슬며시 집어 사나에를 살짝 돌아본 뒤 자기 책상 위에 올려놓았다. 호리우치는 고개를 숙이고 집중해서 보다가 이윽고 뭔가 납득한 듯이 선생님이 칠판에 적은 식을 옮겨 적기 시작했다. 잠시 후 호리우치는 몰래 사나에에게 프린트를 돌려주었다.

방과 후 시간이 끝난 뒤, 선생님이 사나에와 호리우치에게 칠판지우개를 깨끗이 청소하는 일을 맡겼다. 항상 다른 반 아이끼리 2인 1조로 시키는 용무였다.

전용 클리너에 칠판지우개를 쓱쓱 문지르면서 호리우치가 "프린트 고마워."라고 말했다. 사나에는 자신이 도움을 줬는데도 불구하고 인사를 받자 조금 놀랐다.

"지난주 수업 때 직사각형 속에 정사각형이 있는 문제 때문에 준 거였지? 덕분에 이해했어."

듣고 보니 그런 문제도 있었던 것 같다. 사나에는 논과 연꽃밭 그림으로 힌트를 주고 싶었는데 호리우치는 다른 부분을 본 모양이다. 그래도 호리우치가 웃는 얼굴로 고맙다고 해 주어 사나에는 아니라고 반론할 마음이 들지는 않았다.

"벼랑 연꽃 그림도 귀엽더라."

"그거, 우리 할아버지네 근처에 있는 논이야."

사나에가 "오늘 문제로 나온 그림하고 비슷한 것 같아서."라고 덧붙이자, 호리우치는 "할아버지 집에 논이 있어? 좋겠다"라고 말했다.

칠판지우개를 깨끗이 청소하고 칠판을 구석구석 지우자 선생님이 "고마워. 내일 보자." 하고 손을 흔들어 인사했다. 사나에는 책상에 꺼내 놓은 물건들을 책가방에 집어넣고 교실을 나섰다. 호리우치도 똑같이 하고 있었다.

복도를 걸으며 호리우치가 "이토는 교문을 나가서 오른쪽으로 가? 아니면 왼쪽?" 하고 물었다. 사나에가 "왼쪽으로 가." 대답하자, "그럼 나랑 반대 방향이네."라며 호리우치가 말했다. 사나에는 그게 조금 아쉽긴 했지만 그래도 무슨 이야기를 할지 찾지 않아도 되니까 안도하는 마음도 있었다.

"있지, 나 실은 6학년이야."

나란히 계단을 내려가면서 호리우치가 말했다. 사나에는 모른 척을 하는 게 좋을 수도 있겠다 싶어 잠시 망설였지만 솔직히 말하기로 했다.

"전에 프린트 보여 줬을 때 학년 적혀 있어서 알고 있었어."

그리고 "미안해."라고 덧붙이자 호리우치는 "아, 그랬구나!" 하며 호들갑스레 고개를 끄덕였다. 화난 것이 아니라 재미있어하는 것처럼 보였다.

"나 말이야, 4학년 때 아파서 삼 주간 입원했었는데 그때 산수 시간에 '넓이'를 배우는 기간이었던 거야. 선생님이 복습하는 거 도와주기도 하셨는데 도저히 모르겠더라. 6학년은 사각형 정도

가 아니라 원의 넓이도 배우고 5학년 때 배우는 '부피'도 잘 이해
가 안 갔어. 그래서 큰마음 먹고 4학년 거부터 다시 공부하기로
한 거야."

　1층으로 내려간 호리우치와 사나에는 현관홀을 가로질러 교문
을 향해 갔다. 호리우치는 자신이 만든 도장 작품 앞을 그냥 지
나쳤다.

　호리우치는 산수 공부를 가르쳐 주는 선생님이 초등학교 1학
년과 2학년 때 담임이었고 그래서 가 보기로 했다고 설명했다.
사나에는 "그렇구나." 하고 고개를 끄덕였다. 그리고 호리우치
가 이상하게 보면 바로 헤어질 수 있는 교문 밖으로 나올 때까지
기다렸다가 생각한 것을 말했다.

　"용기 있네."

　"왜?"

　"아니, 못하는 걸 잘하려고 아래 학년의 수업에 왔잖아."

　사나에의 말에 호리우치는 "그런가?" 하고 고개를 갸웃하고는
"그럼 또 봐" 인사하며 사나에와 반대 방향으로 걸어갔다. 사나
에는 호리우치의 뒷모습을 잠시 바라본 뒤 여느 때처럼 허리를
곧게 세우고 집으로 갔다.

　사나에는 자신이 그룹 여자애들과 잘 어울리지 않는다는 걸

혼자만 안다고 생각했지만, 그 애들은 이미 눈치채고 있었다. 어쩌면 사나에가 내가 너무 안 어울리는 거 아닐까, 그런 생각을 하기 훨씬 전에.

여자애들은 마법을 쓰는 것처럼 예리하다. 사나에 혼자만 항상 어떻게 알아? 하고 놀란다.

점심시간에 사나에에게 이따 학교 끝나고 집에 들렀다가 다시 모여서 푸드 코트에 가기로 했다고 밝힌 사람은 야마무라였다. 사나에는 "나도 가도 돼?"라고 물었지만, 야마무라는 "너 빼고 넷이서 갈걸."이라고 대답했다. 지금 사나에가 속한 그룹은 사나에를 포함해 다섯 명의 여학생으로 이루어져 있다. 인정하고 싶지 않지만 사나에는 그룹에서 내쳐졌다는 뜻이다.

야마무라는 남학생에 대해 생각하는 시간이 많아서인지 툭하면 사나에가 알지 못하는 그룹의 일을 저도 모르게 누설하곤 했다. 사나에의 입장에서는 고마웠지만, 어차피 야마무라는 그룹에서 사나에보다 조금 나은 입장일 뿐, 그룹의 모든 일을 결정하는 유키와 오사와에게 자신도 푸드 코트에 데려가 달라고 부탁할 만한 힘은 없었다.

사나에는 "나도 가도 돼?"라고 용기 내어 유키에게 말해 봤지만 그녀는 "아야노한테 물어봐." 하고 고개를 흔들었다. 아야노는 오사와를 말한다. 오사와 아야노가 풀네임이다. 암묵적인 규칙상 유키만 그렇게 부를 수 있다.

사나에는 오사와에게도 같은 질문을 했지만, "오늘은 물빛 테이블에 앉기로 했는데 거기는 딱 네 명밖에 못 앉아. 그러니까 네가 와도 앉을 자리가 없어."라는 대답이 돌아왔다. 사나에는 엄마와 함께 푸드 코트에 갔을 때를 떠올렸다. 물빛의 사각 테이블은 4인석이 맞다. 다른 테이블에서 의자를 가져와서 앉으면 된다고 생각했지만 유키와 오사와가 안 된다고 반대할 게 뻔했다. 네 명이서 완성되어야 할 장소에 의자가 하나 더 생기면 예쁘지 않다. 예쁘지 않은 일은 하고 싶지 않다. 사나에가 그 자리에 있는 것과 4인석을 예쁘게 채우는 것 중, 그룹 여자애들에게는 후자가 더 중요하다.

사나에는 울음이 나오려는 것을 열심히 참았다. 사실 그룹 애들도 마녀가 아닌 이상 사나에가 울면 마지못해 데려가 주리란 것을 안다. 하지만 오늘은 울고 싶지 않았다. 게다가 실은 푸드 코트에 가서 물빛 테이블에 앉아 애들과 수다 떨기를 정말로 원하는지 고민해 보니 아닌 것 같았기 때문이다.

"다음에는 같이 가자고 해 줘." 사나에는 말했다. 유키와 오사와가 시시하다는 듯 서로를 마주 보고 고개를 끄덕이며 신호를 교환했다.

안 가. 데려가 달라고도 안 할 거야. 사나에는 그렇게 다짐했는데도 5교시와 6교시 때 서러워서 수업에 집중할 수가 없었다. 5교시는 사회, 6교시는 국어로 둘 다 좋아하는 과목인데도 못 견디게 서러웠다. '그룹 애들과 잘 어울리지 않게 되었다'는 걸 어떻게 해야 그 애들이 '아니'라고 생각해 줄까. 이런 고민을 하자 머리가 아팠다. 엄마에게 의논하면 뭔가 가르쳐 줄 테지만 사나에는 자신이 그룹 애들과 다시 어울리기를 원하지 않는다는 것을 어쩐지 알고 있었다.

오늘 따돌림을 당한 것과 자신이 앞으로 어떻게 행동할지에 대해 생각하면서 그날은 다른 애들은 다니지 않는 2층 복도를 지나 집에 가기로 했다. 4학년 교실은 3층에 있어 애들은 곧장 1층으로 내려가 현관홀로 가는 것이 일반적이다. 사나에는 같은 반이나 같은 학년 애들의 목소리를 듣기가 싫었기에 시험 삼아 2층으로 내려가 복도를 이용해 보기로 했다.

학교 건물의 2층 복도는 창문이 운동장 쪽으로 나 있고 반대쪽에는 과학실과 가사실이 나란히 있었다. 과학실은 닫혀 있었는데 가사실에서는 여러 명의 말소리가 들렸다.

누가 이야기하고 있는 걸까 궁금했지만 엿보면 안 될 것 같아 출입구 앞을 천천히 지나가는 척을 하며 가사실 안을 들여다보았다. 호리우치와 모르는 여학생과 모르는 남학생이 한 책상에 앉아 수다를 떨며 손을 움직이고 있었다. 그 옆 책상에는 6학년을 맡은 선생님이 한 명 있고 프린트 위로 빨간 펜을 쥔 손을 바쁘게 움직이고 있었다.

멈춰 서서 들여다보고 있자 호리우치가 고개를 들고 "이토."

하고 손을 흔들었다. 사나에도 손을 흔들어 답하고 목이 메는 걸 느끼며 "저기."라고 목소리를 높였다.

"들어가도 돼?"

"그럼."

겉옷을 벗고 가사실에 들어간 사나에는 책가방을 바닥에 내려 놓고 호리우치에게 물었다.

"뭐 하는 거야?"

"바느질로 북 커버를 만들고 있어."

에구치는 자수를 하고 와쿠이는 릴리얀 뜨개질 중이라고 호리 우치가 가르쳐 줬다. 사나에는 옆 책상에 있는 선생님이 신경 쓰 였지만 선생님은 고개를 끄덕일 뿐이었다. 호리우치가 에구치는 5학년 1반, 와쿠이는 6학년 4반이라고 가르쳐 줬다. 에구치라고 불린 위 학년 남학생은 4학년인 사나에와 키가 비슷하고, 둥근 자수틀을 이용해 전철을 수놓고 있었다. 와쿠이가 사용하는 털 실은 다양한 색이 물들어 있는 것으로 사나에도 전에 100엔숍에 서 보고 갖고 싶어했다.

"가사 동아리의 방과 후 시간이란다. 다음 주에 손뜨개를 하니 까 그동안 배운 걸 복습하고 싶대."

빨간 펜을 쥐고 있던 선생님이 고개를 들어 설명했다. 사나에 는 "그렇군요." 하고 모든 사정을 다 이해하지는 못했으면서도 고개를 끄덕였다.

"엄마한테 바느질을 조금 배웠는데 시작매듭이 잘 안 되더라."

사나에가 집게손가락에 실을 둘둘 감아 엄지손가락과 비벼 꼬는 손놀림을 하자, 호리우치가 고개를 끄덕이고는 "나도 그거 잘 못하는데." 하며 북 커버에 바늘을 꽂아 놓고 다른 바늘을 꺼내 책상 위의 실을 꿰었다.

"이런 방법도 있어."

호리우치는 왼손 집게손가락 위에 실을 꿴 바늘의 뾰족한 부분이 위로 오도록 눕히고, 바늘 중간에 실 끝을 세 번 감아 준 뒤, 그곳을 엄지손가락으로 누르면서 바늘을 앞으로 잡아당겼다.

"이것 봐."

시작매듭이 완성되어 있었다. 놀란 사나에가 한 번 더 보여 달라고 하자, 호리우치는 남은 실을 주워 다시 매듭을 만들었다.

"에구치가 가르쳐 줬어."

에구치는 쑥스럽다는 듯 고개를 살짝 내밀고는 만드는 것을 감추듯이 몸을 이리저리 돌렸다.

사나에는 그날 호리우치의 북 커버 왼쪽 끝을 바느질했다. 물빛 테이블은 어느새 머리에서 사라져 있었다.

'넓이'를 배우는 시간이 끝나는 날 호리우치가 사나에에게 보라색 색연필을 선물했다. 아직 반도 깎지 않은 색연필이었다. 사나에가 정말 받아도 되냐고 묻자, 호리우치는 "이미 충분히 썼어."라고 대답했다.

"다음에는 무슨 색을 쓸 거야?"

"등자색을 쓰려고."

"등자색도 예쁘지."

또 방과 후 산수 시간에 올 거야? 라고는 묻지 않았다. 호리우치는 '넓이'만 배우러 왔다는 걸 사나에는 알고 있었다.

복도를 걸으면서 사나에는 "프린트도 보여 주고 시작매듭도 가르쳐 줘서 고마워."라고 말했다. 호리우치는 "나도 프린트 빌린 적 있잖아." 하며 어깨를 살짝 들었다.

"나, 내년에 가사 동아리에 가입할 거야."

이제껏 한 번도 그런 생각을 하지 않았는데 호리우치에게 할 말을 찾다 보니 그런 말이 튀어나왔다. 그런데, 그것이 사나에가 정말 하고 싶은 일인 듯한 기분이 들었다.

"그렇구나, 나는 졸업하지만 거기 재미있어. 잘해 봐."

호리우치의 말에 사나에는 굉장히 쓸쓸해졌지만 어쩔 수 없는 일이다. 그래도 불안하거나 울고 싶지는 않았다.

"그 방법으로 시작매듭 하는 거 다른 사람한테도 가르쳐 줘."

"응, 정말 좋더라."

그런 이야기를 나누면서 사나에와 호리우치는 현관홀을 지났다. 공작 작품의 전시는 1학년과 2학년의 작품으로 바뀌어 있었다.

교문을 나가 두 사람이 오른쪽과 왼쪽으로 갈리는 곳에 이르자 사나에는 용기 내어 호리우치에게 말했다.

"저기, 또 가사 동아리가 수업을 하고 있으면 나도 안에 들어가도 돼?"

"당연하지."

호리우치는 고개를 끄덕이고 "그럼." 하고 손을 흔들고 사나에와 반대 방향으로 걸어갔다.

사나에는 잠시 그 자리에 서 있은 뒤 다시 집을 향해 걷기 시작했다. 집에 도착하면 나도 2학년 때까지 썼던 색연필 중 쓰다 만 것을 찾아봐야겠다고 생각했다. 그리고 보라색에 어울릴 만한 색을 꺼내 내일부터 수업 프린트의 중요한 부분을 보라색이나 그 색으로 필기하기로 다짐했다. 그룹 애들이 어떤 눈으로 보든 그렇게 해야겠다고 생각했다.

거짓말 컨시어지

초판 1쇄 발행   2026년 2월 5일
지은이 쓰무라 기쿠코 | **옮긴이** 이정민 | **펴낸이** 최원영
편집부장 윤영천 | **편집부** 윤정원 김서연 이지윤 | **북디자인** 어나더페이퍼
본문조판 양우연 | **국제업무** 박진해 조은지 박지현 | **마케팅** 김민원 조은걸
펴낸곳 (주)디앤씨미디어 | **출판등록** 2002년 4월 25일 제20-260호
주소 서울시 구로구 디지털로 32길 30 코오롱디지털타워빌란트 1301-1308호
전화번호 02.333.2513 | **팩스** 02.333.2514

ISBN 979-11-92738-73-4 03830

정가 17,500원

* 잘못 만들어진 책은 구매처에서 바꾸어 드립니다.